綾蝶の記

あやはびらのき

石牟礼道子

平凡社

綾蝶の記

目次

第一部 ◆ 光

第二部◆祈

第三部◆歌

付録　書評

第一部 ◆ 光

光の中の闇——わが原風景

この世にまだ、いのちを得ぬものたちの世界に、半ばは身を置いている、という感じが、もの心ついて以来ある。

自分は海の中に漂うものである、あるいは闇の中の無意志の意志なのかもしれぬという思いがそれに重なる。まなこを閉ざせば、まなぶたの彼方にひろがる、陽の光の中の闇である。

東《あがり》うちむかて飛びゆる綾蝶《あやはびら》

という球歌のうたい出しがあるけれども、あやはびらとは、魂《まぶり》、生きまぶりのことをいうのです、と島尾敏雄氏が教えて下さった。孤島の魂であるあやはびら。南海の上の陽の孤独。天上的秘音の、かそけく鳴らんとする直前の無限。そのような空が、赤んぼ体験と共にいつもわたしの心にひろがっている。半ば盲いてから、光や色彩が、いや闇でさえも音符や言霊を伴って甦るようになった。全盲になったら、それらはどんな風にやってくるだろう。

赤んぼの頃、山の畠によく連れて行かれたが、おぶったまま鍬を取るのは母子ともにせつないので、わたしは畠の続きの山の際の、萩や女郎花《おみなえし》の咲きしだれる下蔭に寝かされていた。まなぶたの上に漂よい広がるおみなえしの、鬱金色の花粉のあわいから、空の青の奥深さを見上げていて、自分がなにか全霊的に変幻し、浮上してゆくのを感じた。あやはびらの感覚である。

あわせて背中には、大地の奥深い営みが伝わってくる。羽虫たちの移動や死の模様が赤んぼの耳にとどき、目にも映るのである。

この浮上する感覚と、大地を感じている感覚は分裂することなく、光の闇の中、ものみなの寂滅の中に、いのちがひとつ、またたいているという感じであった。後年仏典の中に、八千万億那由陀劫という観念のあることを知り、赤んぼが感じたのは、そういうことだったかと、思った次第だった。

一瞬であるような、悠久の中であるような時間が抽象化されてゆくのと、秋色深い山の（目のはしに彼岸花の燃え立つのが見えていた）ほとんど妖美な芳香の只中で、まなこをひらいているのは、なやましかった。生と死の虚無をそのとき体験したのだと言ってもよい。

上古の人びとが、言霊というものを、言葉といっしょに産んでいたのは、かのときのような瞬間ではあるまいかと思う。わたしはそのとき、宇宙物理学への直観を持ったのではなくて、草も虫も空も地も、自分も、合一されるエロスの一点、という風に感じていたのだった。

ものたちに逢うにしても音に逢うにしても、色や形や香りというものに逢うにしても、かのときの追体験を確認しようとしていることに気づく。それが地上的出遭いであれ、天上的出遭いであれ。人間社会にほうり込まれて見れば、この世界は、大自然の中ではまことに人工的、計算的で従って矮小で、毒臭さえ放っている。

けれども人間に限らず、生命というものは表現する力を持っていて、自分を現さずにはやまないが、石や花にもし意識があるとすれば、いかなる宗教上の、或は哲学上の美を持っているのであろうか。もしや原初からの苦悩が宿されていて、それが或は彼らをして高貴ならしめているのではあるまいか。まして人間において。

この世にまだ生まれ出ぬあえかな花や、言葉の果実の香っている、言霊の樹の深山に、夢でよく連れてゆかれる。

手形の木——見田宗介さんへ

一

いかがお過ごしでいらっしゃいますか。八王子界隈の波うつ青葉やいかにと思うにつけ、はるかな歳月となりました。

こちらはもう炎暑でございます。夏になりますと、ご著書の中のしんとした「朱夏」を空の奥にみてすごすようになりました。ただもう、ぼうぼうとしているだけのような、徒《あだ》な月日だったのかもしれません。

考えてみればこの気持ちは、目の見えない祖母の手を引いていたごく幼い頃からのものですけれど、ほんとうにいまようようあの頃の祖母が、来し方のわたしというものを脱皮させ、後ろ影も黍殻めいて、座るところを得たのかもしれません。

今日も竹林の枝がいっせいにふうわりと風に浮くのをみて、心に深く呼ぶものを感じながら立ち止まって仰ぐと、空をおおう大榎がすぐそばにあり、しばらく佇みながら思ったことでございます。こういう自分のまなこは、前の世から来たまなこではないか。それに前の世の者たちが眺めていた景色がいま、わたしに呼びかけたのではあるまいか。それは深遠な夕ぐれでした。

亡くなったものたちの、何も彼も断念した、思い定めたような面差しと姿が浮かんでまいります。

「手形の木」というい方がわたしの地方にございます。亡くなってゆく人の足跡は残らないけれど、手の形見は残るのだと。

「家が栄えるように、曾祖父さんが植えてくれた樫だそうですが、こんな大木になりました。手形の木ですもんねえ」

と、そんな風に話します。

わたしの後の者たちも何かから呼びかけられるにちがいないのですが、はたしてこの竹林や大榎のたぐいは残るのでしょうか。

後にくる者たちに残すよすがの物を、わたしたちは持たなくなってしまいました。なんという世の中の変わりようでしょう。言葉というものさえ、はたして伝わるものかどうか、おぼつかないかぎりに思えます。

あんな木の葉の一枚のように落ちてゆくのがいいなあと、漂う木の葉に見とれておりました。そしてそのとき、ずっと前、インドのお土産にたまわりましたテープの不可思議な音色が心の耳に蘇りました。いったいあれはなんの音色なのでしょうか。

遠い大地の魂が、名もないどこかの湖に宿って鈴のようなものになり、未明の頃にだけ鳴りはじめる。澄んだあの音色を、わたしはまた竹林の夕ぐれに聴きました。

ああいう音色を聴きますと、白というべきを紅と言ってしまうわたしでも、人間のすることは神や仏に近づくこともあるのだと思ってしまいます。いったいあの音色はどういう時になんという楽器で、奏でられるものなのでしょうか。

ただ今お寺の世話になっているものですから、まわりに若い層がいないではありません。都会から来たのもおりますが、だいたい中卒止まりのぽっと出で、ベルトコンベアになってしまった世の中に出た途端、居すくんでしまい、めくらめっぽうに一歩踏み出してはみたものの、やにわに撥ね飛ばされて、生きていることがうまく自覚できないような少女だったりいたします。

生まれてきて、何の良いこともなかったような事情をもつ少女が、わたしの有様をみて、昨夜などお腹をよじって笑い続けました。思いもうけぬ恵みがやってくるものだと茫然といたしました。彼女の微笑によってわたしは今生きているのだと。この世の苦難を引きうけたものの笑顔とその声のうららかなこと。

反射的に遠い日のことを思い出しました。祖母の手を引いて、人家を離れた草道に、二人ながらかがんでおりました。

捨て猫がついて来たので掌の上に乗せました。毛もまだぽやぽやの小さなのが泣き疲れていたのでしょう、自分の口より大きな、長い長い欠伸をするや、へにゃりと睡りこんでしまいました。何も見えないはずの祖母がそのとき、何かの気配のように笑ったのでございます。あのテープの音色のように。

狂人でして、この世の奥にいるような笑顔を幼いわたしは見上げ、安らいで、掌の上の小さな者を連れて帰りました。猫は代々そばにおりましたが、あの世にもきっとついてくるでしょう。

長い間の感謝をこめてお礼まで申しあげます。

二

思いもかけませず、亡母のこと気にかけていただき、すっかり恐縮いたしました。生きているお返しがなんにもできない自分を眺め、ただただ有り難く存じます。

その後もインドにゆかれたとのこと、たまわった鈴の、幽《かす》かな音色を通じ、お便りを通して、思いめぐらすばかりでございます。

それにしても彼の地は、お釈迦さまの生誕地だけあって、始源の天空のダイナミズムが、いまも渦巻いている途方もないところだなという印象を受けます。そういうご来迎で、お目を灼《や》いてしまわれたとのこと、神話のように思い浮かべました。なにとぞ予後をお大切にと念じております。

いつぞや「見えない方がいいですよ」などと、気楽そうに申しあげたとのこと、恥じられてなりません。現実にはやっぱり見えた方がよろしゅうございます。なにしろ昼日中、電信柱にぶつかったり、友人の家だと思いこんで、よそさまの玄関から上がりこみ、

「ただいまぁ、今日はもう大へんでしたのよ」

などと言ったりするのでございます。

これは目だけの問題でなく、アパートの造りの画一性や電柱の位置の問題、なにより本人のアタマのぐあいが考えられます。つい最近も白い雨靴を右の方だけ二つ買ってまいり、すっかり考えこんでしまいました。若い女の店員さんでした。

おりしも阿蘇方面が豪雨で、ただならぬ気配。見にでもゆくつもりだったのか、靴屋の前にいました。とはいえ左目は見えず、右は少し視力があるとはいえ、豪雨の中でおぼつかない。目では歩かないのだ、足でゆくのだと思ったのでしょうか。左目がいけないから右の足を補強せねばと、雨靴をなぜか右だけ二つ買う。白いゴム長に、ながいあいだ憧れてもいたのです。

たぶんわたしはここ二十幾年、右の目で世の中を少しばかり眺め、左の方で、消えゆくその影を

感じていただけだと思います。

「人が正面から見ることのできないものは死ではなく、生であるように思える」とおっしゃいます。人の生身にむきあえばおろおろして、何か必ず言いそこなうのは、そのせいかとわたしも思います。

聖なるガンジスへゆけないわたしなど、もしコンクリートドブの川っぷちでふらふら落っこちたら、トンマなわたしのゴム長は、どこかの海のゴミ溜《だ》まりの中にしばらく漂い、あのインカ伝説のチチカカ湖の、奥行きふかい葦《あし》むらへ、流れてゆきたいと願うでしょう。

豊葦原の国からまいりましたの、と挨拶《あいさつ》することでしょう。

ぶつかった電柱とよく逢います。電線をクモの巣さながら空にはりめぐらし、もがきようもない姿に同情せずにはおれません。わたしの目から火花が出たとき、彼はひょいと、もとの木に戻ったのではないでしょうか。

おじさん、とわたしは挨拶いたします。

「山で逢ったかもしれないですねえ、もうずうっと、むかしですけど」

掌《て》を当ててみると懐かしい暖かさです。電線のかなたをみていて御著『気流の鳴る音』のヤキ・インディアンの世界を思いました。

わたしのゴム長がもし、古代インカの葦の洲にたどりつくことが出来れば、かの時代の人たちはひょっとして、鳥の霊が宿っている不思議なものだ、と思ってくれないかなあなどと、このおじさんに願います。地面や海がちゃんと息をしていた頃、もと、この木のかげに、お婆さんたちやお爺さんが、雲のゆき来を眺めたりして、一日じゅうほおっとしていた景色をみたことがある気がいたします。

お手紙にあったインドのニルヴァーナ・コミューン、「荒野の門」に似たのがここらにもあるのではないかしら。もしかしたらこの電柱は、その片っぽになるはずのものではなかったかとわたしは思いました。それに書いてあったという、

「そこをぬけて、またふつうの世界」

は目の前にありました。

車たちがひしめき、取り囲み、音のるつぼになっている中を、紫陽花《あじさい》色の傘をかしげて、腰をまげたお婆さんが、横切っているところでした。

車からいっせいに首が出て、怒気の弾丸がまず飛びました。しかし、「ばあちゃーん！　つっ転《こく》んなよ！」という声があたりを支配しました。傘の下から日にやけた素足のぺちゃんこ草履と、杖がみえ、ゆっくりゆっくり、通ってゆきました。

祖様でございますぞ

中国古代学の白川静先生は文字の成立の以前には、ながいことばの時代の意識があり、金文や甲骨文の形にそのあとが歴然と系統的に残されているのだと言われる。

「もしこの文字の背後に、文字以前の、はかり知れぬ悠遠なことばの時代の記憶が残されているとすれば、漢字の体系は、この文化圏における人類の歩みを貫いて、その歴史を如実に示す地層の断面であるといえよう」（『漢字』岩波新書、一九七〇年、四―五頁）。わたしはこのくだりを読むごとに、めまいのような昂奮をおぼえる。「文字以前の、はかり知れぬ悠遠なことばの時代の記憶」が、わたし自身の無意識界で目ざめようとして、言霊の大地がふいに足もとでざわめきはじめ、身震いするのである。

まぎれもない古代の直系であるところの草や樹たちが生気にみちてみるみる繁茂する気配がわたしを取りつつむ。やがて居心地の悪いこの日常から、魂の古代へ戻る道が、悠遠という色をおびてそこにひらけ、わが身が、予感する木のようになってそこに在るのを実感する。さらにまた、存在というものは本来このような息吹きをもった世界だったのだと、あらためて気づかされ、ほとんどの文字がまず巫祝の世界において、神との応答の中で成立し定着してゆく有様を見るとき、あらゆる存在がぞよめき出す気持にもなる。

たとえば甲骨文でと記されるのは女と読み、跪座する女の形象だそうだけれど、はるか殷帝国の昔に、神に祈る姿として刻みつけられたこの女のイメージは、呪を唱える形、舞の形、思いを捧げる形といった、さまざまな生身の女の姿を多様に定着させていて、何ともいえず優婉である。つくづく見ていると今の女という活字が、なんだか、がちんと退化したものに感じられる。

ところで私のまわりには、文字以前の言霊時代の遺民がまだ生き残っているのである。近代の公用語としての活字の世界を知らないのではないが、日夜、魚、とりけもの、山川草木の世界と一体化して生きていて、ひとくちに言えば地霊や精霊ともの言い交わすことが、日々の暮しの実質といった人びとが、不知火海周辺の海べや山に生きているからである。そういう一人である漁師さんが最近いたずらっぽい顔で言った。

「わしどんな、二重国籍ば持っとりますもん」

隠れ古代人という意味にも聞えた。そういう人びとにとって、神も霊も人もゆき来する小径を通って、万物がもの言う世界にはいりこむのは、声音も仕草も息づかいも解き放たれて、あたかも演劇のうちに遊ぶような日常であった。私は水俣病事件史のうちで、患者が「狂う」のをしばしば目撃した。チッソの株主総会に巡礼の白衣姿で参加した患者たちは、重役の居並ぶひな壇にかけ上り、肉親の位牌を掲げながら膝行して迫った。それはあたかも死者の魂を招き降すような鬼気迫る一瞬で、

「親様でございますぞ」

という彼女らの言葉のうちに、私はギリシャ古典悲劇の音声を聞いた気がした。そのように会場を震撼させた彼女らは、翌日になると打って変って、

「ああ昨日はもう、狂うた狂うた」

と、彼方を眺めながら、やさしげに潤んだまなこをほそめていたものである。

そのような彼女らの「狂う」姿の背後には、言い表わしようもない苦難の歳月があったのはもちろんのことだけれども、私がいま言いたいのはそのことだけではない。彼女らの「狂い」はあの夢幻能のものの狂いに一脈通ずる、いやそれよりももっと古層に属する言霊の働きではなかったかと、思うのである。

水俣病患者の大部分は漁民であった。海は生命の母胎であり、存在の無意識界でもある。その母層を水俣病という近代の文明病が侵犯した。友人の漁師さんは近頃、私にこう述懐した。

「海もなあ、黙っとりますばって、苦しんどります。一番苦しか者が、一番黙っとります。自分が苦しんどるのより、懐の魚たちば苦しみ死にさせたのが、一番悲しかろうと思います。祖《おや》の悲し

みじゃろうと思います。この祖の悲しみばどげんするか。さまざまに生きておった魂ばどげんするか。きっと美か日《よ》もあったとですよ。いまその美かった日《よ》はどこに行ったか。ああそれば全部、わが身に受けとりたい。受けとるためここで祈ります」

身の内を震わせながらいうそのような声音は、耳で直接聴かないとわからない。魚も泣くのだと思いながら、わたしは聴き、ほとんど発作的に毎日思う。この人たちは文字以前の、言霊のすこやかであった時代の遺民であると。文明の病変を予告する供犠としてこの人たちが、崩落間際の世紀末に浮上し、身をよじらせて我と我が身を発火させ、焚き代となっているのは遠い「祖様《おや》たち」に呼びかけたいからにちがいない。

この世はいかにして成ったか、われというものはいかにして成ったか。わが身を焚いて明りにして祖様のもとまでたどりつけば、生きんがために苦しんだ心身を抱き取って貰えるのではないか。患者たちに接していると、そういう姿に思える。

この人たちが何よりも祈る人々であり、万霊たちと魂をゆき来させているのは、人類存亡の岐路について、近代の用語ではなく、わが身そのもので体現していることを読まねばならない。遠い巫呪の世界の言葉だから、衰弱した近代的概念でこれを読み解こうとしても、ロゼッタ石の文字を読むより難かしかろう。

神話時代のような感性を保ったまま地下に埋蔵もされず、化石にもならず、毒を注入されているとはいえ原初のままの波とともに、ほとんど神遊びかと見まがうような漁をしてきた人びとがまだここにいる。

再び白川先生の『漢字』をひらく。第二章、神話と呪術、「風のそよぎ」という小見出しに続き「ことばの終りの時代に、神話があった」という一行がある。この一行は読む者に胸ふくらむような詩的イメージを与える。人間の生存も文化も文字なしには考えられない現代、私たちは永い間に病変化した感性の皮膜をずるりとめくり返して、最初の神話の時代を思い起すべきではなかろうか。

もうひとつのこの世とは

「寒か、寒か」

と小母さんたちは、法廷の中でふるえていた。

袷の上にコートを着、その上にまた、学生たちから借り集めた洋服コートをひざに巻き、肩に巻く。青ざめてゆく眸が、目前のチッソ代理人たちの方を見あげたまま、小母さんたちはふるえつづける。南国熊本の十月、秋とはいえ、うすい単衣一枚で、下着も邪魔になるほど汗ばむ日ざしであったのに。

三年前の秋、初公判にのぞんで水俣から熊本地裁にむかうバスに乗った彼女たちやお爺さんたちは、かほどまでに衰弱してはいなかった。しかし、彼女達に痙攣が生じたのは、裁判に通う間に著しく多様に顕在化して来た水俣病症状のせいのみではない。このような病者たちを見くだしながらチッソ楠本弁護人が空うそぶいて云い放った。

「チッソは無過失で、仮に過失があったとしても、昭電の過失より著しく低い、軽い」

結審に際して詫びるどころか、自らが手を下して殺しつづけ、現に死なせつつある者たちに追い打ちかけ、止めを刺したいチッソの意志が、その言葉にあらわになっていた。また楠本弁護人は、「見舞金契約は当時としては水準を越えたものであるが、宣伝の具に使われすぎるきらいがある」とこれまた挑戦的語気をもって居直ったのである。

死者たちの遺族であり原告自身が病者であり、一人《いちにん》のみならず親族孫子の裔々に至るまで、ことごとく破滅の運命に追いやった当の加害者側がその目前に立ち、なにを、かくばかりになり果てた犠牲者たちにむかい、戦い挑む所存なのであろうか。

そのような前面の者たちに対して患者・家族たちの吐くことばは、通常にいう野次というより、呻きや、短い絶叫のたぐいであった。結審の法廷の中でまで、意図してむき出しにチッソは犠牲者たちをさいなみ続け、その意図はこんごも生きて、訴訟派のみならぬ全患者たちの上に作用する。

結審の初日から患者たちがきれぎれに発して絶句していた、

「親を帰せ！　子どもを返せ！……いのちを返せ！　元気なときの働く手を返せ！……」

という語音は、最終弁論最終日の幕切れに至って変化した。結審の期間中まわり続けていた法廷天井の四台の扇風機はこの朝止まり、患者たちはふるえ出す足と手を膝の間の杖に託してうなだれたりしていたが、「見舞金で和解は成った」というあたりになると、やがてその足を必死にのばし、手をさしのべて叫び出した。

「お前のぉっ、命を買うたぞおっ！　良かかあっ！　皆んなあっ、そいつの命を買うぞおっ！　見舞金の値だんで、買うたぞおっ！」

「買おたぞおっ！　腕ば買うぞおっ、足ば買うぞおっ！　水俣さね連れてゆくぞおっ！」

「よかか、よかかっ！　切れば血が出るか、出らんか、返事せろ、返事せろっ！」

齋藤裁判長が、その状景に
「わかった、わかりました」とうなずきながら閉廷を宣するや、わたくしの隣にいてあえぎ続けていた故溝口トヨ子の母が、体に巻きつけていたコート類を、はらり、はらりと落ちこぼしながら、足元も覚つかなく両手を泳がせながら、土屋総務部長の方へ歩み寄って行った。後にいた坂本眞由美・しのぶの母も。

「うちの主人な、腐れて、腐れ果てて死にましたばい、狂いまわって……。ああ淋しか」

そういいながら猫の手つきになって狂う平木トメ女も。娘のうつくしい幽霊の絵姿をいつも胸に持っている坂本きよ子の母も。

それらの、足元もうつろになって青ざめた老女たちが、怒声をあげて渦巻き突進する男たちの間を、まるで水の流れが幾筋もの長い髪を放つように、やわらかに土屋部長にとり縋った。

胸にとり縋った溝口トヨ子の母は、

「ああ！　ああーん、トヨ子ば、トヨ子ば、返して、返して呉れんなあー、あんた」

仰向き仰向き、途方に昏れて仰向いたままはらはらと泣いた。母が亡き子を呼ぶというより亡き子が母を呼ぶような声音で。坂本しのぶの母もどの母たちも、土屋部長を見定めようとしては、はっと目をひらき、かなしそうにいやいやをして、魂はすぐにあらぬ彼方にさまよい泣きをするのである。男たちが、

「出せ出せ出せっ！　外に出せっ！　水俣に連れてゆくぞおっ！」と彼を外に連れ去ると、彼女らは見えない者の後を追う寄るべないまなざしのまま、「ああっ、ああっ」とあえぎながら、渦巻く喧噪の中をうつろい歩き、眞昼の土埃の中から、ぽっかりとあらわれるのだ。

鎮まり泣きをして暫くすると、彼女らはほおっと深い深い息をつき、可憐な羞《はにか》みの笑顔にもどる。彼女らの夫のひとりはそのような細君の肩にやさしくいう。

「バカが、コーフンすんなち、お医者さんの云いなったろが。どげんするか。またお前、具合の悪うなるが、バカじゃねえ」

仮称水俣病センター設立の動きが、このような結審をみつめながら実動に入った。患者さん達と共に〈もうひとつのこの世〉をつくることが出来たら、と趣意書の中にある。

「もうひとつのこの世とはなにか」とは、自分で云っておいて、きき直されてみるとわたくしも、土埃の中や、かの生死《しょうじ》のあわいあたりから、ぽんとふりむき、首を横に振るより他はない。餓鬼の

ような姿になった八歳の溝口トヨ子は死ぬ前の床から這い出てきてうなじをあげ、かなわぬ口で遠い桜をみていた。

「ああ、母ちゃん、シャクラの花のシャイタ、シャクラの花の……うつくしかなあ」

そのように云って果てた。水俣の春と四季と魚と……。

かのひとびとは、奪われた生をとり返すに、どのようにして転生しうるのか。おのれの死を先取りしてのみ生を選択しなおし、許容された生を突破して生きようとしているひとびとがここにいる。さらに死者たちの生をも転生させたいとねがっているひとびとが。そのような〈暮し〉の部分に、わたくしたちの小さな志は、たぶんあるかなきかの淡い影のように、寄り添うのであろう。

魂の珠玉たち

八月二十八日の夕べ、水俣市百間埋立護岸にかがよった夕茜は、かの光芒を他の星にも送ったことだろう。私たちはなぜあのとき、あの浜辺に居り合わせたのか。こころならずも惨死した魂たちの、この世へのつきせぬ愛慕によって、私たちは呼び寄せられたのだ。

玲瓏なお鈴《リン》のような初秋の虫の音が、昏れなずむ地面に湧いていた。それが合図だった。

「お調べ」の笛の音が流れはじめた。お調べとは何と美しい日本語だろう。和楽器の前奏曲。

昼間の極暑を想った。各地から二百人を越える人たちが来て、舞台監督さんの指揮のもと、能舞台を作り上げた。思いつめた瞳つきの若者がたくさんいた。会場の草取り、整地が連日四十度近い浜辺でなされた。役者さんやお囃子方の楽屋作り、受け入れ、接待、観客の受付・案内などなど、よくも熱中症で倒れる人が出なかったものだ。その裏方たちは観客席に来れずにまだ働いている筈だ。お調べの笛があまりに透明でいにしえを想わせたので土屋恵一郎さんにお聞きしたら、藤田六郎兵衛さんだったそうだ。お能のはじまりをつげる音合わせを先導し、控えめな曲想を持っていたが、はじめの一吹きで、観客を劇の中にひき入れてしまった。場外でまだ働いている人たちに聴かせたかった。お囃子方がそれぞれの愛器を持って橋掛かりから登場、着席される。地謡の方々も着座される。紋付袴姿である。この最初の情景に感動する人が多い筈だ。どのように進行するのか、一瞬一瞬を、舞台作りの黒子となって働いている若者たちに観せたくて胸が痛む。一生に幾度も出逢える舞台ではないのだ。

しかし有難いことに、今度はNHKやRKKが記録を残して下さるとのこと。のちのち寄り集まって、ここまで来たみんなの苦労をしのびたいものだ。

息をのむような舞台の展開である。鍛え抜かれた名人たちの舞は、神事を司る上古の祭官のように幽婉で、笛と小鼓と大鼓《おおかわ》、太鼓がかもし出すゆったりとした、時にはしかし裂帛の気合ともなる大鼓の、亀井忠雄先生のハァーッというお声が、天の童子のような格調をもって、全体の進行を緩急自在にリードしていた。

梅若六郎さんの『不知火』は、いまわのきわになるにつれ匂い立つ生命の気品にあふれていた。神韻縹渺とした隠亡の尉こと菩薩の桜間金記さん、常若、梅若晋矢さんの凜々とのびるお声、お顔をみれば外された面よりもさらに端々しいお若さである。能役者というものはこんなに若い時から骨格端然と育てられるのかと思ったことだ。水俣ともゆかりのある大倉正之助さんの弟御、大倉源次郎さんは小鼓を打たれる。じつに品格ゆたかな美丈夫である。お能が総合芸術だと外国人に評価されるのは、若手の継承者たちが格調高く育てられるからであろう。観世銕之丞さんによる豪快な「夔《き》」の出現は、よほど印象が深いらしい。上條恒彦さんがお手紙を下さり「ゆかいでユーモラスで思わず頰がゆるんだ」とあった。

あの夜から幾日経ったろう。声変わりして寝こんでいる人もいる。杉本栄子さんご夫妻とは有馬鍼灸院で出逢った。

「たいがい、くたびれとらすですよ」と有馬さんが心配している。

諸々方々にご苦労かけて、あの舞台は成った。筆舌につくしがたいことがいろいろあった。まず天候のこと。「正人さんが酒絶ちしとったから」というのはもう定説。実行委の雰囲気が錯綜しはじめた頃から埋立地の雨池に大賀ハスが開き始めた。毒沼に！である。生命の幽玄は、このハスにたずねるべきかもしれない。

舞っている燭光の間から声を聴いた。遠い先祖たちの声音を。

「わたしたちは昔々からここにいたのです。それで今、あなた方がここにいるのです。あなた方こそは、われわれの魂だということを自覚なさい。海はまだ原初ですからね」

月と星とひたうつ波、恋路島。完璧な天象の中で、魂の受け渡しがなされた。観客たちもボランティアも意味づけられた詩劇の中の一人だった。この世でもっとも美しいもの、魂という遺産。この珠玉をどう扱うべきか。自己の得失、利害で働いたものは誰ひとりいなかったろう。実行委の苦労といったらなかった。何とお礼をいったものか。

魂の珠玉たちがここにいる。永遠という名をつけようか。

外車《そとぐるま》の船

もう三十年くらい前だったが、百歳を越えた方々を訪ねて回った。

わたしの関心はご一新という新しい時代の到来を、田舎に埋もれて一生を過ごした人々がどう感じていたか、知りたいということにあった。そこで「西南の役」をどう見たか、あるいは聞いていたかお尋ねしてみた。

予想したとおり、この年齢の方々は明治十年の戦役のことを「西郷さんのいくさ」と呼び、鮮烈に覚えていて、あれが世の中の変るはじめだったと、口々におっしゃるのだった。

なにしろ熊本県は薩摩と境を接しており、「西郷さんのいくさ」の通り道であった。人々の関心は戦況の推移はむろんのこと、田畑を踏み荒らされてたいそう困り、戦死者たちの命の末路を哀れむことにつきていた。百姓出身が多かった官軍について、薩摩士族の西郷軍よりもひいきにする、ということもなかった。話してくれた人々が百姓だったにもかかわらず、官軍兵にことさら情けをかけた気配がなかったわけを今も考えてみるけれど、時代の動きを敏感にキャッチして、災厄に巻きこまれぬ身の處し方を考えている庶民の知恵かと思う。

中でも印象ぶかかったのは、海の方からやってきた「官の軍艦」から、徴発されぬよう、一村ながら逃げ切った漁民たちの話だった。

海の方から官軍が鹿児島へ上陸したというのも、新政府に力がついていたことを思わせるが、まだその頃、長崎県に属していた天草島の漁民たちは、漁に出ていて、官、賊、双方の動きを舟の上から見てとることが出来た。

陸上をゆく双方の軍勢の動向や服装もよく見えたし、勝ち負けも、危険に近づかずに海の上から判断出来た。その点は、山の中や竹藪に穴を掘って隠れていた百姓、町人よりも安全だったようである。

はじめ漁師たちは、それまで見たことのない外車《そとぐるま》の船が近海に出没するのを眺め、いくさがやってくるぞと話し合って要心した。舷側に車の両輪がついて、水しぶきをあげながら走る船はじつにもの珍らしかったが、漁民たちはただの船ではないと判断した。そしてその予感の通り、外車の船は漁師たちをかっさらって連れてゆこうとしたのだった。西郷隆盛の私学校兵を討つのに、いくさの荷物担ぎや、海上での走り使いをさせようというのが、官軍の船の狙いだったようである。

あちこちの海に漁にも出なければならない人々は、小さな舟同士で合図をしあい、外車の船の姿を見ると、一目散にそこらの島影に隠れこんで出て来ない。

いくさには、斬り合いの人数や鉄砲担ぎ、弾丸運びもあるが、大鍋や包丁、大まな板、食料を運ぶのは、「夫方《ぶかた》」の仕事で、薩摩に近い天草島界隈の漁師が狙われたのも当然だったろう。

いくさがはじまろうというのに、夫方を集められなくて業を煮やした官軍は、島に上陸して島役人たちに命じ、夫方を徴集しようとした。が、ご維新の動乱で、行政の責任者が度々替わり、役人たちに島民がいっこうなじまない。頭ごなしに触れを出してもみたが、反発を買うだけであった。

それでも、おどしつけ、なだめすかして、島中の舟を集め、男たちを追いあげてそれに乗せ、外車の軍艦につないで連れてゆこうとした。渚は、やるまいとして舷にしがみつく女房、年寄り、子供たちの悲鳴で大騒動だった由である。女房たちの言葉はこうだった。

「ああ、情けなか！　わたしどもば打捨てて死ににゆく気か。官にだまされて、漁師がいくさにゆくのなんの、魚取りにゆくのとは違うとぞ。われから進んで、殺されにゆくつもりか」

男たちは沖までは何とか曳かれて行ったが、先頭にいた舟がまず、外車の船につないだ親綱を切ったそうである。

それやったぞ、と喚声をあげて、全部の舟が綱をふりほどいた。舟影が遠くなってゆくのを呼び戻そうとして渚にいた人々の目に、沖の様子が見えた。

村中がしぶきをあげて波の中に走りこんだ。

「それ逃げてくるぞ。さあ今度はどうしたものか」

外車の船が追っかけて来て、捕え直すのではないかと、みんな思った。男たちがぜんぶ着いたら山へ逃げようか。しかしそうしたら島民全部捕えられて斬り殺されるのではないか。渚は再び大騒動になった。外車の船はしかし追っかけてはこなかった。

こんな小さな島で手間どっていては、肝心の西郷軍討伐がおくれてしまうと判断したのだろうとは、後になってからの話だった。

話をしてくれた古老はこう述懐した。

「親たちの時代の一つ話で、年寄りが集まれば、その時の話ばかりしよりましたがのう。今日の御代じゃれば、いくさをのがれて、村中が山に隠れるのなんの、出来ませんわい。将軍さまから天皇さまの代になる前には、西郷さんの世になるちゅう話もありよったですがのう。どっちの世がよかったか、判断はつきません」

不思議なる仏法

九州はその胎内のような不知火海の中に天草上島《かみしま》、下島《しもしま》を抱き、この二つの島と向きあって島原半島が接し、ここが『島原・天草の乱』の舞台である。半島の中程に今も遺構を遺す原城《はらじょう》がある。寛永十四(一六三七)年末から十五年二月にかけて、さきの領主によってとりこぼたれていた通称「原の城」に天草・島原のキリシタン農漁民が急ごしらえの砦を作って籠城した。関ヶ原で豊臣方についていて敗退した武士たちが九州に逼塞《ひっそく》していた。武士たちの中にはキリシタンもいたから、原城籠城では指揮をとり、足弱な老幼婦女を交えた一揆勢をよくまとめ、幕府軍を手こずらせた。天草から原城に入るには早崎海峡を渡らねばならない。乗って行った小さな舟をことごとく打ち割って砦の用材にしたという。いくさに勝って天草の村に戻る気はなかったのである。

幕府軍の記録は語る。

「一揆軍には死を恐れる風はなく、進んで死ににくるように見うけられた」と。

天草・島原の乱のことを、人ごととは想えない。私の祖父母も両親も親類たちもことごとく天草出身である。

島原の原城趾にゆくと足がふるえる。草も木々もみな先祖たちの血を吸って育ったと思える。地面を掘れば、今でも小さな骨だの、ロザリオの珠《たま》だのが出てくるのだから。およそ三万八千の老若男女がことごとく、十二万の幕府軍に虐殺された。侍たちも若干いた。ひとり残らずなで切りにせよと定められていたが、命乞いするものがいなかったとは。

乱が終わってみると、天草の人口は半分になっていた。土地は亡所になったといわれ、耕す人なく、廃屋のひしゃげた草の村からは、何年も何年も、火の玉がゆらめき立つのが沖をゆく舟から見えたという。

包囲軍が投降をすすめた矢文《やぶみ》に、籠城側が返した歌がある。

しろやまの桜は春のあらしかな
ハライソさしていそぐむらくも

死にゆく人たちの、心の格調の、なんと日本的であることか。

十七世紀、九州に追いつめられて滅んだ日本キリシタンとは、どういう宗教体験だったのだろうか。仏教の宗派もいろいろあったのに、その寺社をこわし、異国の文言も口にまわらぬアメンの宗に身を寄せて、秀吉や領主の禁教令にも従わなかったのは、いかなる心情だったのだろうか。

宣教師たちの日本報告書の中に、親しい地名として、シモ（九州地方）の口之津《くちのつ》とか加津佐《かづさ》がよく出てくる。古くから長崎に近く、南蛮文化になじんでいたであろう地域住民は全員こぞって原城に入り、残らず死んだといわれるが、この地の歴史民俗資料館長、白石正秀氏がいわれたことがある。

「当時はキリシタンでない方が不自然なほど、口之津はキリシタンの巣窟で、ヴァリニャーノ上人《しょうにん》もここにいたはずですが、居住あとなどは、あとかたもみつかりません。乱後はよっぽど徹底的に焼きつくしたにちがいありません」

「ろくにオラショの文言も覚えられぬような無学な者たち」が多かったろうことは、籠城者たちに配られた天草四郎名の心得書でも見てとれる。そういう人々がいる地域が「神の与え給《たも》うた聖地」であったとは、宣教師たちの報告書にある言葉である。生き残りの宣教師たちが追放されて二十数年後に乱が起きた。

信長・秀吉を経て徳川家光の時代。九州のキリシタン大名、大友氏・有馬氏・寺沢氏などは勢力を失って、自藩のキリシタン農民すらかばうことが出来なくなっていた。島原藩の松倉氏などは連年の風水害で不作続きになやむ人々に、途方もない貢租《こうそ》を押しつけ、ありもしない田畑にみのったような米麦を貢納せよとせまり、納入できぬ家の若女房を水牢に漬けて殺したりした。雲仙岳にキリシタンを逆さ吊りにし、迫害と殉教のさまは歴史を経た今でも人間とは何かと思わせる。

片岡千鶴子著『八良尾《はちらお》のセミナリヨ』によれば、日本人修道士や司祭を育てるための初級神学校であったセミナリヨの教育方針は、日本人としての高い品性を培う実践的内容で、神父たちの期待をはるかにこえた成績を示した。

十歳あるいは十八歳で入学した生徒たちの名簿さえ探し出されているが、これを設立し、指導方針と、侍の子たちを入れるという規程をつくったのは、初の日本巡察使として、天正《てんしょう》少年使節を連れていったヴァリニャーノだった。この人は日本人を見下げ勝ちな宣教師たちに対し、東洋人の中でもひときわすぐれた国民で、われわれはその国にお世話になっている立場だといましめた。イエズス会の教育機関は、セミナリヨ（神学校）、ノヴィシアド（修練院）、コレジヨ（学院）があり、ラテン語など英才教育をほどこした。

原城が落城近い頃、わずかに落人《おちうど》があった。その落人が語った話に、「城内では米が切れ、豆やゴマを食べているが、四郎さまの仰せでキリシタンの断食は、四旬節をもうけ、先の世のたすかりを願っている。いよいよ食べ物がなくなれば、共にパライソにまいろうぞ。心をただし、ざんげをなし、わが身のごとく弱い者を大切にしようぞ」と語りあっていると話した。

天草四郎という少年が架空の人物ではなかったことは、包囲軍の先手をつとめ、高い築山《つきやま》をきずいて原城内をのぞいていた細川藩の、藩主忠利に、その父忠興が出した手紙でも知られる。忠興は、かの細川ガラシアの夫である。

細川忠興より忠利へ。

「四郎、古今有るまじききとくなる者に候。たすけ置きて、大名共の先手申しつけ候とも、あぐみ申すまじきと存じ候。とかく常の人間とは見え申さず候」

廃城となっていた古城にさまざま手を加え、一揆勢は包囲軍が舌を巻くような抵抗を示した。包囲軍の先手をつとめたのは細川藩をはじめ九州各藩であった。その寄せ手をなかなか近づけなかった竹柵や塀、塀の内側に二重に掘られた堀などは総攻撃の日まで機能していた。

包囲軍の総大将板倉重昌は初期の乗りこみで討死、あとを継いだ松平信綱は一揆勢に対してむだな戦力を使わず、「干し殺し作戦」をとることにした。寛永十四（一六三七）年十二月上旬から城入りした一揆勢からは翌年二月に入って女子供を含む落人が出はじめ、その口から、城内に米麦、薪がなくなりはじめていることがわかってきた。厳寒の時期であった。女、子供、年寄たちは土の砦に竹束や藁の屋根をかぶせて雨風を防ぐようにして、一軒々々の家としていた。本丸に急ごしらえした寺や道すじには高灯籠《たかとうろう》を灯し、祈りの場所とした。

これらの情景は、三の丸、二の丸、本丸近くに陣取った九州各藩が作った丈高い築山や井楼《やぐら》から観察された景色であった。落人たちの腹からは少量の大豆、小豆、ごま、ひじき、わかめなどが出てくるばかりである。包囲軍はこれを見ていよいよ総攻撃を二月二十九日と定めた。

城内ではこの時期を信仰の仕上げとみて、文字の読めぬものにオラショ（祈り）の読みきかせをしたり、四郎名で出されていた城内での法度書について、入念に解説して聞かせたりした。殉教にそなえた精神性の高いものであった。

総攻撃の前、一揆方が打撃を受けたのは包囲軍の砲撃であった。このための玉薬《たまぐすり》の責任者として派遣されたのが旗本の鈴木三郎九郎重成で、平戸《ひらど》にいたオランダ船に命じた大砲はせっかく百姓たちが築いた砦を破砕し、多くの手負いを出した。

この砲撃については、幕府軍十二万余をしても百姓勢を破れなくて、オランダ砲を借りてきたとは、日本の恥、さらに九州の武士の恥だという声が上がって中止された。

落城近い砦の内側の様子を、築山ややぐらを通してみていた者たちの記録のうち細川藩主忠利のもいくつかある。

「切々《せつせつ》城内に高たうろうをともし候。又わらんべのなぐさみに仕《つかまつ》り候いかのぼりを城にあげ候えば、又外にもあげ申し候」

いくさの合間の夜、城内では高灯籠をかかげていた。高灯籠とは長崎あたりで祭の夜などに軒下にかかげる灯籠である。城内での四旬節にでも集っていたのだろうか。「いかのぼり」とは凧《たこ》あそびの凧である。いくさのさなかの城の内からと外から、凧が上っていたという。きりしたん同志の合図かと思ったようだがわからなかった。見えない文字が書かれていたにはちがいない。城内の灯籠を「せつせつ」と表現した忠利はかの細川ガラシアの息であり、胸底ふかく母の異教を思わなかっただろうか。

やはり忠利から父忠興への手紙。

「本丸にてきりしたん自害の躰、此方の者多勢見申候、小袖を手にかけやけ申候、おきを上へおし上げ、内へはいり候者多御座候、又子供おのれの下を中へおし込め上へあがり死候者も多く見え候、中々きとくなる下々の死、言語に絶え申候事」

本丸は「四郎の寺」のあった所で最後に焼け落ちた。炎の中で「小袖を手にかけ」ていた女たちは母の最期に重なってみえたことだろう。同じ炎の下に倒れていた若者の首を家来が切り取った。天草四郎の首であった。「中々逃げ申候ものは見申さず、さてさて不思議なる仏法にて御座候」とも記されている。

ガラシアの受難を心に秘めて細川忠興・忠利父子は原城にのぞんだのだろう。「不思議なる仏法」と忠利に言わせたときに、日本きりしたんと、この国の民間の仏法は極相の中で一体化したのではないか。

鈴木重成は乱のあと処理を任されてこの地に残ったが四年後、正式に天草代官を命じられた。

一人のこらず撫《な》で切りにされ木材の尖《さき》に突き刺して、島原の野に晒された女子供たちの首の表情をこの代官はよもや忘れはしなかったろう。着任した天草の人口は半分になって島民たちは生きる意欲を失い、土地は亡所といわれていた。

出家していた兄の正三《しょうさん》の助力を乞い、幕命もあって、この代官は曹洞宗と浄土真宗の寺を建てた。東向寺《とうこうじ》、国照寺《こくしょうじ》、崇円寺《そうえんじ》、円性寺《えんしょうじ》で、地元の人々はこの四ヶ本寺を今も奉行寺《ぶぎょうじ》と稱《よ》ぶ。

かくれ切支丹《きりしたん》もいたにちがいないが、乱の折に焼いてしまった他の寺社も復興させた。のみならず、乱の原因となった過酷な石高割当の不当さをこの代官は自分で調査し、幕府にその半減を上申《じょうしん》し続け、ついには切腹した。幕府は彼の養子に代官を継がせ、その七年忌に石高半減をききとどけた。かの地の人たちは、天草のために残りの全生涯を捧げて果てた鈴木重成を神に祀り、今も恭々《うやうや》しい声音《こわね》で「鈴木さま」と稱ぶ。

憂悶のたゆたい

明治二十四年四月ごろ、西郷さんがロシアから帰ってくるという噂があった、ということを橋川文三先生の『歴史と体験』で読んだ。

明治二十四年といえば日清戦争がはじまる前だが、似たような噂、いや伝説といってよいことを、水俣の山奥のお爺さんから聞いたことがある。

そこはあの西南役で薩軍が肥後領を越えた山の筋で、敗退のときの戦場にもなった。話を聞いたのは三十年くらい前だが、古老たちの曾祖父の時代のことで、うつつの目の前に起きた出来ごとだったのである。

肉迫戦の声がひいたあと、地の理もわきまえぬ官薩双方の兵士たちが、村の裏山の崖の途中の木々にひっかかっていた。戦《いくさ》のさなかのこととはいえ、崖の上から助けあげる味方もおらず、藪かげにかくれて戦をさけていた村人たちに、昼も夜も絶えだえに、助けを呼ぶ声が聞こえたという。

村人たちが救い下《おろ》せるような場所ではなく、官軍の帽子やラッパもあちこち松の小枝などにひっかかって雨ざらしになり声が絶えた人間の上に、幾日もカラスが降りては舞い上がった。風が吹くたび崖のラッパがひゅうひゅう鳴り、村人たちはただ瞑目して念仏をとなえるしかなかった。この光景はながく夢の中にまで残り、妄霊もそこに出るようになって、今でもそこを妄霊嶽とよんでいる。

村人が、犬を連れた西郷さんを見たのは、この妄霊嶽の上あたりだという。

戦が済んだあとのことで、西南役の錦絵も戦況報告も見た筈のない山間のこととて、城山での自刃は洩れ聞いたかもしれないが、たぶんそれは流言飛語のたぐいに聞いていたのではなかろうか。妄霊嶽のありさまをみてとったにちがいない西郷さんは、憂いの深いまなざしを伏せ、落ち葉を踏んでゆっくり歩いていたが、萱草を荷なった村の少年をみとめると、かなしげに微笑したというのだ。

少年は大人になって日露戦争に参加した。旅順の戦で、味方の力がつきたかと思う弾の中で、かなたの丘に犬を連れた偉丈夫の姿があらわれた。その犬にみおぼえがあった。西郷さんだ、と思ったときから戦局が盛り返した、というのである。

西郷さんが城山で死なしたちゅうは嘘ですよ、日本の危難の時にやっぱり出て来なはったです。古老はいかにも確信に満ちた顔でそう語ったのである。これはいかなる民衆の意識を反映しているのだろうか。為朝伝説や義経伝説に似通っているが、ここに伝説の主人公と、民衆の間をつなぐ死と再生のモチーフを考えさせる文章がある。

九州の葦書房から出された渡辺京二著『日本コミューン主義の系譜』の中の「異界の人」と題された西郷論だけれども、氏は一般に知られる西郷隆盛というのは自分にそぐわず、西郷吉之助あるいは大島三右衛門を自分は発見したのだと書いている。通説となった種々の西郷論から離れ、配流地であった南島の光の中から、時代の深淵をのぞいている男の背中がみえるような文章である。

「西郷の生涯を通観するならば、死神のついた男という言葉は、西郷の死の決意よりもむしろ、西郷をとり巻く累々たる死者にかかわるほうがふさわしい言葉に読める。そもそもをいえば、西郷は生涯のはじめにひとつの死に立ちあうことによって志を立てた人である。むろん赤山靱負《あかやまゆきえ》のことであるが、赤山が切腹をたまわったのは嘉永三年三月、西郷はこのとき今日風にいうと二十二歳で、死ぬ前から話を聞き、自裁後の血染の衣をもらった。強い衝撃であったことはいうまでもない」

この人が、薩藩の家臣の中でも、もっとも身分の低い御小姓与《くみ》の生まれであったことは、極端な西郷好きと、西郷嫌いとを今日までひきずっている重要な原因だろうとわたしは思うが、庶民の西郷好きは、出自への親近感かもしれない。歴史上の敗者たちへの同情もまた、自分たちのところへくる人を抱きとる、という心情ではあるまいか。

「異界の人」はいう。

月照との投身事件は、形を変えた主君斉彬への殉死であったかもしれず、大島滞在中に自分のことを「豚」と書いたとき彼は、革命者は生き残ることができないという自分の強い偏執から鞭うたれていたのだと。その死後も、南洲伝など読んだことのない庶民がこの人からいうにいわれぬ魂の放射を受けているらしい機微について、渡辺氏の次の推論には思わず涙をおぼえた。

たとえば西郷は徳之島滞留中、事情を知らぬ寄宿先の老婆から、二度目の流島ということについて説教をされたという。「平身低頭、涙を流さんばかりにしてあやまったとのことである。彼は叱られながらかならずや、朋友を死なしめて生残っている自分のことを思ったに相違ない。彼が老婆を、自分を責める資格においてて欠けるところのないものと感じたのは確実なことである」。

西郷は老婆を民の原像として感受したのであろう、もっとも下降しきったところにあらわれる民の位相を、南島で目前にしたのだろう、と著者はいう。

その南島での書簡をとつおいつ眺めてみるのだが、憂悶のたゆたいが、ところどころほっと息をのばすような墨跡で、ほとんどなにも知らずにみたら、そうみえるだろうかとあらためておもう。

現代の恋のさまざま

白川静先生のことを想いつづけている。

小雨の日だった。タクシーを降りて、このあたりだったかと見廻していると、雨下駄を履いてズボンをたくし上げた男の人の素足が見えた。和傘を差していらっしゃる。

「やあ、石牟礼さん、よく来ましたね」。後ろで声がして傘を差しかけられた。白川静先生だった。片手にもう一本傘を持っていらした。私はすっかり恐縮しながら傘を受け取った。

お家にはすぐに着いた。ごく普通の市営住宅風で、大学者だから、大邸宅に住んでもよさそうなものだが、古書群に攻め入られている壮絶なお家。

「金文と甲骨文をつなぐ呪の世界、とは今風に直せばどういう事になるでしょう」とお尋ねするつもりだったが、そのご表情とお躰の動きがあまりにもお可愛らしいので、真の聴きどころ、つまり「現代の恋のさまざま」をご一緒に呪的にとらえてみたかった。

「君、ねえ、万葉と詩経を読みくらべていくとわかりますよ。今日の天気のようなもんだ」

あらためて対面してみると、先生の眉の動きが面白い。深山の草原から抜け出した巨木の梢が、山野を遊び廻っているようで、わたしは綿毛のタンポポのような気分になっていた。

巻き紙に、墨をたっぷり含ませた毛筆のお手紙の数々。読めない文字もある。国宝と思って大切にしている。

二〇〇六年、九十六歳で亡くなられた。

「狂」

ながい間、人間苦の極限相に向きあっていて、ことばがないと思いつめていたわたしに、白川静先生の『漢字』（岩波新書）を手渡してくれたのは渡辺京二氏だった。

冒頭に次のような文章が続いていた。

「ことばが、その数十万年に及ぶ生活を通じて生み出した最も大きな遺産は、神話であった。神話の時代には、神話が現実の根拠であり……そこには時間がなかった」

涙がにじみ、しばらく読めない。瓦礫のごとくになってゆくことばに埋まり、ノモス化した近代をはねのけたい衝動にかられ続けていたわたしは思った。

そうか、たぶん今は、ことば無き意識の時代にふたたび入ったのだ。古代の地質の中で、植物群が大きく入れ替わったりするように、人間の意識もその文明の質に閉ざされて、化石になる時代に入ったのかもしれない。

では、この新しくことばを閉じこめた時代の次に再びやってくる神話とは、どういう質のものだろうか。人間が原罪をまぬがれえないとすれば、破滅の時のために最後の原罪が働くのだろうか。それとも、かつてなかった兇々しいこの世紀を乗り超える神が出現するとすれば、たとえばそれは、阿蘇外輪の崖に立っている、一本すすきのような姿をした神かもしれない。

白川先生はおっしゃる。「遊」という字は神遊びが原義であり、人間的なものを超えたもので、祀りを伴うと。人間たちはいま神を棄て、遊びだけをとって、ことばからも、その所業からも魂を抜きさってしまい、そのせいで現実から、生きるという実感が失われ、仮想現実とやらを作り出して遊ぶようになった。夢さえも電脳機器でコピーしてもらい、クローン人間をもつくり出して、仮想現実の方へ移住しはじめ自分が、本来どこから来たかも探せなくなった。

諸制度を担う人々もまた似たり寄ったりなので、制度の破れめから、コピーされたノモスの申し子たちが出没するようになった。

先生はこのような事態の出現を早くに予告され、日本丸は沈没しかかっていると、国語と漢字の成り立ちを究められた立場から警告しておられた。先人たちが自国語として定着させてきた漢字を、戦後すぐ内閣告示で意味もなく改変し、教育現場はもとより言論機関までが易々として受け入れ、服従してきたと『字統』の序にあり、改めて衝撃を受ける。さてこそ水俣のことなども、その意味が伝わらないはずである。

ことばの異る国に来た古代の民のような顔つきになった漁民の声を、先生が示されたあの秘儀用の𠙵《さい》の中にとじこめ蓋をして、その声が甦りへの呪禱を唱え出すまで、ことばの源へ旅をしようと考えていたところへ、ご著書を与えられた。おおいなる距離が意味ふかく、天与の時間と思うち、世界の色が変って来た。

一日のうちに幾度も訪れる昏迷や惑乱、絶望もその色の中に溶かしこんだ。時は混沌を生み出す母のようになった。幸いなことに星のある闇しかわたしは知らない。

無知をさらけ出して入門を乞うた。

お許しのお手紙を父母の霊前に供えた。父母は無学であったが、「学問の神さまは梅の花がお好きだそうだ」と言っていたことがある。

生きていれば庭の梅を切って先生に捧げよというだろう。

白川先生は甲骨文の一字一字を全部、幾度もトレースしたとおっしゃる。そのいにしえの文字たちの何と生き生きとして威厳に満ち、その上愛らしいことか。たとえば望という甲骨文字の、ことばの海からたちのぼる精気の中で、ぽっと生まれ出たようなおどろきをあらわして、どことなく先生の大きなお目に似てはいないかしら。

五十年の余も、語りかけてやまない文字の線の無垢なる力で刻印された原初の美と対話を続けられて、先生のお姿は少年のごとくに初々しい。その初々しさは、つる夫人を呼ばれるお声にさらにあらわれて、頑是ない人のようにさえ聞える。

人間がことばを生み出してきた意識の深層には、明確な形を欲していた表現に伴って、音韻を調律しつつひびきあう森羅万象の、動いてやまぬ気配がある。先生の解明された甲骨文の書体は、骨格そのものが韻を含み、気息を整えながら、視る者に語りかけ誘いかけて来る趣があり、まことにのびやかな気分になれる。

思えば十年くらい前のこと、作品社から随筆集を出したいが、『祈』という集にしたいと話があった。そこで直ちに想った。祈るという巻名であれば、先生の『詩経』にある水神祭祀の「秦風・蒹葭《けんか》」を戴かねばこの巻は成り立たない。

蒹葭蒼蒼《さうさう》たり　白露《はくろ》　霜となる
いはゆる伊《こ》の人　水の一方に在り
溯洄《そくわい》してこれに従はむとすれば　道阻《けは》しくしてかつ長し
溯游してこれに従はむとすれば　宛《ゑん》として水の中央に在り

従来その詩意が不明とされていたのを先生は水中におもむく女神と男神との、神婚を祀る詩であると解された。

溯游してこれに従はむとすれば　宛として水の中央に在り、という情景の何と神さびて美しい表現であることか。そのように読ませてゆくお文章の、つよく張って流麗に鳴るひびき。学術書かもしれないが、いにしえの韻律にあやされているかのごとき玄妙さ。

はたして一部分を随筆集などに戴いてよいものだろうか。不遜ではあるまいか。悩みに悩み、担当の方にお願いに伺ってもらった。神夢をみたような出来ごとであった。

お文章からひびき出る楽音を聴くことがある。しばしばわたしはその中に忍びこむ。東洋の、古代の音であり、声である。あとをつけて歌いたくなって思い浮かべるのは『孔子伝』の「あとがき」で、激語といってよい。

「邪悪なるものと闘うためには、一種の異常さを必要とする」「あらゆる分野で、ノモス的なものに対抗しうるものは、この『狂』のほかにはないように思う」

「わが国の回復を」

あれはたぶん奥さまのご配慮だったと思うが、静《しずか》先生が下駄をつっかけて傘をさし、片手にはもう一本の傘をお持ちになって、歩いてこられるのにぶつかった。二度目の訪問だったので顔を覚えていて下さり、「やあやあ」とおっしゃりながら傘をさしかけて下さった。どしゃ降りではなかったが、肩のあたりに雨の滴がかかっていた。二〇〇〇年十月末、藤原書店『環』第四号の特集「日本語論」（日本語とは――「ことば」と「文字」をめぐって）でお説を伺いに出向いたのだった。

お目にかかってみれば、白川静というお方は、古代の神さまを想わせる風ぼうであった。古代の神さまとはどんな姿かたちであったか判らないけれど、野太い眉が顔いっぱいに動きまわり、私の友人などは、あれは先生の触角ですよ、とじつにうまいことを言った。お話がとぎれると、先生の中にある東洋が、その毛細血管をつなぎあわせているような凝視となってこちらに向いてくる。何ともいえぬ親愛感にとらえられる。

究極の知とは、原初のヒトに宿っていた神性であるということを、自らの存在で示されている方が白川静先生だと私は思ってきた。

なぜそのように思うのかというと、あるべき生命の古代をとらえかえしておかないと、人類の未来が心もとないからである。

そんなことを考えるのも、私が詩人気質で、どうしようもなくこの世の事象を意味づけし、あるいは芸術化しなければ生きてゆけないからで、そんな私を力づけて「現代の失楽園の作者」とおっしゃって下さったのが白川先生だった。

先生に、私は稚拙な入門願いを出した。先生は笑いながらお許し下さった。入門許可証を両親の位牌に供えた。小学校と戦時中の実務学校を出たきりの私にとって、それは世界のどの大学を出たより名誉なことであった。かねがね先生はおっしゃる。

「古代文字の研究は、その字源を明らかにするということだけでなく、その文化の起源的な状況をも明らかにするものでなくてはならぬ。文字は文字以前の原体験を、その形象のうちに集約したものであり、決して単なる記号ではない。」

古代文字の研究とひと口に言っても、先生の発表の方法は「謄写《とうしや》」による文章でなされた。パソコンを使う世代には納得がゆくまいが、この謄写という古典的な技術がいかに時間のかかる手作業であるか、気が遠くなるであろう。印刷所にはない中国古代文字を論ずるのに、白川先生は一番手間のかかる謄写という（ガリ版ともいう）やり方で後世が瞠目する論文を書いてゆかれた。

甲骨金文学の領域において、たとえば「殷周史」に関する種々の問題を討究する必要が生じ、「ここには東アジアの、東洋の原体験があると結論づけられる」が、先生の東洋へのこだわりは、若年の頃に心酔して読まれた陶淵明の影響が後年まで続き、漢字文化を共有する文化圏の中で築かれた共通の精神的風土にそれはつながって、互いにゆき来するものとなっている。

先生のお言葉でいえば、「東洋の古代の文学、古代の思想のなかに、その原体験を示しているのではないか。私の視点は、次第に東アジアの古代、その古典古代ともいうべきものに、焦点を向けるようになった。そこには『詩経』と『万葉集』とがあった」。中国の詩経とわが万葉との比較文学論は白川先生のテーマとされるところだが、両国の古代研究者たちの魂をゆさぶったのは、何といっても漢の許慎の『説文解字』の体系を根本から批判し、新しい文字学の立場からする字源字典の構想がうち出されたことである。

『説文解字』そのものに、徹底的な分析を加える機会をもちたいと記されているのが刺激的である。紀元一〇〇年に出来たといわれる辞書、『説文解字』は、漢字の国の聖典となっていて、これに徹底的な分析を加え、間違いを正そうなどとは、学問の世界への、逆徒の侵入ではないか。そう思った方々もおられたにちがいない。ましてや日本の学者が、である。

どよめきも今は去ったかに感ぜられるが、立命館大学の教授となられた翌年、先生は来たるべき事態にそなえて『甲骨金文学論叢』なる研究誌を立ちあげられていた。「自己の学問領域を確立し、東洋の古代学のありかたを模索したい」というお考えであった。ちょうどその頃、他の大学から出講のお話が来た。一つは大阪大学の大学院に、中国古代史を専攻する学生が一人いるので出講して欲しいということであった。

「学生は、杉本憲司君ただ一人であった」とある。ただ一人の学生のために京都から大阪の豊中市まで、風雨のつよい時は難渋したとある。杉本君は、なんと至福の時間をいただいたことだろう。この豊中市通いは、のちのち、知る人ぞ知る「樸社」創設のきっかけとなってゆく。地元有志の熱意を受けて、先生は樸学（古典の学）なる集まりをもたれるようになった。

「昭和三十年より五十五年まで、ほぼ四半世紀にわたって、ほとんど休むことなく継続した。この樸社における講義は、すなわち『金文通釈』全七巻、『説文新義』十五巻、私の全精力を傾けた著述である」とお書きになっている。講義の前に配られたのは、かの手書き謄写版の講義案であった。

『回思九十年』の中で先生は、痛切な口ぶりでおっしゃっている。

「私は崩壊してゆく東洋を目前にしながら、より古く、より豊かな東洋の原像を求めて彷徨した。二十にしてその志を抱いたとすると、今ほとんど七十年である。東洋を回復する前に、まずわが国を回復しなければならない」

第二部 ◆ 祈

魂がおぞぶるう

六月十日、本願の会。何だか不透明な、もやっとした梅雨空。地蔵さま彫りは電話をかけ合って中止。福岡から見えるはずの石彫りのお師匠さまも入院され、病状ただならぬご様子。

正人さんみえる。母の仏壇の前に長い間座って頭を垂れ、動かれない。亡き母をご存じだった。後姿を見ながらこの人の村のことをわたしは思った。一族はいうに及ばず、村中に病人や死者が相ついだ。どういうことが胸に交錯しているのだろうか。

やっと向き直った頬がうすくなっている。梅雨時はこの人にかぎらず、骨や筋のあちこちにゲリラ的な激痛がくると聞いている。尋ねるのもはばかられるのだが、それを察してこの人は微笑し、軽く頬を撫でていう。

「焼酎の飲み過ぎじゃもんで」

つい笑ってしまうが「焼酎痩せ」というのはあまり聞いたことがない。この前逢った時に聞いた最近の海の異変について聞き直す。

「たしかに変りよっとです。昔は来んじゃった小判鮫やマンボーが来るごつなって、魚がおらんとです。沖に出ても一匹しか取れん日もあって、今年はとくに少なかですなあ」

温暖化や潮の濃度や、巨大魚の出現で磯魚たちが逃げるのだろうか。本来小判鮫のいるところにも異変が起きているにちがいない。正人さんが頭をかしげていると杉本ご夫妻が見えた。このお二方も仏壇の前へ。

「ばあちゃん、今日もお世話になりに来ました。よろしゅう、お願いいたします」

じつに丁重な、いんぎんなご挨拶を声に出しておっしゃり、こちらも心がひきしまる。母は生前、患者さんたちが見えるのをいそいそした様子でお迎えし、口は出さなかったが、注意ぶかく事の次第を聴きとっていた。今は仏壇の奥でうなずいている。

座るのも立つのも、栄子さんの足や手では並のことではない。気持だけで加勢して、いつもの座に着かれるのを待つ。座るなり口をついて出たのは次の言葉だった。

「よんべはな、昔の人たちの二十人ばかり来らったばい」

昔の人とは、あの世にいった人たちであろう。夢の話と思われるが、栄子さんにすれば現実より強い意味をもっていることだろう。もどかしそうな、切迫した言葉が次々に出て、聞きとれないところもあった。

「昔の人たちの来てな、遠慮したごつして、かんにんしてくれろちな、いわっとたい。ああやっぱりそれなりに、考えてはおらったばいち思うてなあ。死んでからあと、あやまりにこらった」

口にしているうち、想い出すことが大波のようにうちかぶさってきて、その底で、栄子さんの声が涙で途切れる。澤山の、それも身近かであった人たちに取り囲まれて、「殺す」といわれた当時に、引き戻されておられるのだろう。青ざめて、はっとするほど痩せておられた。私たちの知らない過酷な日々が今も続いているにちがいない。

昔の人の、それも身内の「おじさん」が出羽包丁を振りかざして来たその下で、覚悟をきめていた。まだ若かった。ゴム長の足を組んで目を閉じ、さあ、と構えていつ包丁が来るかと待ったがそれは来なかった。第一次訴訟に栄子さん一家が加わったからである。

あの世から来たおじさんは言った。

「栄子ぉ、あん時は、お前が魂にゃ、おぞぶるうたぞ。おら、おぞぶるうたぞ」

それから遠慮したような声で、かんにんしてくれぃといわれたそうである。「おぞぶるう」とはおぞましさにふるえがきたの意である。その後、おじさん一家は次々に発病して、大半があの世に往ってしまった。その家のみならず、悪意を持って杉本家を取り囲み続けた人たちも倒れていった。

「なして、私達が生き残ったろか」

涙声でそうおっしゃる。

「父がいいよりました。どんな目に逢おうと、決して憎み返すなち。先の先まで考えてくれとったです。闘いです、自分との。それで生きて来れた」

こんなふうな、あの世との行き来も交えながら、本願の会はやっています。前々回は、正人さんが提案し、素案をつくって来た八月十三日行事の趣意書をみんなでまとめました。

従来の運動や行政の、はやっているお祭りや集会くさくならないように、というのが、切実なみんなの気持ちでした。患者さんたちが全面、表に出て、私たちは舞台つくりです。

どうぞお越し下さい。お待ちしています。

いま、なぜ能『不知火』か

まず天然現象としての不知火が私たちの海にありました。「不知火」と名前をつけた昔の人達は、人知の及ばぬ事がこの世にあるのだと、敬まっていたことでしょう。そして今、目の前に波うつ海は、何も彼も文明化したかに見える今の世の中で、唯一残されている神秘な「原初」です。

ところで諫早湾も含め、私どもの海が、文明の毒によって汚染の最終局面に至っていることはご存じの通りです。それの前段階として地上の汚染がさまざま続きましたが、私どもはなすべきことを見失って来ました。人間そのものが毒素となっているのに気づかないで、ご先祖からゆずり受けてきた国土をここまで粗末にしてきた報いがもう誰の目にもあきらかです。人間という毒素は国土だけではなく、自分たちの子や孫までも悪性遺伝子さながらにしつつあるのは日々報道される通りで、先ゆき不安な日々を私たちは生きています。

五十年以前から水俣で起きた事がらは、今日の日本を予告し続けていました。その中で、人はどう生きてゆくべきか、毎日毎夜、一寸きざみの業苦とひき替えに考えつめてきたのは、この地の病人たちでした。

あろうことか、受難者たちを最初にとり囲んだのは、ここに出現した悪霊たちでした。暗闇ばかりでなく、昼間でもその家々に石を投げ、「患者らは麦飯に水銀かけて早う死ね！」などというビラさえ撒かれました。むごい仕わざが何十年続いたことか。よくも辛抱なさったと思います。経済の繁栄もかげりはじめた今、子どもらの心に棲みついた悪霊におびえている日本人。今こそ水俣病の人たちが現代の人柱であった意味を深く考えてみるべきだと思います。

たとえば杉本栄子という人がいます。この人は長年の病苦と迫害とをあらためてわが身にひき受け直し、「守護神にして磨く」といわれます。ただならぬ覚悟です。これまでどういう日夜があり、不自由きわまる体で、人のゆけない道を来られたことか。今彼女は舟に乗れません。しかしその魂はいよいよ漁の女神といってもよく、胎児性の人たちがこの人を頼りにしていること、慈母のふところを求める姿にみえます。彼女が背負い直すという守護神とは並の守護神ではないでしょう。炎むらを発している自分の修羅でもあろうかと思われます。

これまでの哲学、宗教になかった展開がここ水俣で始まりました。

さらにまたとんでもないことに、水俣川の最上流に南九州を視野に入れた産廃処分場が出来ようとしています。日本の産廃第一号である水銀の惨禍がまだ続いているこの水俣にです。何ということか。こうなれば、私どもの水俣は、人類が二十一世紀をどう超えられるかを問われる、神さまの試しの土地になりました。

長い間この地から、衰弱していく日本列島を見ているうち、新作能『不知火』は出来上がりました。海と陸の毒をさらえて死ぬ不知火姫も弟常若も、菩薩さまも、最後に出てくる古代中国の神さまのすべてに、患者さんたちの面影が宿っています。

心のきずなを祈って、あたうかぎり美しく荘厳に仕上げました。ご一緒に考えていただければ、このうえなく有難く存じます。

（二〇〇五年七月十七日）

水俣から生類の邑《むら》を考える

まことにぶしつけでございますが、再び水俣から緊急のご報告をさせていただきます。さきの第一信で略述しましたが、産業廃棄物最終処分業者、ＩＷＤ東亜熊本（小林景子社長）と東亜道路工業東京（柴田親宏社長）が水俣川源流の山林を買いしめ、広大な処分場を造ろうとしています。そこは、水俣市民にとって命の水である水源地です。上流の村々ではその湧水を朝夕直接頂いて来ました。古くから地域住民の湯治場である「湯のつる温泉」もあります。

ことが判明したのは、昨年三月、最終処分場建設のための環境影響調査の方法書の縦覧が始まったからでした。江口隆一市長はなぜか中立の立場をとり、そのじつ、産廃処分場が来るのは既定の事実であるかのように、「世界最高の技術でやってほしいと約束した」と公言しています。発表する前に、他にも約束したことがあるのでしょう。

水俣病発生の頃、チッソの科学技術は世界最高水準といわれていました。いたいけな者たちがまず襲われ、赤んぼたち、少年少女はいうに及ばず、働き盛りの大人も長老たちも、宙を摑みながら顔をあげかけ、倒れてゆきました。胎児性の人々は、生まれてこのかた座らない首をもたげようとして、日々挫折をくり返し、その苦悶に満ちた視線の先を見とどけた者はおりません。

水俣病公式確認から五十年とは、今もうつつに続いている無念の日々をいいます。当地の年月を考えれば、野ざらしにこそなっていませんが、死屍累々です。そんな中で市民はゴミ分別日本一を目指してやって来ました。

水銀埋立地の処理も完全ではない五十年の歳月。昨年十月の関西訴訟最高裁判決のあと、当初の予想をはるかに上まわる潜在患者が認定を求めて名乗り出、はや三千二百を超えました。

怨念ただならぬこの現場に、さらに正体不明の産廃ゴミを持って来ようとは。どこから出発してくるかわからない大型ダンプカーが一日二百台から三百台もゆき来する人口三万弱の水俣。街も家々もがたがた「がぶり倒される」と水俣市民や胎児性の人たちが心配しています。ダイオキシンなどの焼却灰で洗濯物は汚れ、茶畑、ミカン園は黒ずみ、近年台所の人気者になったサラダ玉ネギなどの安全性は失われるでしょう。

なぜ、水俣が引きうけ手のない産廃最終ゴミの「受け皿」にならなければならないのか。飲み水は環境ホルモンやアスベストなどに汚染されるおそれ充分です。天と地の最後のめぐみであった天然の湧水にまで毒を注入するつもりか。湯のつる温泉の裏手の山々をぞっくり刳り抜き、ぞんぶんに投棄されるであろう有毒ゴミ。市民がついていて一台々々検査するわけにはゆきません。心優しい運転手が乗っているかもしれないけれど、怪しいダンプカー。

いったいどれくらいの致死量が不知火海に流されたのか。いまだに全容が明らかにされていない水銀の非人間性と、使用者たちの犯罪性。水俣病五十年とは、企業と行政の証拠隠滅の期間でもありました。

最近いとけない少女たちがあやめられる事件が相つぎ、世をあげておどろき、悲憤と哀悼の声が満ち満ちています。当たり前です。

ところで、何十人、何千人単位でむごい死をとげる社会的事件がありますのに、公害と名がつけられれば、一人一人の死のいきさつは行方不明になり、外側にいる者たちの心は痛まない不思議さ。

ここに産廃最終処分業に直結している東亜道路工業、柴田親宏社長のことばがあります。水俣の市議団が土地利用と計画地の変更を求めて、要望書をたずさえて行った時のことです。(本年七月二七日)

「水俣病は五十年経っているが、いつまでやってもしょうがない。水俣も新しいことをやったらいいのではないか。これくらいは(産廃場計画に)協力してという意味ではやりますが、撤回せよというのであれば、そのきちんとした納得のいく理由とこれまでの経費に対する弁償分はいただくことになる」

議員団を田舎者とみてふんぞり返っている様子まで伝わる言葉です。

ほんの少しだけ元気な潮もはいって来ている不知火の渚。

ざっくざっく採れていたアサリも死にました。ハマグリもマテ貝もサクラ貝も大きな三味線貝も月日貝も宝貝も、巻き貝のたぐいもいなくなりました。隣の有明海でも毒をためこんでいるから食べるなとささやかれています。小川もなくなり、フナもエビもウナギもシジミもいなくなりました。田んぼのタニシもおりません。ゆゆしき事態です。食の安全どころか、種の絶滅がすぐそばに来ています。人間もです。人間がやったのです。

貝とりは子どもの磯あそびでした。なくなりました。山あそびも川あそびも。

今の子どもたちの無選択な殺意をどう思われますか。人間環境の激変と、えたいのしれぬ毒物に子どもたちの脳が犯されているのではないか。水俣で起き、今も続出している多様な出来ごとは、これからの日本を予告していないでしょうか。水俣にかろうじて残っている救いは、人の心のやさしさです。

水俣川の川口に立って考えます。南の高みに矢筈山が見えます。中腹あたりの湯のつる川の源流から川口まで十・五キロ、水俣市街のやや左を突っ切っておだやかな川があります。この川がなんと豊かな恵みを人々にもたらしていたことか。先祖代々、心も体も養ってもらいました。死者たちの形見の声を少しばかり綴ってみます。

沖から見れば、川口の大廻《うまわ》りの塘《とも》はうねうね動きよりました。芒の穂の光って。野菊の花々も綴れて。狐の眷属たちの往ったり来たりして。貝採りにゆく時は人も狐も顔なじみで。顔見ればどこの狐かわかりよった。所の顔がございますよな。向う縁《べた》の天草狐は長崎系統で鼻筋のすうっとして。猿郷狐は小柄で猫のごたったですよ。鳴き声にも、所の訛のございます。狐同士で後先《あと》見て遊び遊びゆきよりました。「今日はどこゆきな」と声かけますと、「はい、よか磯ゆき日和で」と返事しよりましたよ。

湯のつる狐はひとめでわかりました。ひげの光って威厳のあった。山の神さまの代理もして、祭の神官さんもするそうで。祭といえば、大廻りの塘の薄っ原が広々なぎ倒されている時、ゆうべはい、い、い、い、あのひとたちの祭じゃったとわかります。狐といわず、「あのひとたち」といいよりました。

思い出しました。「しゅり神山」はもと「あのひとたち」の山でございました。大廻りの塘の一番先で、今はチッソの山になって、しゅり神さまも「あのひとたち」もおりません。何百匹のものたちが、天草目ざして舟で渡ってゆきましたことか。

「宇土《うと》のすぐり藁」という名の狐もいました。病気の百姓が頼めば、宇土から飛んできて、刈り跡の稲を一と晩に三反分くらい「すぐり」取ってくれていたそうです。宇土は二百キロばかり海の向うです。

地域住民と山や海辺の「あのひとたち」とは、今もゆき来があります。このような「民俗」が失われてしまう日本は、さらにぎすぎすした国にならないか。

湯のつる温泉の裏山一帯をぞっくり刳り抜き、産廃最終ゴミ（処分場全体の広さ、水銀埋立地の約二倍の九十五万平方メートル、埋立容量、四百万立方メートル）を埋め込むとなると、市民の飲み水を奪い、神秘な「あのひとたち」の棲み家をたたきつぶすことになります。ミナマタは受難のゆえに日本人の原郷となり、残された生類の邑《むら》になりました。

森と水を守れという気運が心ある人々の声となってきた今、惨酷な運命に呻吟してきた水俣の、残された命の水までも平然と毒化するおつもりか。ＩＷＤ東亜熊本と東亜道路工業東京とは、よっぽど冷血で非情なサディストだと思います。

ご自分もご両親も、さらには村ぐるみ発病している杉本栄子さんは、この五十年間に惨死した死霊たちを、一人残らずよび寄せるとおっしゃって祈っておられます。ゆきどころのないたくさんの霊たちが、どういう気配となって現れてくるか。人の一念というものは案外おそろしいものです。

「水俣病発生当初、何もしなかった」と自ら名乗る人々が中心になって、産廃最終処分場反対市民連合が発足しました。

民族の精神性が決定的に失われるこの危機、ゴミを出さないゼロ・ウェイストの方向を探るとともに、再び水俣のゆく末をお考え願いたくペンをとりました。ご支援を切にお願い申しあげます。

平成十七年十二月

注

水俣病認定申請者数　二万人以上

水俣病認定患者数　約二三〇〇人

うち死者数　約一六〇〇人

国の情はどこに

この度、私共は東京に、日本という国を捜しに参りました。

と申しますのは患者の中に「東京にまで行ってみたばってん、日本という国は見つからんじゃった」とおっしゃる方々が沢山いらっしゃるからでございます。これは我が民族にとって由々しきことではないでしょうか。考えてみれば、日本という国が無いとしても、人の世があり、そこには人の情というものがあって、私どもも何とか生き延びることが出来たと思っています。

その「なさけ」を求めて、探しに来たのは議員の方々が人に選ばれた方々であるからでございます。お願いですが、日本という国の情が何処にあるのかお教え頂きとうございます。私共、水俣の者達は、人類が体験したこともない重金属中毒事件に五十有余年も捉われ続けております。この年月は親子、祖父母、三代にも四代にも亘っています。有機水銀を脳や身体に取り込んだ人間の一生を考えてもみてください。

言葉もろくに話せず、箸や茶碗を抱えるのも困難で、歩くことも普通に出来ません。女性の場合には下の始末も自分では出来ません。これはあんまりでございます。議員の方々は人類史上初めてと言われる長い長い毒死の日々を生きている人々の日常をご推察頂けるのではないでしょうか。

不知火海の汚染は世間が考えるよりは凄まじく、私共発病者を始め、対岸の小さな離島の数々、鹿児島県の島々に患者が続発し、今や万をはるかに超えました。人間や魚の発病だけでなく、海底の食用植物の危険度についても国や県は調査しておらず、一人の人間の胎児の時代から少年、青年、壮年、老年の経過については、一部の研究者はおられますが、国民は病状の実態について知らされておりません。これからも患者の発生が続くと思われます。

昭和七年に始まったチッソは高度成長期を頂点にして世界史的な発展を遂げ、国策に寄与してきました。それに対して水俣病の発生は一種の凶徴でした。何しろ昭和七年から三十六年もの間、有毒汚泥を不知火海に朝も昼も晩も流しつづけたのですから。長い間には裁判を起した患者もいて、二〇〇四年には最高裁で熊本県と国にも責任があるという判決が下されました。県と国は判決を殆ど無視して今日に至っております。それかあらぬかこの度国会に提出される特措法案では未認定患者を表向きは救済するといいながらチッソの分社化と地域指定解除を謳いあげております。

こんな残酷な毒物を背負ったまま患者達は認定、未認定に関らずあの世に行かねばなりません。よくもこんな残酷な法案を作ったものです。この様な法案を作って世界に示す民族性を私共は国辱と思います。水俣病に本質的な救済というものはありえません。何故なら一度身体に入った有機水銀は出ていかないからです。せめて生き残った者が、この「人柱」たちを少しでも楽になれるようにさせて頂くというお気持ちになってくださらないのでしょうか。

水俣病は治療法が無く、不治の病となっています。日夜苦悩している患者達を救済するどころか、審査会にかけて棄却する方向に持っていきつつある様に思います。処理しきれぬ程に増えた患者数に驚き、なるべくならば早く死んで欲しいと思って、長引かせているやに思われてなりません。

せめて国が、できることは、日々の生活の足しになるような慰謝料を差し上げるとか、治療法に取り組む医者を育てるとか、棄却などという冷酷な言葉で処理しないように、国力を挙げてお取り組み頂きたいと思います。多くの人が選んだ議員様方にぜひともご協力頂きたいと存じます。

今日は私共のため、貴重な時間を割いて下さり本当に有難く存じました。祈念を込めてお願い申し上げます。

二〇〇九年六月二十八日

道づれの記――「鬼勇日記」を読む

鬼塚勇治さんと口をきいたのは今回が初めてでした。小さいころから知っていますが、これまできちんと向き合うという時間がありませんでした。鬼塚さんには能『不知火』奉納公演のときは浮浪雲工房の金刺潤平君を通じ、ポスターに使う新作能「不知火」の文字を書いてもらい、さらには本願の会の季刊誌『魂うつれ』の題字も立派な字を書いてもらっています。前々から直接、会ってそのお礼を言わねばと思っていましたので今回、鬼塚さんのいる明水園に行ってきました。

鬼塚さんがこまんかとき、赤ちゃんのときですが、水俣病のために「首が坐らない」ことは聞いていました。赤ちゃんの首が坐らないというのは親にとっても赤ちゃんにとっても大変なことなんです。当時、集団検診に来た赤ちゃんたちの集合写真があります。原田正純先生がお持ちだと思いますが、あの写真の中に鬼塚さんもいたかどうかは定かに憶えていませんが……。あの子たちのことを、私はいまでも「あん子たち」と呼びますが、成人して大きくなった現在でもなにかにつけ「あん子たちはいまどうしているだろう」と気になっていました。

鬼塚さんを明水園に訪ねたのですが、その間に五十年の月日が経っていて……、そしたら鬼塚さんの首がシャンと立っているように見え、「よかったなぁ」と安心して、「まあ、こん子たちも大人というか、いまが思春期といった面差しをしている」と思ったのですが、後で聞いたら首はやはり正常ではないということでした。

鬼塚さんが日記をつけていることはずいぶん前から人づてに聞いていました。胎児性の人たちがどういう日常を過ごしているのかに関心がありました。それで申し入れて日記を読ませてもらうことにしたのです。

明水園には鬼塚さんがあの不自由な口で言ったことを聞き取って書いてくれる人がいて日記は成り立っています。日記に書いてあることは一見、ごく普通の日常です。

ちょっと違うのは「寝具交換」が頻繁に出て来ます。それで鬼塚さんが病人さんであることが分かります。また「朝風呂」と「昼風呂」があっていずれかに入るわけですが、風呂に入るときは介護（一人）、ナース（二人）の三人がかりであることも分かります。明水園にいる人たちはそれぞれに個別の日課が組んであることも分かります。

「お風呂のイスにうまく座れた」とありますが、うまく座れるか、座れないかが大問題なんですね。介護される側も、介護する側も大変であることがよく伝わってきます。

「父が来た」「蜂楽饅頭を持ってきた」「妹がごちそうを持って来た」というように家族の訪問も

あります。蜂楽饅頭は私の小さいころからあり、水俣の人間には格別に親しいものがあります。鬼塚さんも好きなようですね。

わが家に帰ったときのことも書いてあります。「母さんはやっぱ疲れた」「具合の悪くて早く寝らした」とあり、「寝らした」という表現がいいですね。「ズボンのゴムを入れてもろうた」ともあります。

外出が楽しみなんですね。ほっとはうすに行くこと。大型店の「エムズ」や水光社によく行くこと、そこでコーヒーを飲むこと。（ほっとはうすの前理事長の）杉本栄子さんの三回忌も克明です。「あっちこっちからいろんな人が来らった。全部で百人ぐらい来らった」。「来らった」という水俣弁がいいですね。黙禱、生前のビデオをみんなで観たことなどが記され、「よかった」。後日、追加があり、前（熊本県）知事の潮谷義子さんの参加も分かります。胎児性、一般の障害者の人たちの作詞した曲が発表される市文化会館での年一回の「もやい音楽祭」、バス二台で熊本市の崇城大市民ホールであった柳田邦男さんの講演会を聞きに行き、こちらも「よかった」とあります。

土曜・日曜は明水園に日記をつけてくれる人がいないので月曜の夕刻、土・日・月の三日分を書いてもらうのですが、鬼塚さんの記憶力は大したものです。よく憶えているなぁと感心します。

内面のことは書いてないけども……。心の中はよう分からんけどもあの顔つき、しぐさはいまでも思春期ですもんね。好きな人がいるかどうか、おらんはずがないと思いますが……。しかし、同時にいまは思春期と老化がいっしょにきているような気もします。

この人たちにどういう未来があるのでしょうか。好きな人があっても言えないし、やさしい親兄弟姉妹はいますが、その人たちも年をとっていく……。あの子たちに未来はどう思い描かれているのか、それを尋ねてみるのも気の毒です。

鬼塚さんの場合、自分で書けないということはきつかでしょうね。記憶力のある人にとっては余計につらいことでしょう。胎児性だけでなく、水俣病患者は一日一日、悪くなっている。だれ一人良くなったものはいない。水俣病特別措置法をつくった人たちはそういうことを考えたことがあるのでしょうか。

いま、あの子たちは小学校に水俣病のことを話に行っていますね。どの子も行っているようですが、「鬼勇《おにゆう》」(鬼塚さんのこと)は行ったことがあるのでしょうか。加賀田清子さんが話しに行った小学校の子どもと町で会ったら清子さんのことを覚えていて「清子さん、こんにちは」とあいさつをしてくれたそうです。名前を呼ばれたことが清子さんはうれしかったといいます。ささやかなことかもしれませんが、そういうことがきわだってうれしいんですね。

鬼塚さんはよく「エムズ」に行きます。私の若いころ、水光社に行くときは野良着を町着に着替えて手提げを持って行くのですが、ちょっと晴れがましい気持ちでした。すると「きょうはどこ行きな?」と畠から声がかかる。「きょうは町行き」と答える。日常ではあるけれども日常からちょっと外れて一種、ハレの日みたいな気分になる。鬼塚君の気持ちもそんなんじゃなかろうか、と思ったりします。

ほっとはうすでは「習字」をしていますね。お母さんの認定を求めて裁判しておられる溝口秋生先生が教えておられるそうですが、鬼塚さんにとって習字とは唯一の自己表現ではなかろうかと思います。『魂うつれ』の題字にしても力の入ったというか、気合いが入っています。全身全霊をこめて書いたというような……。半日がかりで書いたそうです。

鬼塚君の内心の、深い呼びかけが伝わってくる。それを私たちは読み解かねばならんと思います。あの子たちは「きずな」を求めているのです。そしてこれほど不自由な身体をもちながら、長期にわたり、短い言葉で綴られて来た「鬼勇日記」からは、鬼塚さんの深い思いとその頭脳明晰な人柄が伝わってきます。このような日記は私は見たことがありません。明水園で会ったとき、鬼塚君と握手をしてずっと手を握っていたら肩を抱いてくれました。鬼塚君にとって肩を抱く、肩を組むというのは大変なことなんです。組もうとすると体がのけぞってしまうんです。それでも肩を抱いてくれました。そこに半永一光君も来て三人で記念写真を撮りました。加賀田清子さんも現れて「石牟礼さん、ごくろうさんです。大変でしょうばってん、がんばってください」と励まされ、言葉を失いました。

元気な私たちはふだんの心がけが浅い。私たちは胎児性の人たちの長年の深い思いを汲み取り、胎児性の人たちと手をつないで行きたいと思います。私たちが道づれになってあげるのではなく、私たちの道づれになってほしい。人生は人それぞれにさびしい。やはり手をつながないといけない。その願いをこめて連載「道づれの記」を始めたいと思います。

「わが戦後」を語る

おはようございます。こんなお天気が悪い日に本当に皆さまおうちのお仕事もお忙しくていらっしゃいましょうに、ようこそいらしてくださいました。

私、ちょっと心臓がおかしいもんですから失礼でございますけど私も座らせていただいてお話しさせてください。

ゆうべこちらの係りの方で芦田さんとおっしゃる方から、どのような方々がいらっしゃるんでしょうかてお伺いいたしましたら、大体四十歳前後で（笑）、主婦の方が多くていらっしゃると伺いました。それならば私もあんまり皆さまと変わらないような生活体験なり、いまも皆さまと、ものを書いているということを除けば、田舎に住んでるというだけで変わらないと思いますんです。

最初こちらに来て話せというお話がありましたときに何を話せばいいのでしょうかて言いましたら、大変むずかしい「私の戦後」という、そういうことで話してくれということでございましたんですけども、ただいま司会の方の御紹介にありましたように、どうしても水俣にずっとおりますので当然水俣病にかかわっておりますんで、そういうこと織りまぜながら話したいと思うんですけれども、先週は山代巴さんがいらしてくださいまして、あの方大変すばらしいお方でございますので、その山代さんの後に私みたいなまだひよっこみたいなのが何をお話しすればいいか、大変戸惑いますんですけれど、私は昭和二年生まれでございまして、もう来年五十になる、幾つかな、いま四十……(笑)、ともかく昭和二年生まれでございます。

天草という——九州の地図をごらんになりますと、ちょうど九州のおへそといいますか、下腹部ですね、おへその下の下腹部あたりに不知火海という海がございます。その海の中に天草という離島がございまして、その天草で、父母の仕事先で、仕事といいますのは請負業を私の祖父がやっておりましたもんで、道をつくりに行くとか、橋をかけるとか、海岸の港をつくるとか、そういう道路工事、港湾工事、鉄道工事はいたしませんでしたけれども、そういう請負業者の家に生まれましたもので、そういう仕事をしに、天草の小さな港と道路をつくりにおじいさんが行ってるときに、何ていいますか、まあ土方の仕事でございますからね、その土方の帳付をやってる父と御飯炊きを手伝ってた母がきっと仲よくなったんじゃないかと思うんです。そこで生まれまして、生まれてまだ赤子のうちに水俣の方に祖父が家を移しましたので、それでずっと水俣で育ちました。どうして両親が水俣に家を移したかと言いますと、天草を引き揚げまして、父祖の地を捨てまして水俣に来たかと言いますと、チッソ工場が当時できておりまして、水俣が発展するかもしれない、チッソ工場のそばにいると、工場に勤めるわけじゃございませんですけども、何となしに水俣が開けて、小さな村でございましたんですけれども、チッソとは当時言っておりませずに「会社」と言っておりまして、「会社」と言えば工場というイメージなんでございますけれども、ただ、私たちがいま考えるような工場のイメージではなくて、「あそこの村に会社ができるげな」と言うときの「会社」というのは都、そこに都ができるのではないかというイメージで会社ができるというふうなうわさが天草一円に広まるわけですね。当時日本の辺境というのは天草だけでなくて、鹿児島の方もそうでございますけれども、自給自足ができない、小さな村で土地が大変狭くて限られておりまして、本当に耕して天に上るという形容がぴったりいたしますけれども、天草でも水俣かいわいでも鹿児島の方もそうでございます。耕して天に上って段々畑つくってそこで暮らしても、自分たちを養うことができない。

それで、天草のその段々畑のことに関して一つ話があるんでございますけれども、段々畑をたくさん持ってる人がいて「おれは百段畑を持っているばい」と言ってその人が自慢する。それで隣近所の人が参りますと、おれは今度百段畑を耕したと。それで、ひい、ふう、みいと数えていって九十九まで数えていったらあと一段、百段耕したと思っていたのがどうしても足りない。おかしいな、たしか百段耕したはずなればと言って何遍も数えて、ひょいと気がついたら、自分の立っている足の下にですね、百段目の畑があったと。そのくらい、本当にこのくらい、このテーブルくらいなような畑なんかよく見るんでございますけれども、土地がある所は全部そんなふうに耕して、一番小さなのは足の下に――足の下というのはなお不正確で、私ども覚えてるんですけども、足半《あしなか》というぞうりを私ども履いておりますす。足半と言いますのは、足の半分あるぞうりをわらでつくりますんです。ぞうりをお履きになった方は御存じと思うんですけども、わらのぞうりというのは、わら打ちでたたいて足に痛くないようにやわらかくしまして、それでも最初新しいときは痛いんですけども、履いているうちにだんだん伸びてきまして、足になじみやすいやわらかさになりましたときにちょうど足の形に伸びてきまして、だから、最初つくりますときは足の裏の半分くらいまでのぞうりをつくります。それを足半と文字どおり言うんですけれども、その百段畑の百段目の畑は、足を挙げてみたらば足半の下にあったという、そんなふうにして生活を大事に、ありとあらゆるものを大事にして生きていく知恵を発揮して暮らしていっても、長男以外は島に残ることができない。鹿児島も、私のおります水俣あたりもどうしても外へ出なければ――外と言いますと、この大阪とか神戸とか、大阪が一番多いと思うんですけれども、出てまいりまして、最後の者たちだけが残って先祖のお墓を守るわけです。そういう所なんでございますね。

ですから、そういう所にチッソ工場が明治四十年の終わりごろできますんですけど、その会社ができたという話も、天草一円、鹿児島の近郷近在、熊本県も含めますけども、何と言うんでしょうか、都ができると、会社が来たから都ができるという感じで、いまでもやっぱりそのことを思いますと大変胸が痛むんですけれども、何か見たことのない上方と言いますかしら、文明がやってくると言いますか、何か非常に美しい都がそこにできるであろうという幻想をみんな持ちまして、そういう村の人たちが五、六年前ぐらいまで会社というものに、それが文化の象徴、何か文明をもたらしてくれる――自分たちの生活はすぐにはその文明に向かって前進はしないわけですけれども、あれは一体何だろうといまも思い続けるんですけれども、チッソというものに自分たちの願望のすべてを託しまして、チッソに雇われているんでもないのにその近辺に寄り集る。「会社がこのごろどうじゃろか、景気がどうじゃろか」と言うときには、自分たちの暮らしの景気じゃなくて水俣の会社の景気はどうじゃろかというんですね。それで、船でチッソの製品をよく積み出しますから、船で天草の方へ行ったり来たりする人たちが海の上で「会社の景気はどうじゃろか」と言いますと、「このごろ何か知らんけども大分いろいろ積み出しよるごたる」と言って会社が栄えるのを大変喜ぶわけですね。そんなふうにして、私たち子供心に大人のそういう人が「景気はどうな」て言えば「大分積み出しよるごたる」なんて言ってるのを会社のことだということがわかりまして、大変不思議な気持ちで育ちました経験を持っているんです。

私が昭和二年に生まれましてから物心つく二つ、三つになりますと、そういうことで水俣の町に幾分か人口がふえまして、それまでは百姓が主で、その次は漁師さん、漁師さんと百姓が半分ぐらいで、あと、そうですね、いまのように非常に高度に文明化されたと言いますか、資本主義化された世の中というのが、きょうここは非常に膨大なアパート群があるのを見せていただいて本当にびっくりしてまいりましたんですけれど、こういうふうに日本の都市というのが、都市市民の生活というのが、こういうアパート群——四万幾らが一つの階層をなして形づくられるまでに、そのもっと前の段階、近代百年と言いますけれども、百年前の日本の村落、その村落に根をおろして、チッソ工場というのは日本の近代産業のパイオニアであるというふうに言われておりますから、そのチッソ工場が来まして水俣の村とかかわり合いを持ち始めます。その前は水俣の村の階層というのは本当に単純でございまして、百姓とか漁師とか、それから馬車引きというのがございます。これは、水俣の山の中から木を切り出しまして長崎の方に持って行きます。当然長崎の方から、今日のように汽車がございませんから船で——水俣の人たちの意識というのは、その当時は大阪というのはわからないわけですね。大阪というのは何か上方の方だという……東京なんてとてもまだわからない。ですから長崎の方に感覚が開いてまして、船で行くどっかかなたの方に長崎という「花の都」があって、その向こうに中国があって、たとえば大変いいおうちでは嫁に行くときは「花の長崎」に行ってこの帯を買ってもらったというふうに、いまでもおばあちゃんたちが言いますけれども、長崎の方からそういう美しいものがやってくる。かんざしなど長崎見物に行った人たちから買ってきてもらったとか。もちろん女たちは学問なんかはないわけですから、それでも学問をする人たち——

お医者様ですね、そういう村のお医者様方は熊本の方じゃなくて長崎の方に勉強にいらっしゃる。ですから、何かそういう文化の交流というのは、日本の本土の方じゃなくて長崎の方に向いて、そして中国大陸の方に向いていている。そういう暮らしだったと思うんです。

それがチッソが入ってきますと少しずつ変わり始めてくるわけです。まず汽車が熊本の方と通じまして、熊本の方のお医者さんの学校へ行く人たちが出てきたりしますんですけれども、それとともに「会社ゆきさん」という人たちが出てまいります。チッソの工員なんて言いやしないんです。会社というのを大変尊敬しておりますから、会社に行く人たちのことを「会社ゆきさん」というふうに「さん」をつけまして、当時そりゃあ大変ハイカラな職種でございました。その「会社ゆきさん」たちの内実というのは、後でよくわかるんですけれども、当然賃金は低いわけです。その当時の賃金で一番高い人たちというのは、やっぱり大工さんや壁を塗る左官、そういう人が、やっぱりいまでもそうですけども、当時から一番お給料が高くて、その次が馬車引きさんが高くて、その次が土方。土方が一番お給料低いわけですけども、その「会社ゆきさん」になった人たちは、入ってみたらば土方並みのお給料であったんです。そんなふうに給料が低くて会社の中で非常に過酷な労働が始まる。ですけれども「会社かんじん、道官員」そんなふうに村の人たちが言うようになったんですね。「会社かんじん」というのは、「勧進」というのはこじきのことなんですけれども、会社の中で働いてるときはかんじんさんも及ばんようにみんな汚れてしまって真っ黒け。いい洋服なんかとても着て……洋服は当時は着ていかない、ドテラか何か着て会社に行くわけですが、ドテラとかしまの百姓着なんかで行くんですけども、もう汚れて汚れて、村の中でも一番汚れているかんじんさんたちよりももっと汚れているんだけれども、行き帰りだけは、いま思えば葉っぱ服です、グレーの霜降りの葉っぱ服が支給されまして、とてもそれがハイカラに見える。それで、会社の中でかんじんのようなかっこうしてるけれども、帰りはおふろに入ってさっぱりして葉っぱ服を着て、道を行くときは、村の中をさっそうとみんなが着たこともないような新しい洋服を着て帰るので、道を行くときは「官員さん」――官員さんというのは、若い方は御存じないでしょうけど、官に勤める人、お役人ですね、お役人みたいな洋服を着て帰るというんで「会社かんじん、道官員」と、やゆしてるともつかないことを言いだします。それはいままでなかったことなんですね。私の母なんかよく言うんですけど、本当はみんな会社に入りたいんですけども、そんなに雇ってくれるわけないですから、うらやましさとやゆを込めて言うんですが、もう一つ百姓たちが会社ゆきさんたちに言ってたことは、靴ですね――靴もなかったんですね。そのころまだみんな履いてなかった。地下たびが最初入ってきたときに――ちょうどチッソが入ってきたころ、地下たびが入ってくるんですけど、百姓たちは私がいま申しましたように、私たちが小さいころまで野良で働くときは足半ぞうりを履いておりましたけど、中には山仕事なんかする人たちは地下たびを履くようになりまして、初めて地下たびを履いたとき、地下たびというものを履くと雪が降っても足がぬれないそうだと。それから、村の道というのはカヤが――カヤというのは強い草ですから切れちゃうんですね。はだしの足がそういうもので切れるのはしょっちゅうで、足半ぞうりで仕事しますと足をけがするのはもう朝晩のことで、珍しいことじゃないわけですね。それが冬になりますとあかぎれになりますから、それがあたりまえなんですけれども、地下たびというものを履くと足が切れないんだそうだと。あいうものが履けたらいいなという形で地下たびが入ってきて、そしてそれもだんだん普及しますんですけれども、会社ゆきさんになりますと靴――革の靴ですね――を履く人が出てきまして、それ、歩きますとキュッキュッと音がしますから、会社ゆきさんたちが帰るころになりますと音がするんですね。その靴の音というのはクウズクワズ、クウズクワズという……だから「会社ゆきさんたちの靴の音がクウズクワズ、クウズクワズいうて通りよるばい」て言うんです。キュッキュッというのをクウズクワズというのは、給料が低いからですね、靴の音はキュッキュッとするけれども食うず食わずという、それをやゆしまして「クウズクワズ、クウズクワズといって帰りよらすばい」と言って、半分はうらやましくって、そんなふうにして村の雰囲気みたいなものが従来の水俣の村とは変わってまいります。

私のうちは請負業とは言いましても、海のそばに積み出し港をつくらなきゃなりませんから、積み出し港をつくるための港と、それからそういう積み出し港をつくりましたならば、町の方に向かってチッソのそばを通って道を通さなければなりませんから、そういう港と道をつくるために水俣へ行きました。とは言いましても、私のおじいさんというのは計算が全然できない人でございまして、ただそういう道をつくったり港をつくったり、それから石が大変好きな人でございまして、石を切り出して、お地蔵さんとか石の鳥居とか、石の彫刻ですね、本当はそれが大変好きで、石山をたあくさん自分で求めてそういう石の彫刻をやりたいというのが最終的な望みでございましたんですけれども、そういう意味での一種の道楽者ですから、道楽仕事にそういう請負工事をおっ始める、たった一代のうちに先祖伝来の天草の土地やら山、水俣に求めていた山など全部すっからかんになって、私が三つぐらいのときに最終的に没落してしまいました。それで、道をつくりかけておりました――チッソ工場のすぐそばですけれども、港の方からずっと道をつくってきて、チッソ工場のそばに新しい栄町という……あのころの町のつくり方というのは大変おもしろいんですけども、そういう工場ができると、町が栄えるように道をつくりましたら、その道に「栄町」という名前をつけまして、その栄町の道までつくって破産してしまったんですけれども、その道にでき上っていく町というのが大変おもしろうございまして、土方の一家がそんなふうにして道をつくってやってきますと何ができるかと言うと、まず最初に、あたりまえですけど米屋さんができますね。それから酒屋さんができる。屋号は何とか屋なんて言わないんです。みんな、「米屋」という屋号ですね。「酒屋」という屋号で「豆腐屋」という屋号ができます。それから女郎屋というのができる。ま、女郎屋にだけは後に名前がついて、これもめでたい名前で末広という――扇の形の末広という名前の女何と言いますかね、最低生活をしていく上での最初のそういう村落、村落ではなく、もう町……栄町ですから、大変おもしろいと思うんですけど竹輪屋さんという屋号ですね、非常に単純ですけど、そういうふうにして町の一番ひな形ができていくわけですね。そういう町で育ちまして、まんじゅう屋さんという屋号がありまして、こんにゃく屋さんという屋号があります。私の家の隣がまんじゅう屋さんで、その隣が、いま思いますとアズマだんごとかキヌガサ饅頭とかをつくっていたと思うんですけど、後にはライスカレーなんて非常にハイカラなのをつくるようになって……。私の家の前が針屋さんでした。それから、食堂のことを飲食店と言うんですね、「飲食店」という屋号なんです（笑）。前が飲食店で、その隣が針屋さんで、その隣がこんにゃく屋さんで、私の家は石屋という名前なんですね、石を扱いますから。日本の町というのは、多分そうやってどこの町でも最初できたんだろうと思いますんですよ。ああ、それから呉服屋さんというのができますね。すると後からカフェというのが、それも本当にカフェという、ほかの名前じゃなくてカフェ屋さんていうんですよね。それから、回転まんじゅう屋さんができます――大阪のたこやきみたいなもんだと思うんです。それから製材所ができますね。それから、おふろ屋さんがもちろんできますし、その次に小間物屋さんができて、小間物屋さんには名前がどうしてだかついていて、山形屋という名前でございましたけども、あれはきっと東京あたりの山形屋のデパートなんかから借りてきたんじゃないかと思うんですけれど、それから、女郎屋さんができますと髪結い屋さんができますね。

その髪結い屋さんに私は大変かわいがられて、女郎さんたちの髪を結いますから、結綿とか女郎さんたちの髪の型などよく覚えているんですけども、お正月になりますと高島田に女郎さんたちが結いまして「女郎しとらんばよか嫁御さんばってん」なんてお互いに、女郎にさえなっていなければ自分たちはこれで高島田に結ったから、本当によか嫁御じゃと言ってたのを、そうするとみんながどっと笑いましてね。そんなふうにして、そういう町にまみれて育ちましたんですが、先隣が女郎屋さんですから、よく夕方になると女郎さんたちがもろはだをぬいで化粧を始める。そうしますと、私の家は土方で石屋ですから没落した後でも石を扱ってたり、土方のお兄さんたちが出入りをしてかなり後々まで——土方の後では下請やったり、自分たちが雇われる身の上になっていたと思うんですが、そういう若い……男でしたらば十五、六で天草を大概出てきまして土方になって、若い男の子でしたらばこういう大阪あたりまで、汽車ができた後では集団就職で出てくるんですけども、まだ交通がそのように集団就職で大阪、京都、神戸あたりにこれない間は、水俣に一斉にみんな出てきて土方になるとか、女の子たちは売られてきてそんなふうにして女郎さんになりましたり、熊本かいわいの百姓の手伝いに行く、私の回りの人たちはみんなそうだったと思うんです。私なんかもうちょっと早く生まれてたらば、本当に女郎さんに行ってもちっとも不思議でないような、そういう育ち方をいたしました。特に私の家なんか没落したわけですから、ちっとも不思議ではないんですね。女郎奉公ていうんですね。だから女郎奉公して親に孝行をする。最初売られていくときに孝行をするわけですね。一枚の紙きれとともに何がしかのお金を得まして、うまく女郎奉公を勤めたらば——うまく勤められるはずないんですけども、親たちが言うには、募集人の手にかからずにうまく女郎奉公を勤め、募集人の手にかかって自分を売っていたらば一生足抜きができんから、そこは上手に自分で自分を売るようにしていったらば、というのは、自分で自分に値段をつけて年季が来たらば次の所へ自分で売るような利口者になれば、四十か五十になったらば足抜きができて自分の村に帰ってくることができるから、女郎奉公に行くときにはなるたけそんなふうにして自分で自分を売って早く帰ってくるように、親、兄弟が生きてるうちに帰ってくるようにしろぞというような話を、私の回りの親類の人たちとか近所の人たちとかが、「娘が行くときにはそんなふうに言うて聞かせてやったばってん、いまはどこどこされいて（さすらって）いるか、一向便りもなか」とか、「おまえ方のだれだれしゃんは、いまどうしとるかな」とおばあさんが言えば、「いやいや、それがそんなふうにして教えてやったけども一向便りがなかが、どこにいるものやろ」なんて言って涙ぐんでる。そういうおばあちゃんたちの話を朝晩近所で聞いて育ちましてね、それで、私なんかもいつかはどこかへそんなふうにして行くんだろうというふうに思っておりましたんですけども、いつかはどっか女郎奉公に行くんじゃないか、それとも百姓奉公に行くんじゃないかと。そのうちに紡績奉公というのも出てきますから、どこかに奉公に行くんではなかろうかというふうに思って育ちましたわけです。

幸い……幸いかどうか知りませんけど、行かずに済んだわけですが、私が小学校に入りましてから「あの人は売られていかすとばい」という友だちが、やはり一年、二年、三年、四年生、そうですね、六年生ぐらいになるまで必ず学級の中におりました。ちょうど活動写真がトーキーになるころだと思うんですけども、小学校の三年生のとき、とっても仲のよかった、その人頭がよくて副級長さんだったんですね。私が級長でその人が副級長さんで、とっても仲がよくて、お父さんが弁士さんだもんで映画館がただなんですね、その娘さんは。だから、その人によく映画館に連れていってもらって、お父さんが名調子で活弁をやって……忘れられないんです。山田五十鈴さんの若いころの映画で、「千姫」という非常に妖艶な映画ですけども、そういうのを見たことがありますけども、トーキーに変わりましたもんで弁士さんの仕事がなくなっちゃったんですね。そのせいだったと思うんですけど、その副級長していた人――松本さん、いまどこにどうしてるかと思うんですけど、その人がやっぱり売られていくというわさが伝わりまして、彼女の様子も何か変なんですけど、彼女言わないもんですから……。そのときはさすがに非常に悲しかった。いよいよやっぱりお別れの日が来まして、売られていくとは本人も言わないですけれど、いなくなりまして、どこへ売られていったかわかりませんけども、そういうことがありました。それで、私はその友だち恋しさに、彼女がいなくなりましてから彼女が住んでいた家に行きますと、お父さんはやはりそこの家に暮らしてて……お母さんが死んじゃったんですね、それで新しいお母さんが彼女がいなくなった後に来てまして——お母さんだと思ったんですけども、新しい女の人が来ていて彼女がいないわけですね。そういうことがありましたり、やはり同級生でしたけども、すぐ私の隣村の人は水俣の学校をやめさせられまして、それは四年生のときで、そこの親の人たちは飲食店に奉公に出したと言っておりましたですけれども、いずれはやっぱり売春まがいのことをさせられていたと思うんです。その人も同じ水俣の町にずっと住んでましたが、学校やめてしまいました。そういうこと、本当に日常にあったわけですね。

それと、サーカスに売られている子が一人——というふうにわたしたちは言ってましたけども、サーカスとかお芝居とか、よく来てましたから。よく学校出してくれたと思いますけども、そういう渡ってくる、どっか何となく都会風な退廃的なような服装をした女の子が転校してまいりまして、十日ばかりいてまたどっかへ行く。その子たちは、お芝居小屋に来る人たちだったり、サーカスに来る子たちだったりして……。非常に友達になりたいんですけども、子供なのに何か非常にさびしげな表情をしているんですね。

私の生い育ちというのはそんなふうで、まあ魚をとって、百姓をして唐薯をつくって——唐薯というのはサツマイモですけど、何とか最低は食べていけたような、そういう村にチッソ工場がやってくる。それが村の中にそういういままでなかったような階層をつくっていく。そして「水俣市」という形になっていくんですけども、最初水俣村のことは人口が一万そこそこの村ですけれども、水俣病が発生したころは五万ぐらいになっておりまして、なおかつ、やはり近郊近在の村だけでは暮らしていけない人たちの憧憬の的で、私どもが年ごろになりますとお嫁に行く人たちが出てまいりますが、会社ゆきさんのお嫁さんになれる人というのはやっぱり玉の輿でございます。「ほお、会社ゆきの嫁御になったげな、まあ」と言って私の年代、特に私たちよりも上の人たちなどは、会社ゆきさんのお嫁さんになりますと、みんなからうらやましがられておりました。

満州事変が起きてくるのは、私よく覚えているんですけども、学校に行く前、戦争が始まったという空気が町の中にありまして、そのころ、昭和七年——満州事変は昭和六年ですが——ころから直接的な軍需物資ではないんですけど爆弾の材料とかなるものをどんどん生産するようになりまして、いま思えば昭和七年ぐらいから水俣病の原因になります有機水銀が一番使われる醋酸……あれは爆発力が大変強いわけですけども、醋酸工場が大量に動き出すわけですね。それとともに、ぼつぼつまだ見えない形で病人が出ていくわけですが、それがようよう見え出すのは、最初の病人がみつかりますのは昭和三十一年ごろです。あの有名な細川先生という方がいらっしゃいまして、この方は水俣工場の工場医で、大変りっぱな方でしたけども、チッソ工場の小児科病棟に大変変わった病人たちが、子供たちがあらわれるようになりまして、それに非常に地域が寄っておりますし、みんな似たような病状だもんですから、たちまち細川先生のカルテの中に一年ぐらいの間に三十何名もみつかりました。これは何か容易ならぬことが起きてるというんで、あの方が最初気づかれてどんどん手をうっていかれて、水俣病の発見ということになるんですが、それも発見される前の、私が育ったころの水俣というのはそんなふうな様子でございまして、私どももう小学校に入るころは病人が出てるんですけども、そんなこと知るはずもありませんから、まだ水俣は生々発展してるとみんなが思ってるんですね。

当時、病人が出てるにもかかわらずそう思ってて、私たち小さいころ和服で育ちましたから、男の子たちと遊びますのにいままで聞いたこともないような軽やかな旋律が町の中に流れてきまして、それは水俣工場歌なんですね。水俣工場が発展する歌なんです。それは従業員が作詞しまして古賀政男さんが曲をつけて（メロディをつけて楽しそうに）、

矢城の山にさす光
不知火海にうつろえば
工場のいらかいやはえて
煙はこむる町の空

こんなですね（笑）。何かこんな、とっても楽しそうな歌がはやりました。いま覚えてるんですけ

れども、その歌を歌いながら棒切れをかつぎましてね、行進して歩くんです。私たち和服を着て足をぱっぱっ挙げまして「煙はこむる……」なんて、その行進歌を歌いまして工場の方までぐるっと歩くんです、男の子たちと。そんなふうで、子供たちの遊びの中にも一種の新興の気分というのが出てまいります。何たることかと思いますけどもね、遠い海の方の部落には病人が出始めているんですが、知らないから……。本当そういうのが昭和初期の水俣の雰囲気でした。工場はどんどんピッチをあげて生産しますし、とうとう後には日本の化学肥料は全部あそこがつくり出すわけですね。硫安とかチッソとか。いま言われてる農薬の元祖である化学肥料は全部あそこがつくり出すわけです。そういう技術を持ってたわけですね。それで、当時の東京帝国大学の学士様方がチッソの幹部となってやってきまして、もちろんその人たちは技術を開発します。で、水俣だけじゃなくて、それをもって日本の化学産業というのは、本当にチッソをみんなならって発展するわけですが、その最初のものやったわけですね。

そのうちに戦争が始まりまして、私がちょうど女学生になるころ、それまで女学校はなかったんですけども、私が小学校を卒業したあくる年にそれができまして、ま、私の家はそんなふうで没落しておりましたから、私、紡績に行こうと、もうこれははっきり自分で思ってたんです。もう一つ実務学校という……女学校は月謝が高いですから、いわばそういう村では大変オーソドックスな学問をさせる女学校よりは、女学校に出せない家ならばもっとひな形の、もっと短い期間で実務を身につけさせる学校というのが同時にできまして、先生たちが紡績に行くならいつでも行けるから、実務学校ならば月謝が安いからそっちの方へ行かないかと言って勧めに来てくださって、行きたくなかったんですけども実務学校というのに行きました。でもまだ紡績に行きたい夢がさめておりませずに、二年生ぐらいで退学願を出しまして紡績に行こうとしたんですけれども、やはり先生たちからとめられて、そこ三年制でしたから。そして、戦争が始まっておりますから先生たちがどんどんいなくなってて、経験のある方もいらっしゃると思うんですけども、代用教員というのに女学校出たての女の子たちがなるわけですが、私はちょっと年が少ないんですけれども代用教員の試験を受けろと言われまして、いやいやながら受けたら通ってしまいまして先生になったわけです。そのとき自分の村ではない、水俣の町から四つぐらい鈍行で乗っていく小さな村に代用教員として赴任していきました。カーボンをつくる——懐中電気の電池の中に黒いのが詰まってますでしょう、あんなふうな電極をつくるちっちゃなちっちゃな工場がある村でしたけれども、田浦という所で、熊本の甘夏ミカンというのはここでつくり出されるわけです、まだ甘夏はつくっておりませんでしたが……。その村に代用教員で行きまして、初めて汽車に乗ったりしてわが家の外に、水俣の外に出て、外の社会というのが初めてわかったわけですが、同時にこの日本の国というのを代用教員になってみまして考え始めました。

当時まだ日本教職員組合というのはなかったわけですね。男の先生たち、もちろん青年期の先生たち、壮年期の先生たち、どんどん兵隊にとられてまいりますし、それから私が十六歳で代用教員になりましたけども、昔の学校というのは小学校六年で、高等科二年というのがありまして、私は実務学校というところへ行きましたから高等科までは行かなかったんですけども、年が、私十六歳ですから、高等科の生徒というのは男の子は一つしか年が違わないわけです。そうしますと、その子供たちに先生たちが、年を取った男の先生たち、もちろんいますから、教頭さんも男だし、校長さんも農業科の先生なんていうのも男だし……青年学校というのがありまして、それは高等科を卒業した村の男の子たちを集めた夜学みたいなことですけれども、そういう青年学校に行く男の子たち、私と一つか二つしか違わないような、あるいは同じような年の少年たちに満州へ行けと言うんですね。おまえたちはまだ兵隊に行く年ごろじゃないから、それでもお国のためだから、お国のためになるように満蒙開拓義勇軍に、少年義勇軍になって行かないかという……。私は直接はやりませんでしたけども、高学年の先生方はそれを勧めなきゃならない。つまり満州に行けと勧めなきゃならない。そういう貧しい村ですから、やはり募集に応じて行く子供たちが出てまいります。中学なんかに行くいい家の子供たちは、もちろん中学校から特攻隊で行くようになるわけですけれども、もっと貧しい家の子供たちは貧しい子供たちなりに、年は少ないんですが満州開拓義勇軍に、半ば強制的にやらされる。それがいよいよ決定しますと、やはり村の人たちが、もう兵隊に行くのと同じでございますからね、出発の日は本当に出征兵士を見送るんと同じで、みんな日の丸の旗持って、私たち学校の生徒たちも引率しまして見送りに行くわけですね。その前に、教え子ですから先生たちにお別れに来るわけですが、職員室にその男の子たちが、最初のころは「行ってきます」と言ってあいさつしておりましたんですけども、それを先生たちがこう言うんです。「行ってきます」と言えば、また帰ってくることになる、おまえたちお国のために出て行って、もう二度わが家に帰らないように、故郷に帰らないように、「行ってきます」と言ってはいかんと。「行きます」と言えというんで、そりゃもう死にに行きますということなんですね。そんないたいけな子供たちなんですけども、軍隊式ですからね。小学校と言いましても礼儀作法みんな軍隊式で、体操の時間、行進でも何でもみんな軍隊式にさせるわけですから。職員室の戸のあけたてなんかも、ガラッとあけてピシャッと……気をつけなんかして、ただいまから少年開拓軍にだれだれは行きますと言って、あいさつして出ていくわけですね。それが私は非常にショックで、後には大阪あたりに集団就職に出てくる少年少女たちを見ていても、それをやっぱりいつも思い出しまして、あれほどつらいことはなかったですね。「行きます」と言って出てくる。男の先生たちは「よおし」なんて言って、あいさつがよくできたといって。駅までずっと連れてって見送るんですけども、もちろんお母さんは、そういうときは、お母さんたち貧しいですからね、本当に水俣よりももっと貧しい村ということが幾ら私が子供でもよくわかるんですが、戦時中ではありましたけども、冬でも、雪が降るのに本当に足真っ赤にしてはだしで来るんですよね。戦争がかさなって、もちろん非常に生活程度が落ちてるわけですけども、はだしで子供たちが来るんです。ふろにも入れなくて——冬はおふろを立てる燃料なんかなくなっていて、ふろなんか入れないんですけども、冷たいから水でも洗いたくないでしょう、子供ですから。それが、雪の日に靴がないので雪で初めて汚れがほとびてくる。そんな真っ赤な足をして子供たちが来る。授業のときは、授業なんかできたもんじゃないから、こんなふうにして足踏みしてますでしょう。お母さんたちみんな後家さんになってるわけですから、兵隊にとられて。学用品なんか持ってやしないし、着てるものなんか本当に破れてはだが見えてるわけです。

そういう子供たちを見ているときに、初めて日本の国というのを考え始める。戦争というのは何だろうかというのを考えざるを得ない。でも、だれもそんなこと話す相手がいないんです、私。戦時中でしたし、国策に従って、つまり戦争一億総玉砕で銃後の務めをしなきゃならなくて……。

やがて、戦争が末期になりますと、いよいよ上陸してくるかもしれないから、そんときは竹やりを持って突っ込んでいってなんて、そんなことを生徒たちに教えろという講習会があるんですよね、先生たちの講習会が。だから、どうやったら少国民に日本の精神を、一億玉砕の精神を教えるかということを講習会やって、若い私たちはまだ思春期ですけども、そういうことを教えられる。素直に聞けないわけです。素直に聞けないんですけども周りの人を見れば——当時の代用教員時代の友だちにときどき会いますけれども、いまは中堅以上の先生に、給料の取り頭になってて、あの当時のことをどんなに思ってんのか、よくわからないんですが、そういう私の疑問を一言でも言ったならば、これは国賊ですから、国賊と言われてましたから言う人がいない。ですけど、その講習会をやらされるときに、たった二人でした。その人肺病ですぐ死んでしまいましたけども、音楽と絵が大変好きな先生で、そっちの方の先生だったんですが、その先生が軟弱だと言われてて、学校の先生たちを取り締まる視学という官僚がおりますけども、そういう視学の先生たちからにらまれている先生だというふうに言われてました。で、講習会のときいろいろ感想文を書かせられますが、その感想文を私もあからさまには書けませんから、非常にくぐもった形で自分の悩みみたいなものを書いて出しますと、その先生にはわかるらしくて、ときどき呼び出されてピアノを弾いてくれたりしていました。そんな人いましたです。もう一人、宮沢賢治のことをしきりに言ってた先生がおりまして、その方はいま生きていらっしゃいますけども、日本の国はおかしいということは書きませんですが、そういう自分の教室で見る、日常接する生徒たちの姿に対して、在日朝鮮人の子供たちもたくさんおりましたけれども、その工場に強制的に連れて来られてて、そういう生徒たちとのつながりとか、そういうことをいろいろ私が書きとめてるものを読んでくださったりして、わずかにその先生を頼りにして終戦を迎えたわけです。

やっぱりあのときのつらさみたいなものは全然消えませずに、いまも続いているわけですが、私の勤めた学校で「行きます」と言って出て行ったあの男の子たちは、帰ってこなかった者が大部分でして、それもだし、もうちょっと、五つ六つ上の思春期の対象としての男の人が兵隊にとられる。

ですから、本能的にあこがれが男の人たちに対してありますけれども、そういうあこがれの対象としての、当然自分の理想の相手としての世代たちが、全く個人の力ではどうすることもできないような力で兵隊にとられて死んでしまう。そういうつらさというのは、皆さん五十前後の方とか、きっとおありだと思うんですけど、本当につらかった。

終戦を迎えますと、これまたショックなんですけども、いままで自分たちが教えていた教科書に墨を塗らせなくちゃいけないというんです。破らせなきゃならないというんです。きのうまで使ってて、それは至上なもの、教科書というのは国家であるという、これはもうすべての道徳であるというふうに教えていた教科書を、たちまちざんげしてですね、もう苦もなくざんげをして、先生たちが……戦地から帰ってきた先生たちもいるわけですが、苦もなくというのは私がそのように見受けただけで、その人たちも内心いろいろ体験をしているわけですからそんなに楽々とじゃなかったでしょうけども、これまた何かの力によってそれを書き直させ、訂正させる。そこを残しておくと占領軍に見つかると処刑されるから、ちっとも見えんように、消した下の字が見えんように消さなきゃいけないというんで、きのうまで使ってた国定教科書、修身の教科書、全部削らせる、ま、修身はしばらくなくなりましたけども。それで、私はやっぱり先生をやめようと思ったんですね。こんな苦しい——戦前、戦時中の教育もですが、人間の本心というのを語れない教育。そのとき初めて国の力というのを知るんですけど、何か教育というものは違うという、人間というのは何かもっと違うんじゃないか。私が苦しんでいることというのは、私にとって何かとっても大事なことで、それが国の力でもって国が決めてくれた枠みたいなものでもって、私がいま考えていることを形をはめられてしまう。人前で話もできないような、まして当時は少国民、自分が一番魂を通わせたそういう——子供好きですから、一番自分の思いを語りたいそういう子供と断ち切れたところで教育するってことは、私はもうできないと思いまして、それでやめちゃったんです。

やめる前に、いま思えば変てこですけど、終戦直後になりますと、やっぱり文部省の任命を受けてる、さっき申しました視学みたいな人が回ってきて、先生たちを集めて、いまからの教育はもういままでの教育と全然変わらなければならないんだというようなことを言いますからね、そして何か皆さんの意見はありませんか、なんて言うんです。そのときにこんなこと言っちゃったことがあります。いまの国民教育というのは、情操的にもうゼロ以下にけだもののようになってるから、教室でそんなふうになるわけ。もう礼儀作法もへったくれもない。みんなはだしで職員室の中のし歩いてまして、非常に粗暴な子供たちがふえて……。ふえるはずですよね、親がいなかったり、先生たちがいなかったりするわけですから。本当にみんな食べられないようになってますから、飢餓線上にあるわけですから。普通の人間の情操が持ち得ないように、大人も子供も荒れてしまってるわけですから。それをもとに返すには、みんな進級せずにですね、子供たち全部落してしまって一年生からやり直した方がいいと思います。なんてことを言ったりして、真剣に考えていたんですね。

教科よりも、何か人間の本性に帰るような、気持ちをなごやかにすると言いますか、そういうことをずうっとやった方がいいと、教科を教えることをやめて。そんなことを文部省の視学官に言って……みんなできょとんとしておりましたけども、子供ですから、私まだ。

それでとうとう本当に耐えきれずに、日々苦しくてやめてしまったんです。そして、兵隊から帰ってきた人がおりましたもんで結婚してしまったんですけれども、一番最初の、何て言いますか、そういう小さな悩みをかかえている、人にも言えないような、何か形にもまだならない、何が苦しいのかわからないような苦しみを持ってる人間と国家というのが、どうしてもある逆の関係でもって考えられ始めるという、そういうことが自分の青春期にありまして、それからの私というのは全然成長しないんでございますね。全然、いまもそうでございますけど成長しないんです。

それから主婦業に入るわけですが、皆さまはよく聞きますと核家族が多いという……形がそうだと思うんですけれども、精神はそうじゃないと、引きずっていらっしゃると思うんですけれども、その結婚した相手と言いますのは、育った村の中ですから、これも正規の教育を受けずに中学を出て師範学校行かずに、兵隊から帰ってきて土方をしていたのが代用教員になりまして、代用教員をしている同士だからよかろうということで縁談が持ち上がりまして、みんなお嫁に行ってしまうもんですからさびしいんですね、自分がお嫁に行かないのは何だか。それで行っちゃやった（笑）。だれでもよかったんじゃないかなって、いまは思うんです。もっとよく考えればよかったと思うんですけど（笑）、みんなお嫁に行くもんですから、私一人が……田舎は早婚だし、ちょうど終戦直後で兵隊から続々と帰ってきますと、よくぞ生き残って帰ってきたというんで、親たちが喜んで早く嫁さんを持たせようとする。ちょうど私もそういう年ごろですから、全部お嫁に行って最後に私が残って、やはりお嫁さん姿というのが大変きれいに見えたりして、ありゃなかなかいいもんだというような感じで、ちょうど二十歳ぐらいですよね。いまの若い人たちはもっとしっかりしてると思うんですけど。ともかくその自分が悩んでること、非常にやっぱり相談相手が欲しいし、後で死んでしまうんですけど弟が一人おりまして、その弟が小さいときから自閉症みたいな子供で、私もそんな傾向がないでもないですけど、姉ですからやはり弟を保護しなきゃいけないという気持ちがありました。年子で一つ下の弟でしたけども、いまで言う問題児で、学校にも行きたくないし、それから普通の友だちともあんまり遊びたがらないし、最終的には私一人が遊び相手で、親も私の方をかわいがるんですね。なんかやっぱりそんなのあるんですね。私は子供を一人しか産まなかったですけれども、皆さまどんなでしょう。かわいい子と、かわいくないわけじゃないでしょうけども幾らかその子には疎くするというか、どうしてもそっちの方をかわいがってしまうというお子さんがいらっしゃいますか。そんなふうで、私の方がかわいがられるんですね。だもんで私、弟に済まなくて本当になるたけ私はかわいがられないように努めるんですけどもね——皆さんも気をつけられた方がいいと思うんですけど、努めてるんです、かわいがられないようにいろいろ悪いこともしたりして弟をかばったりして。それから、学校で賞状なんかもらってくると、弟と比べられますからね。比べられて弟の方に、おまえは何ももろうてこんなんて、姉ちゃんのように勉強しろとか何か言いますからね、表彰状なんかもらっても持って帰らないんです。破り捨てて、こなごなに形がわからないように破り捨てて帰るんですね。そんなふうにするんですけど、やっぱり私の方がどうもよくかわいがられるし、学校でもかわいがられる。それで弟がだんだんひがむと言いますか、さびしい……小さいときからさびしい弟でして、その弟が年ごろになってそういう義勇軍みたいなところ――外地には行かなかったですけども、内地に行って終戦になりますが、その弟ももちろん思春期ですから、まあちょうどぐれる年ごろですね。ぐれ始めてお酒を飲み始めましてね、まだ二十代にならない前にとうとうアル中になってしまいますけれども、非行少年になっていきますんで、一つはその弟のことを相談する相手が欲しいんですが、親はそんなふうで、もう非行少年になりますと、よけいに父と息子なんていうのは全然相容れないようになってまいりますから、それが悩みの種でどうしても相談相手が欲しい。だもんで、幸い求婚されましたから弟の相談相手――私は弟を一生見ようと子供心に思ってて、そのつもりで結婚いたしましたんです。

お嫁に行った先というのは大家族でございまして、兄弟が九人おりまして、そこの次男の嫁になったんですが、まあ大変です、そこは。私の家は、没落したとはいえ、何だか大変のんびりした、父も大酒のみではありましたが、母もおばも本当に夢のように暮らしてるんですね、貧乏してても。

いまでも私がそんなとこありまして、大体おじいさんが計算ができなくて、お金があると飲めや歌えや。お客さまが大変好きで好きで、来る人片っ端からごちそうするのが毎日の務めで、人が寄りついてごちそう食べていってくれて、何か喜んで帰ってくれると、それがうれしくてその日が暮れるというふうな家風なんです。それで、もうあした食う米がなくても、きょうあるものはないものでも出して接待して、あそこの家はにぎわっていると言われるのがうれしくて。そんな家でしたんですけども、お嫁に行ったところは全然違って大変堅実な家で、お母さんがとてもお働きになる。ともかくそういうおしゅうとさんまで入れて、長男のお嫁さんと私が一遍に、経費を節約するために二人の結婚式をしたという（笑）、万事そういうおうちですから、むだというのをしてはいけないわけですね。私、そこで初めて農家の生活というのを本当に知ったと思うんです、農家の嫁の生活というのを。朝は四時ごろ暗いうちに……ともかく女は明るいうちに寝ていてはいけないわけで、朝星さんから夜星さんが出るまで、星の出るときに起きて星の出るときに寝なきゃいけない、畑にいなきゃいけないんですね。どっか外にいなきゃいけないんです。家の中にいてはいけない。それで、いまのように電化された家ではなくて、ですから明けの明星が出るころ水くみに行きます。それは、こんな一斗入るバケツがあります——一斗と言えば若い人たちにわからない、石油缶一杯と思えばいいんですね、あれは何リットルですかね、そのバケツを前に一杯、後に一杯天秤棒で荷ないますと、こう、ギシイッと音がして天秤棒がたわむんですけど、それを朝二十回くまなきゃならない。最初慣れないうちは水がバシャバシャバシャッと飛びますから、げたなんか履いてたらばすべって自分もバケツも一緒にころんでしまいます。はだしでギッシギッシ、ギッシギッシ。それを私の家でしたらば重くないくらいに、子供から稽古させつけているんですけどもそんなにたくさん入れない。途中も肩痛くなったらおろして休んでゆっくりしていけばいいんですけども、お嫁さんですからやっぱりそういうわけにはいかないですから。二十回くんで、夜またくまなきゃいけない。おふろでも沸かすと大変です。五十遍ぐらいくまなきゃいけないんです。おふろを沸かす、洗濯もそれでしなきゃいけませんから、水道がないんですから。お洗濯まで入れると十人家内でそのくらいになります。

村にはいろんな共同の行事がありますから、法事をするとか道をつくりに出るとか、そういうとき一軒の家でごちそうをつくって出さなきゃならないときがあります。そういうときなんか、もう大変です。本当にそれが朝飯前の仕事で、御飯を炊きまして、食べるときは十人家内の給仕をして、真っ先にはしを置かなきゃならない。食べてる暇ないんですね。それをできるようにならなきゃならないというんですが、できなかったですね。もう食べずにいることが多いわけです。もう大体のんき者ですから、何か十人家内の給仕をするというのは、「はい、姉さん」 ておかわりやるでしょう、つぎますとね、ほかの人にあげたり、混乱してどうかしたときは人についでやったのを自分が食べ始めたりして（笑）。それで、あんまりちゃんとして、いいお嫁さんになれなかったと思うんです。

まあ、この姉さんは何だか夢みたいな人だというふうに思われてて、やはり兄嫁さんと比べたらば大変とろいと言いますか、それでお母さんが大変歯がゆがられて……。

そんなことで、畑に行きますとお母さんが早いんです。とっても仕事が。私の母は、肥おけを荷なって坂道、段々畑を行くときもゆっくりゆっくり、息をつきながら斜めになって、そういう肥おけも水と同じですからね、もっと肥の方が木で厚いですから、もっと長年しみ込んでますから、肥やしが。空でも重いんですね。それに入れて行きますと、そして肥やしというのは、また水と違ってこぼせばもったいないでしょう（笑）。それで、道の草を肥やすばっかりだからこぼしてはいかん。ゆっくりゆっくり登るとこぼれないから、ゆっくり登れといって母から稽古させられている。ですけどそこはそんなふうにするわけにはいかない。やっぱりこぼさないように早く登らなきゃいけない。まあできないんですけどねえ。それで、うちの道子さんな、ずいぶんこのごろ道の草の肥えたて、お母さんがおっしゃるんですね（笑）。段々畑、こんなになってますから……水くみは平地――自分の家から五百メートルばっかり離れた共同井戸にくみに行くんですけど、肥やしは、こんな坂道になってるし、私小さいですから肥おけが坂の前の方につかえるんですね。それで、こうして後ろの方にずらしてすれば、後ろの方が重いですから、それを少しずらしながら前につかえないようにかかえて、前はこうやって後ろつかえないようにして、後ろはこの後ろの方に重みを引き上げながらやっていかなきゃいけない。ですから、いまでもうちのだんなの方よりも私の方がそれは上手でございますけどもね。うちの先生は――学校の先生してるもんですから「先生」て私言うんですけど（笑）、「あなた」とついに言えないんです、いまも。だれだれさんという名前を言う人もいますけど、やっぱりそりゃどっちもとても恥ずかしくて言えないから、うちの先生というふうに言うんですけども、うちの先生は百姓大嫌いでして、貝を掘るのが大変好きで、海に行くのが。ですから、海に行って砂を掘ると貝が出てきますでしょう、それが大変好きで、畑に行っても貝も出てこんから好かんて言うんです（笑）。幾ら掘っても貝もちっとも出てこんから、おらもう好かんといって、肥やしを荷なわせますと一気にぱーっと登ってって、真っ青になってはあはあ言って……。それで、唐薯なら唐薯の畝をずっと掘っていきますでしょう。まあ掘るときは幾らか収穫、ああ大きなのが出てきたなあという感じで収穫のときは実りが手にこたえますから、稲でも大根でもお芋でも幾らか楽しみと言いますか、何か目の保養なりとなりますけれども、植えつけのとき、特に荒れ地になってる畑を開墾したりするのは、もうきついばっかりで、本当に貝でも出てこないかなという感じがするんです。お母さんがとても早いんですね。こんなふうに縦に仕事をしていくんですよ、ずっと鍬を使って縦に。このくらいばっかりの幅を最初土を入れてずっとほぐしていって、草があればとっていくんですけれど、私の五倍ぐらいも早い。お母さんはこっちの方から、五畝ぐらい離れた所からずっとやっていって、私が一畝終わるときは、もう後ろの方から追いあげられる感じでして、まあ幾らかそれで早くなったと思うんです。

そんなことをして、いよいよ一緒に暮らしていた期間を過ぎますと、分家を、まあ分家と言っても別に家を建ててもらってちゃんと世帯をあてがわれ、そういうことじゃなくて、終戦直後のあの混乱期ですから疎開小屋みたいなものを同じ村の中に私の父がつくってくれまして、本当にちっちゃな板敷きの小屋ですけれども、それでも何か新しい生活が始まるような気がいたしました。代用教員時代に覚えた宮沢賢治の、あの「雨ニモマケズ」の詩の中にワラ小屋ヲタテテというのがありますけども、一日二米三合ですか、味噌ト塩ト少シノ野菜がアレバという、ああいう生活ができるような気持ちで新しい世帯を始めたんですけども、さて相手は土方で、特に食糧難のころですから食べる物はたちまちなくなる。どうやって暮らしをたてていけばいいのかわかりませんので、米がないわけですから、私の実家にときどき手伝いに行ってもらってくるんですが、近所のおばさんたちが担ぎ屋さんに行くようになりまして、私も担ぎ屋さんになりました。なりましてと言っても、道子さん、行こ行こ、っておばさんたちが言うもんですから、いま思えば水俣のイワシなんですね、小さな汽車の支線がありまして、それに乗って山の中の村に水俣の魚を持って行って米とかえてもらうわけです。鹿児島の方の村に行きましてかえてもらうわけですが、そこでも私はやっぱりそういう才能がないんですね。水俣の土というのは酸性土壌でして、酸性土壌というのは唐薯はよくできるんですけれども、大根は粘っこい粘土質の赤い土ですからよくできないんですね。ところが鹿児島のその米のよくできる所に行きますと土の色が違うんです。火山灰土ですけれども何かとてもいい土で、黒い土をしている。その黒い土の中に大根ができてるというのは、大根の首のところは白と黒がコントラストがなかなかいいもんでしてね、大根がいかにもおいしそうにふっくらとできてるんですね。視覚的に大変それは快いんです。そういう大根畑のぐるりには小さな谷があって、赤いきれいな、かわいい沢ガニが遊んでるんです。それで私、何かそんなのに見とれて、自分が担ぎ屋さんで、イワシを売りにこなきゃならないことを忘れてしまって遊んでいるんですね。時間が来ておばさんたちが捜しにくる。「道子さん、売れたの。あらあ、まだ売らんじゃった」それで汽車の時間がなくなってしまって「まあ、この人ばカニと遊んででも売っちょって、どら、そのイワシば貸さな」なんて言っておばさんたちがみんなでひったくりまして、私が持っているイワシをたちまちのうちに売ってしまってくれるわけです。もうそんときは赤ん坊ができてまして、赤ん坊をおんぶしていくんですね、私。ねんねこを着ておんぶしてくんで、そのねんねこの中に米やらを隠すのには私が一番都合がいいわけですね。それで、そういう意味で本当に私は「担ぎ屋さん」で、水おけやらで体力は幾らかついてるわけですから、後にはみんなが、あんた汽車に乗っただけでよかけん担ぎ屋して、って言うんですね。イワシはみんな売ってくれて、米も買ってくれて、汽車の中に乗るときだけ……というのは検閲がありますから、ほかのおばさんたちはねんねこ着てないから巡査さんたちが乗ってくると没収される。それで改札口を出るまでは、田舎の小さな駅ですから草むらの中にみんなで隠れてましして、いろいろ私に結わえつけるんですね。そして、乗り込んでしまったら、ある所まで来たらもう見にこないというのがみんなにわかってて、そこまで来るとみんなでおろしてくれるんです。ま、大変ですけどもね、そんなたくさんのお米を体に結わえつけたり、検閲逃れのための本当の担ぎ屋を私が受けもって……赤い花模様のねんねこでしたけれども。ねんねこていうのは、がばーっと大きい、そして口も広くて大きいんですけども、五つも六つも、そんな五升とか四升とか幾つも米袋を結わえつけたりして、子供をおんぶして、やっぱりごろごろしてこんなふくらんでますから、そして赤子はおしりの下なんかに米袋ぶら下げて、足がかかりますからだんだん上の方に上がってくるんですね（笑）。それで、後では考え出しまして、首がスポーンと入って前と後ろに米が入って、それもズドーンと入らずにミシンでこうして筋を入れまして、米が後ろに大分、入るんでございますよ、そういう袋を私が考え出しまして「わあ、頭のよかね」なんて（笑）。そういう特製の袋をおばさんたちにかけてあげて、ちょっとした綿入れを着ると米を持っていないように見えるんですね。だから、そのときは大変おもしろうございました。私は、向こうへ行ったらそこらのおばあさんたちと心ゆくまで遊ばせてもらったりなんかして、売るのはだめなんですよ。私、売りきらんのですね、あげてしまう。お金をもらうのがとっても……もらうことができないんですね。

後でお裁縫なんかをやるんですけど、それも全然お金をもらうことができない、本当は欲しいんですけれども（笑）。幾ら差し上げましょうか、っておっしゃるでしょう。そうしますと、今度こそはお幾らです、て言おうと思ってるんですけども、幾ら上げればよかろうかなとおばさんたちがおっしゃると、はあ、糸代だけでようございます、なんて言う。それで、担ぎ屋さんをしなくなってからお裁縫で身を立てようと思って、せっせと縫っていたころは、「道子さんのが一番よか、あの人はただじゃけん」（笑）。

そんなふうで、やはりおじいさんに似たのか計算がだめなんですね。よく家計簿をつけていたと思うんですけど、何か貧乏世帯に慣れてるもんですから、お金があると不安でしょうがない、何か落ちつかないようなんです。そんなたくさんお金持ちでもないくせに、先生が持って来る給料があると何か落ちつかずに、まあ最初は少しありますけど、どうせ足りなくなりますから通い帳をつくってもらってるわけですが、次の給料日までにそれでやってて、給料があると一刻も早く払ってしまいたくて、お金があると何か落ちつかないから払わなくてもいいようなところでも何か払ってしまう。そして、やっぱり家計簿つけるんです。皆さんの中にそんな方いらっしゃるでしょうかしら。家計簿合わないでしょう。持って来るのがもう絶対量に足りないわけですから、足りないなら足りないようにつければいいのに、むだ遣いもあんまりしないのに、たとえば大根が五円だったらば三円につけるんですね。安く自分があげたように、やりくりしたように、本当は赤字になってるのにやりくりをちゃんとやったようにつけなおすんですよ。そして、やっぱり何かやりくりが上手なように思われたいんでしょうかしら、いまでもそんなのがちょっとあるんです。何かちょっと高いものを買い過ぎたりして、ああ、しまったな、また衝動買いしたなと思うと、ちょっと帳面に安くつけてみたり（笑）。家庭生活というのは、そんな風に非常におかしなもんですけども、私としてはやりくりをちゃんとしているつもりでやってたんですね。

そんなことで、やってるうちにやっぱり戦争のときに日本の国というものを考えたのと同じで、そういう生活の中でも、十人の家内だし、親類縁者というのがありますし、当然村々とのつき合いていうのがわが家とは違う基準でありますね、それで、どうしても家というのを考えざるを得ない、日本の家というのを。いまはそんなふうに笑い話でできるわけですが、やっぱりそのときは年は若いし、労働も過酷ですし、御飯を食べる暇もないみたいな状態ですから相当きつい。私は、結婚する前は非常に精神的な話を夫となる人としたいと思ったんですね。日本の国とか戦争のこととか、それから弟がそういうふうになっていく、弟の友だちがたくさんいて、その友だちというのは全部そういう非行少年ですから、そういうことどうすればいいかとか、そういうことを話したいというだけで結婚したんですね。そういう相手が見つかったと思って、よく調べもせずに、半分はお嫁さん姿になってみたくて行っちゃった。それが全然違うわけで、そういう話をする暇がない。分家をしましてから、担ぎ屋さんに行って外に出るのが、いま思えば私が一番社会と、非常に生きてる社会と接触をしていた時代だと思う、家の中よりはむしろ。それとお裁縫をやるとか、もちろん食べるために——食べられなかったですけど、靴下の行商をするとか、化粧品の行商を、ポーラ化粧品というのもやりましたし、その前はモーブル化粧品というのもセールスマンやったんですけど、道子さんの、配って歩くと言われて……もちろん集金はできないわけですが（笑）。それで、食べる方がいよいよせっぱ詰まってまいりましたですけど、そういう話ができないのは何よりつらい。帰ってきた夫にそういう話をしかけてみるんですけれども、相手も、ちょうど戦後の教員組合ができていきますからその役員になりますし、男は資本主義の社会では七人の敵と外で戦いよる、て言うんですね。家の中までもそういうことを聞きたくない、て言いますもんで、それでも性こりもなく十年ばかりは私の方からいろいろと話しかけていたんですけれども、後にはうるさがられるようになりましてね。疲れるのはあたりまえだと思うんです、いまの管理機構の前の教員組合の草創期のころと言えば、やっぱり大変ですから。疲れていたのを、起きて起きて、なんて夜中に言ってたたき起したりして議論をふっかけておりましたときに、さぞかし迷惑なことだったろうと、いまは思うんです。

そういう、ああ話をする相手がだれもいないんだということが、非常によくわかりまして、そのころから何て言いますか、自分の内側に向かって、自分との話がまだ足りないんだということに気がつき始めまして、自分との対話を始めたと思うんです。その手がかりに何かしら書きつけるようになっておりまして、今日まで至っていると思うんですが、そういう自分のことで精一杯の時期に、それから自分の表現と言いますか、いまは言うことができますけれども、そういう表現を自分なりに持った時期に水俣病が出てまいりますわけで、本当に息つく暇がなくて、より苦しい事態の中に自分から好んで入っていったような感じがいたしますんです。

ものを書くなんてことは、そういう日本の農村の嫁というのは本当に思いもよらないことで、そんなふうに朝星さんに起きて夕星さんが出るまで、ともかく外に出て働いていることが一番美徳だと自分でも思ってて、みんなに、家の人にそのように思われたいし、親類にも思われたいし、あそこの嫁はよか嫁じゃていうふうに言われるのが一番村の美徳ですから、そんなふうに思われたくて……。思われたいというのは、そんなに思われないとつらいもんですからね。あそこの嫁は何か遊んでばっかりおってと言われるのが、やっぱりつらいもんですから。たとえば新聞なんか開げて読もうと思いましても「女のくせに」「女が朝から新聞ども読んで」なんて、「はよはだしになって外に出らじゃ」て言われますから。まして書くなんてことは、もう本当にみんなが寝静まって、そういうつくろい済ました後で電気を小さくして……。私の生まれた家は電灯が引けなくて、私の実家も、分家して世帯持った家でもそうですが、村で一番最後に電気を引いたんです。引くまでには小燈と言いまして、こんなちいさなお皿に種油をいれまして、そん中に糸くずを入れましてね、そして出たところに火をつけますと明かりになります。ろうそくは明るいですけれども高いですから、なたねの油で燈心をつくって、小燈という、そういう明かりで、みんなが寝た後で水俣病のことを調べに行ったこと――調べに行くことも雨降りなんかしかできないわけで、雨降りにはどんなに休んでても、何をしても村で許される休みの日ですから、そういう休みの日に水俣病のこと調べに行って、書きつけるのはみんなが寝静まった夜中で、よくまあ体がもてたと思うんです。いまは新聞読んでても、もの書いてても、子供も大きくなりましたし、本を出してしまったものですから、それで、あの人は本を書く人だというのが村でも家でもやっとわかってくれた。

何だかもの書きになるなんて全然思わなかった。書いて暮らしたいと思わないことはなかったですけれども、自分でも何か変なものになっちゃったなあという気がいたします。それで、主婦業と切れてるわけじゃありませんで、私のいる田舎のそういう家とか村とか、いまでも全然切れない。もの書きになったから、水俣病のことやってるからと言って、私が全然別の人間になったわけじゃなくて、やっぱりそこの家のお嫁さんでもありますし、分家してるとはいえ、やっぱりそういう没落した家の娘ではあるし、ずっと同じ村にいて働かないわけですが、私の生活の方法も頭の中も、ちっとも近代主義的にならずに、よくまあそれで運動がおできになるって、そんなの断ち切ってしまわなきゃ運動なんてできないんじゃないですか、ってよく若い人たちから言われる。つまり近代的な自我というのは、そういう旧来の封建的なものを断ち切ってしまって自立したところでないと、そういう運動もできないであろうし、近代女性としての、何て言いますか、女性解放――そんなのやってるように見えるんですって、私が……。でもどうしてですかとよく言われるんですけれども、そうだな、どうしてかなと思うんです。しかし、私自身がそういう女性解放の理念というか、新しい理念というのを多分まだ持ってないんじゃないかと思うんですけれどもね。ただ、全部引きずっているという感じというのは大変苦しいわけですが、地域社会にあるありとあらゆる因襲とか、何かちっとも生産的ではない田舎の血縁とか地縁とか、つまり女性を縛るすべてのものを、やっぱり私は引きずったまんまで水俣病をやってると思うんです。逆にそれはなぜだろうと思うわけです。離婚を考えたりしなかったです、正直言いまして。さぞかし家を出て、この村を出て、わが家を出て、そういう血縁を断ち切って出たいと、そこで自分の生きる道を探したいとずっと思い続けてて、結局全部背負い込んだまま水俣病なんかやることになってしまったんですが、もちろんそういうことをやるについて楽々とできたわけじゃなくて、そういう農家の嫁であるゆえに、水俣に住んでおりますゆえに、いまでもそうですけれども、何と言いましょうか、水俣という風土なり、ああいう南九州という風土なり——風土だけじゃなくて、そこで育っている人間なり、人間たちの考えなり習慣なり、一見後進的と見られるそういう田舎の人間の偏見というか因襲というか、そういうものの真っただ中にいるわけです。道子さんがそういうことをするから加勢をしようという人は、もちろん地元には本当に一人としていないわけでして、何を始めたかという、そういう目が、少しは近ごろ変わってきてると思うんですけれども、それはもう最初は大変でした。

私の実家というのは、私がお嫁に行ってそんなことになり始めてしまったもんですから、私の父が死ぬ前非常につらがりまして……。百姓しましても現金収入ありませんから借りてきて養うならいいんですけど、買うお金がないから、豚を養わせる小資本家というか、豚の親方というのがいまして、そこから豚を借りてきまして半年ぐらい養います。大きくしましてそれが売れますと、親方が六分、借りて養った方が四分もらえるわけですが、その六ヶ月間養う労力と売れて入ってくるお金と比べれば損なんですね、まるまる。それでもそんな形でしか現金収入ありませんから……。私の親は、私が水俣病をおっぱじめたころはそういうことしてまして、豚のえさを村にもらいに行かなきゃならないわけで、皆さん方、いまはごみにお出しになりますでしょう、残飯というの、昔はごみに出さなくて豚を養う人に上げてた。ですから、そういう残飯をもらいに父は朝早く起きて……喘息持ちで結核でしたけども、こんなカマキリのように腰もやせて肩が曲がって、そんな七十超えた父が豚を養ってまいりますんで、私も見かねて四時ごろまた起きて残飯をもらいに加勢に行っておりました。嫁に行った娘が実家をみるなんてことは、それは許されないことですから、一度嫁に行けば自分の実家のことをするなんて、そういうことは許されませんし、またそれをしてあげる資力も私にはないわけで、本当にそうやって父を病院にかけることもできずに死なせましたけれども、死ぬ前に父が、本当にかわいがって育てて、おまえはまちっと何とかましな、お父さんを喜ばせる人間になるかと思ってたらば、本当にもうアカみたいなことをやって、いまにおまえは寝首かかれるが、って言いました。昔のチッソていうのは、みんな「会社ゆきさん」と言ってお殿様みたいにしてるわけで、そういうチッソに弓引いて、水俣病はそりゃまあわかるけれども、そんなこと男がするならともかく、おなごのおまえがするとは何事かと、いまに寝首かかれるが、と言って死にました。本当に寝首かかれてもいいみたいな、そういう雰囲気だった。父をそのようにして死なせたこと、本当に憤死したと思うんですけれども、生活に行き詰ってたことと娘がそんなこと始めたこと、済まないと思うんです。

そういう村ですけど、私の町に谷川雁という詩人がおりまして、その人詩を書いてましたから、私がものを書くようになりましてから私も詩を書くようになって、その人たちが始めた運動みたいなものに何となく参加するようになりました。お嫁に行ったことが私の第二の人生の始まりだったとすれば、その人たちのグループに属して詩の勉強を始めて、それから無意識に思ってた日本の近代の成り立ちへの疑問みたいなものを、その人たちによって意識化する作業というのができたと思うんですが、それが第三の人生だったと思うんです。それと一緒に水俣病が始まりまして、書くことを同時に始めたわけです。その人たちと一緒に勉強してよくわかったのは、いままで苦しいとばっかり思ってた村の姿、自分をいじめてばっかりいる、つまりマイナスでしかないと思ってた日本の女を縛るだけの村だというふうに思ってたことを、少し見方を変えるようになったということ。普通の詩人ならあんまりそういうことは教えなかったと思うんですけれど、その谷川雁という人はそういうことを、つまり日本の近代文学というのは日本の村というのを見てこなかったんじゃないか、日本の村の成り立ちというのを見てこなかったから、いまのように近代化されてしまった都市文明というのが人間を一番根本的なところで、人間が生い育ってきた人間がつくる文明というのがどういうところから成り立っていたかというのを見失ってしまったんじゃないかということをよく言う人で、それはよくわかりました。

たとえば、神様なんていうのは皆さんはどんなにお思いになるかわかりませんけれども、水俣病の患者さんもそうですが、神様ていうのを信じてるんですね。一つの宗教を信じてるというんじゃなくて、魚も神様で、海にはもちろんえびすさまという神様がいて、草にも石にも神様が宿ってて、ともかく命のあるもの、普通ないと思われるもの、物質と思われてるものにも全部命があるというふうに水俣の人たちは思っている。私の母なんかも畑に行きますと草にものを言うんですね。漁師さんたちは魚によくものを言いますけれども、私の母もよく雨上がりに畑に久しぶりに行きますと、草とか麦とかにものを言う。「まあ、おまえたちもいっとき来んじゃったら太うなったねえ」て言うんですね。漁師さんたちは魚に、私がいっとき来んじゃったらこのごろこんな所で遊ぶとかいとものを言うんです。ですから、そういう自分たちだけじゃなくて、生きてるものだけじゃなくて、何か自分の身の回りにいる生きとし生けるものたちにものを言わずにはいられない。もちろん魚は返事いたしませんけれども、しかし返事するように思えるんじゃないかなと思うんです。水俣病で漁ができなくなってしまう。土方仕事なんかに行きますと、海のそばの町ですから土方仕事をしていても海が見える。そうしますと、漁師さんたちの目にはイワシの群れならイワシの群れ、サワラの群れならサワラの群れ、のいるのが、ずっと波の面を見てると色で……色でだかな、私にはまだわからない、私も目が悪くなったから見えないんですけど、あの人たちには見えるんです、魚が来るのが。いまどこの島のあそこあたりをイワシが来よると言うんですね。「あ、イワシの来よる」「あ、あそこ来よる」て言うんです。もうそうすると土方のつるはしなんか、心はそこにないわけですね。心はもう魚のところに行っちゃって、広い海ですからずっと動きながら魚の群れが行くわけですが、あ、魚について帰ろ帰ろと言って帰ってしまう。そして「待っとれえ」と本当に言って船を出すんですよ。

そういう、生きてるものたちと、草でも雲とでも風とでも呼応しながら生きてる。そのことが不思議で、あるとき私の父に「たんぼの神様というのは、どういういわれがあっとな」と聞きましたら「岩でも何もあるか。あれは石ころ拾うてきて神様と思うて魂を入れれば、そりゃ神さんになっとたい」と言う。

たとえば、田の神様にしようと思えば、自分が好きな石を拾ってきて、そしてみんなでお神酒を上げるんですね。そして「お神酒を上げたけんもう魂が入らいた」て言うんです。自分たちがお神酒を上げればもう魂がお入りになった。これで田の神様のでけたといって、その石持って行ってしめなわ飾って、そしてお神酒を置いて拝んでるんですね。拝むと言えば非科学的でしょうけど、何かそんなことじゃなく、それは、生きるということに対して、もうとことん敬虔であれば、自分の命を全部養ってくれるものだというふうに、多分思うんだと思うんです。

草でも石でも雨でも雪でも……雨が降ると喜んで雨祭りといってお酒飲みますし、風が吹けば、きょうは風よけといって風の神様にお神酒を上げてお祝いをしますし、何つけかにつけきょう生きてることがうれしくてお祭りをしてお酒を飲んでお神酒を上げる。命というものを、自分だけじゃなくて、同じものとして命をはぐくむということがそういうふうになってくるんだと思うんです。

水俣病を私が書きましたのは、そういうことが自分自身もっと確かめたいと言いますか、そういうところから、あれを単なる公害問題というふうに……加害者と被害者もちろんいるわけですが、その加害者と被害者のやりとりだけでなしに、何か私たちがいま接してる文明というものが、そういうものを失っていく時代ですから、失っていけばいくほど、そういう命というのを物質化して考えれば考えるほど、公害みたいなものはもちろん出てきますし、人間を管理するだけの……だれか管理する者がいて私たちの生活、生存そのものが管理化されてしまうという、そういうことであってはならないという思いがありますもんで、いまでも水俣病に取り組まざるを得ないんです。

水俣病で東京などに座り込みしておりましたころは、皆さん方よく見てくださってて幾らか世論が喚起できたんですけれども、また水俣に帰りました後ではもっと被害者が、もう想像を絶するほど被害者がたくさん出てまして、行政の方は、そういう患者さんたちや私たちの周りの支援の若者たちが陳情なんかに行きますと、公務執行妨害をしたとかいうことで逮捕したりする。いままた惨たんたる状態に水俣がなっておりますんです。

せっかく皆さまと御縁ができましたから、私大変うらやましいんです。皆さまこういう所にいらっしゃいまして、団地というのはそういう意味では外側から見れば管理されているような、規格品の家の中にいられて、生活程度も、そこにある家財道具なども資本がつくって与える、同じような規格の商品経済の中に皆さん暮らしていらっしゃるけれども、一たん志をたてればこういうふうにお集まりになることもできる。芦田さんがそのようにおっしゃってましたけども、そういう条件というのは考えようによっては逆手にとって生活することもできるんだと。なるほどと思いましたけども、皆さんがお持ちになっている講座ていうのは、私が田舎にいて本当に勉強したい、勉強したいと思ってても、もちろん暇もなかったわけで、ああいう村ではとてもできないことなんですが、皆さんのような生活条件がおありになりますと、こういう勉強の機会もある。テキストを拝見しますとうらやましいんですね。本当に一流の専門家が、素人の方と一緒に勉強なさっている。あの方々も皆さん方から学ばれることが多いだろうと思います。私も、講師なんていうんじゃございませんで、きょうは、仲間に入れてもらいたいと思って参りました。あとのお話し合いの時間を楽しみにしております。

どうも長々としゃべりました。ありがとうございます。（拍手）

近代の果て

――この前の本願の会で決まったテーマが「私にとってチッソとは何であったのか」ということでした。それでお話していただきたいのですが……。

石牟礼　さっさっと話せるテーマじゃないですね……。

わが家はもともとは天草の出身で水俣には梅戸のチッソの築港工事のためにやってきたんです。なんで水俣に出てきたのかと思いますが、一つには水俣に山を持っていて、山の管理があったようです。どんな縁で水俣に山を持つことになったのかは分かりません。祖父が生きておれば分かったでしょうけど。それで「水俣の山ば、見に行きおった」と言ってました。もっとも「おる家（俺の家）の山はぜんぶ、道に食わせてしもうた」[*1]って言ってました。

水俣の栄町は今もありますけど、チッソの横を通っている道は梅戸港から始まって四つ角まで行くと十字路になって、その一つはもう湯鶴《ゆのつる》道なんですよ。あの道路を改修して馬車の通る道を造ったんですよ。最近、上流で大水が出て山が崩れ、二十人ほどが亡くなられましたね[*2]。あそこの地名をよく言ってました。「あそこには良か石のある」と。祖父は石の目利きだったそうです。梅戸港のあたりには祖父が工事をした切り通しの跡が今もあります。工事にはたくさんの人に働いてもらったようですが、当時、梅戸の渚には潮時になると太か魚に追われて、沖のほうからイワシがうち重なって上がりよったそうです。人夫さんたちはそれが楽しみでみんなバケツ持って来ておられたそうです。「イワシ拾いが主で、なかなか工事が進まんじゃった」と母が笑いよりました。なんだか、のどかな話ですよ、ね（笑）。会社の港ができた時はみんな集まって祝いをし、賑ったそうです。

以前、私は水俣の土着というか、地付きのお年寄りの集まる会に行ってました。それは図書館[*3]であってました。図書館は徳富蘇峰さんが寄贈されたもので蘇峰さんの秘書だった中野晋さんというとても優秀な方が管理されてました。司書さんでもあったそうです。地元の人たちは「蘇峰《そぼ》さんの図書館」と呼んでいました。会は「水俣の昔を語る」という趣旨でした。中野さんから「年寄りの人を寄せて年中行事を聞くけん、あなたも出ませんか」と誘われて行きました。その会には水俣の名家とされる家のお年寄りが集まっておられて……。水俣での電話番号が一番だという家の話だとか、ブルドッグを連れて回診されるので有名なお医者さんのおばあさまとか……。中野さんには水俣の歴史について書く計画があったようです。

中野さんの司会でしたが、昔の水俣といえばチッソの話になります。聞かんでも自然に会社（チッソ）が来た時の話になり、しだいに「だれが一番、チッソの野口遵さんと親密だったか」を競うような雰囲気になってくる。あの方々には、会社が来るということは文明が来る、世の中が開けるということであり、チッソが来たお陰で水俣が開けたという結論になるのですが、実によろこばしい話として盛り上がるのです。

「会社」は、水俣という田舎の位を特段に上げてくれて、文明の恵みをもたらしてくれた恩人と思うておられました。どれだけ、ご自分が、チッソの人たちと懇意にしていたか、それぞれ会社のだれかがおられるわけですね、自分の好きな会社の幹部が。チッソが曾木の滝（旧曾木水力発電所・鹿児島県伊佐市）から水俣へ電線を引く時は自分たちも地元の有力者のところに足を運んでずいぶん加勢したと言いよんなさった。水俣から曾木にかけての山持ちさんたちとかでしょうね。それで会が終わると幸福感に満たされて帰りよんなさった。チッソの創業者・野口遵《したがう》のことも「じゅんさん、じゅんさん」とその親密度が分かるような呼び方でした。「じゅんさんがこぎゃん言わした」とか、「なんさま（なにしろ）、ドイツに行ってカーバイトを作る技術ば習得しなはった」とか、ですね。

昔は塩田だったところに塩浜グラウンドという運動場がありました。場所はチッソと、私がよく書く「大廻《うまわ》りの塘《とも》」との中間です。大廻りの塘はいまはほとんど跡形もありませんが、「亀首《がめんくび》」の海水浴場、私は小まい頃から近所のお兄ちゃんたちに連れられて行きよったところですが、塩浜グラウンドはその亀首とチッソの間にありました。

塩浜グラウンドでは町民を交えた会社の運動会がにぎわいました。○○係という幟旗《のぼり》を立てて会社ゆきの人たちが陣取って、町の人たちも入れて大変仲良く「走り競《くら》んぼ」（徒競走）がありよりました。「走り競んぼ」ってご存知でしょう？　塩浜グラウンドでの走り競んぼがなくなったのはいつごろだったかしら。それまでは毎年、町の人たちとの大変牧歌的な走り競んぼがあって、本当に町民たちと一体化し、会社に行かん家の人たちも弁当を持って見に行って、とても賑いよりました。

そばに塩神さんというお宮があって、宿の無かお菰さんたちが泊まっておられて、うちもそのまわりに畑を持ってましたけど、そこでできたカライモも、大根も菜っ葉も「いっちょん、うもなか」と言いよりました。塩分のせいでしょうね。水俣のカライモは特別うまかですもんね。ところがそこは、うもなかとで評判でした。

運動会ではチッソの係の名前を、町民たちがその時に憶えるとですよ。酢酸係が一等とかカーバイト係の誰それさんがいま何等を走りよりますとか、放送がある。メガホンで言いよりました。またお弁当の時間が賑う。もう「ええくろうとる」（酔っ払っている）とですよ、町の人たちも会社ゆきさんたちも。ケンカもありよった。みんなで寄ってたかって止めて。それから仮装行列がありました。町の人たちも会社の組と一緒にかててもらってよかった。実に工夫した豊かな仮装行列でした。その仮装行列は酔っぱらったまま、どうかすると町の方に繰り出し、町なかを行進してまわりよりました。

チッソ会社の人たちとの親密な気分というのは、ちっとやそっとじゃなかった。よき意味での海辺の共同体気質があって、培われていた。今の私たちの世代は大体その雰囲気を子供の時に憶えているし、親からも聞かされている。仮装行列に町民たちを引き入れて、その人数の多かったこと……。会社の係ごとに対抗して、そこに町の人たちが自分の好きなところに入り込んどる。カーバイト係、アセチレン係、エタノール係、無水酢酸係とチッソが使用する化学物質の名前がそのまま係の名称としてありました。

鮮烈に記憶に残っているのは人造繊維のビニール。ビニールは係の名前にはなかったようでしたけどそれはねちゃねちゃした半透明の団子のようなものでした。「珍しかけん持って帰ってみんなに見せる」と会社ゆきの人たちがこっそり持ち出しよったんですね。柔らかいのでそれで何でも作って見せた。手にはつかんし。ちょっと臭いはしたけどズボンやなんかに隠して持って帰る。本来は持ち出したらいかんのです。ビニール製の透明袋を最初に見たのもチッソからのお土産としてでした。これは良かものができたなとその時は思いました。外から中の品物が見えて、何を詰めとるか分かるでしょう。これは日本中に流行ると思いました。きっと売れるに違いないと。

水俣の古来の人たちはなんでも神さまにするんです。亀でも、山の青ガエルでも、川の神さんはカッパです。チッソも神さんにしておられたですよ。それでやっかいなことになっていく。

――非常に牧歌的な関係がだんだん大変なことになっていく。

石牟礼　「じゅんさん」という呼び方がお好きだった。社長とか野口さんとは言われなかった。実に親しそうに、竹馬の友よりももっと親しかごと言われるんですね。いつもそのようなお気持ちでものを言われてました。「この前、杯《さかずき》のやり取りをしたもんな」と……。何かといえば飲み会がありよったようです。「水俣に来たがっとるならぜひ来てもらお。来てもらうためには何でも加勢するばい、じゅんさんと私たちの仲じゃっで」と。じゅんさんだけでなく、側近の人たちもいつもいたようで、そういう人たちとしょっちゅう杯をやり取りして、水俣をいかに工業の町にするか、豊かな環境であるかを抜かりなく言っていたみたいです。また工業を興すには汚水の処理が一番大事で、そのための根回しは根気よくやったようで、「村の頭たちには、ああたが杯ば廻しなされば一も二もなかですばい」と助言をうけたそうです。

私は水俣病のことを尋ね始めていまして、中野さんから「吉田さん（石牟礼さんの旧姓）、あんまり奇病のことはしないで、私どもの方を加勢しなはりまっせ」と言われました。私を「水俣の昔を語る」の書記にしたかったのだと思います。また水俣病のコトの重大性にも気づいておられなかった。会に来られるお年寄りたちは大変純朴な方々でした。品の良うもあるし、悠々と隠居しておられる人たちです。そういう人たちが集まりたがる。かねがね無聊《ぶりよう》ですから。そして会社の偉い人といかに付き合いがあるか、その人たちがどげん偉か人かというのを一生懸命話して……。「カザレー式アンモニアはじゅんさんがドイツから仕入れて来なはった」とか、まるで自分の親類か身内の自慢ばするようにしておられました。立場はすっかりチッソの立場ですね。

「これからの工業は電気がなからんば成り立たんから曾木の滝から電信柱と電線ば水俣まで引っ張ってくる必要があるち、じゅんさんが言いなはった」。それには「地主たちを集めて一杯飲ませればよかですばい」とか「電線の通る地図を作って、ああたんとこの田んぼに架かるけん出してくださりますばいな、と言うてちょっと丁寧にすれば一も二もなかですばい」というわけです。「そげんふうにして、反対する者はおらんじゃった」と。電線の通らなかったところがむしろ僻《ひが》むので「そういうところには何か『包み物』でもして行けばよかですばい」。そうすると会社の人たちがわざわざもの言いに来らしたと言って喜ぶ。「あちこち顔を出しとんなはれば良かですよ。良か機会ですよ、と私どもは言うたったいな」などと話しておられました。

――汚水も、ああたたちが杯を回していけば、もうどうでもいいということですか。

石牟礼　汚水の話は、「魚《いお》どんが死ぬかもしれんけん危なか」と誰かが言えば、「漁民には死活問題じゃってでちっとなっと出しなはらんばいかんですばい」とオカネという言葉は使わずに「ちっとなっと出しなはるとよかですばい」。「そこは気持ちだ」というわけです。

さらには「電信柱は地だ（地面）に埋めるから地だ料（地代）がちっとなりといるけど、電線は地だ料もいらんし空の上を通っていく」。それでも「電線なっと通してくだはりませんか」と言う人までいて「うちの畑の上には会社の電線が通っとるとばい」と自慢したとも……。さらには「あぎやんチッソの偉か人と約束したとにいまさら電線が仇《あだ》するの何のちことのあるものか」とも……。チッソは新しく出現した神さん、守護神でしたね、最初は。もう人々の純朴なこと。

――そのチッソという水俣の新しい守護神がだんだん変身していく。

石牟礼　水俣川の一番下流に水俣大橋ができた時のこと。橋ができた式典には三代そろった夫婦を渡らせるでしょう。それを見にいっぱい人が来た。『苦海浄土』にも書きましたが、それはちょうど八幡プールからの排水路を水俣川の川尻の方に変更して流し始めた時期でした。橋見物に来た人が橋の上にもいたし下の両岸にもいました。私は橋見物じゃなくて、貝掘りに行くのが好きで、排水をこっちに流すということを弟たちから聞いていたから自重した方がいいかなと思い思いしておりました。そしたらドベドベしているカーバイトやらいろいろ入っている原液のようなもの、プールに落として沈殿させて浄化してきれいか水にして流すと会社が言うとったその原液ですね、まだきれいにしとらんドロドロを、ずっと切れ目なく河口に流していた。そしたらそこら辺一帯の魚たちが白い腹を見せてでんぐり返っていました。あたりまえに泳いでいたら背中は黒いから見えんはずです。それが幾重にもそこら辺一帯にでんぐり返っていて……。橋見物に来た人たちも「あれ、あれ、あれ、あれ、何な、あれ」と驚いていました。魚がいっぱい底の方にでんぐり返りよるのを大部分の人たちが見て帰りました。

そのドベドベを流すうちにそれが川の底にだんだん溜まっていく。水の勢いがあるのに溜まっていく。そして上まで堆積してきて乾き始めるんですが、その乾き始めたドベで何千坪と敷地を広げたとチッソの『工場新聞』が自慢そうに書いていました。

それとは別に一日トラック四十台分のカーバイトの混ざり分の多い、半分固まったドベを水俣で家を建てられるところの敷地造成にはタダであげますと。これも工場新聞に書いてありました。何の反省もなく、何の畏《おそ》れもなく……。無知ですね。どんなドベかを知っておればもっと隠し隠しやるでしょうけどね。工場はそんなに鈍感になってました。目の前で魚がでんぐり返りよっとに何とも思わんようになって……。お金をちっと握らせれば漁師さんは文句を言わんち思い込んどったというのもあったでしょうね。ドベによる埋め立てで増やした土地はいまは会社のもんでもそのうちあんたたちにも行くかも知れんという含みを持たせた工場新聞の記事で。たまがったですね。こぎゃんこと言うてよかとじゃろうかと思いました。埋立は河口から亀首にまで及び、大廻りの塘も埋め立てられました。昨年、見に行ったら二十メートルほど塘が残っていました。沖からは潮が引いたとき、固まっていったカーバイトの断面が見えます。

祖父は漁師じゃありませんが、世間嫌いになり、海にばかり行ってました。陸《おか》の上の人間には会いたくないと思っていたのでしょう。自分もあまり良かこつをしとらんので、親類の者からもうっとうしがられ、それで沖（海）に遊びに行きよったのでしょう。桂島などに行って世話になり、一カ月も二カ月も遊ばせてもらい、帰りには魚の干物を土産にして。手ぶらでは帰りにくかったんでしょうね。俵一杯ぐらいの干物を、貰うて来たのか買うて来たのか、そうやって行ったり来たりしていました。

「うちはネコん子がいっぱい産まれるけん、沖で貰うてくるる人たちがおらすけん、ネコ連れて行くぞ」と言い、いろんなところに泊まって来ていたようですが、「茂道のあたりにやればすぐ死ぬげなもん、ネコが」と言うのです。「そぎゃん死ぬところにはやろごつなかな。もっと沖の方の島に持って行って」と子ネコを持たせていました。それが後ではうちのあたりでも逆立ちして死ぬのなんのと言われるようになった。うちのネコはそこまではいかんだった。まちっとおとなしか水俣病でしたけど、なりよったですよ。

よそにネコを差し上げても差し上げても「また死んだ、また死んだ」でしょう。「ネコも産み月があるけん限りなしには子は産まんけん。おかしかなあ、何でそぎゃん死ぬとだろうか」と祖父が言います。それで私は水俣病にかかったネコを茂道に調べに行きました。茂道のだれがネコをもらったのかは祖父は知らないのです。船の上だけの付き合いですから。それで「水俣川の河口のとんとんという所からネコを貰いなはったお方はおんなはりませんか」と尋ねて行きました。そして杉本(雄・栄子)さん家の前をたまたま通りかかったのです。

そしたら栄子さんのお父さんの進さんが孫の肇ちゃんをおぶっておられた。私の父もよくよその子でもおぶってたから、父によく似た人だなと思って……。そしたら「うちはネコはあまり好かんと。ネズミがあまりに出る時はよそのネコを借りてくるから、ネコは行ったり来たりしとる」。「居着きますか」と尋ねると「居着きゃあせん。ばってんこのごろはネコの早う死ぬ」と言われた。

そして「語っていかんかい、姐《あね》さん」と。「話でもしていかんかい」という意味です。そこにはイカカゴとか網とか珍しいものがいろいろあり、私は海のことを聞きたい一心だったのでおじいさんに会うためにアメなどを買って通いました。

どうしてか杉本家の若夫婦はいつもおんなさらん。孫たちはおるけど。後で尋ねると体の具合が悪く、かたるがたる（交代交代）病院行きだった。うちの先生（石牟礼弘さん）も杉本雄さんを連れて入院させたことがあります。水俣の病院はそういう病人が増えてなかなか診てもらえなかったそうです。ネコだけじゃなくてもちろん人間も茂道あたりでは病人が増え、熊本市まで連れて行かないことには水俣では診《み》こなさんだったそうです。

それでもあのあたりの人たちは悲劇も悲劇のようには語られない。まるで民話を語るように言われます。

「まあおじさんは子守りが上手であんなはりますなあ」と言うと、「親どんがおらんもんでな」と言い、「昔、茂道山には子守りをしてくれる大蛇がおってな、漁師が忙しい時はとぐろを巻いた中に赤ちゃんを入れ、揺すって守《も》りをしてくれよった」、「そぎゃんとのいろいろおったが、今は少のうなった」と。

本当かウソか。とんとんの私の家の隣のおじさんがそんなふうに話す人でしたのでそんな話し方には慣れていました。後には進さんは私を「とんとんの姐さん」と呼ぶようになりました。後に栄子さんから厳しい進さんの一面も聞きましたが、全然そんなふうじゃなかった。話し好きの人なつっこいお爺さんでした。海のことは進さんに習いました。

「姐さん見てな、いまイワシの大群の行きよるばい。海の色があの辺で変わっていくじゃろ」。そして「なーんも知らんとな、姐さんは！」と言われました。私も「なーんも知りまっせんと！」と。楽しかったですよ。その一方で栄子さんには「絶対、人ば恨むな、恨み返すな」と言う、厳しくも偉い人でした。私は図書館の会合には行かなくなりました。中野さんは「会にはもうおいでませんとですか」、「惜しいこつ」とは言われましたが非難めいたことは何も言われませんでした。

——水俣病は「のさり」であると言った杉本栄子さんは水俣病が水俣の守護神と言ってましたね。昔の人はチッソが守護神だったのですが……。

石牟礼　栄子さんの見つめ方というのは大変なものですね。そうですもんね。やっぱり自分が水俣病になった人だから言えるのでしょうね。いろいろ乗り越えてきて……。あの人の言葉に「知らないことは罪である。知ったかぶりは人まで殺す。ウソを言う人はまだ罪バイ」があります。これは万巻の書を読んだ哲学者が言いきるか言いきらんか。言葉では言えるでしょうけど実感としては言いきらん言葉です。栄子さんは生きている実感で言いなはる。あの人自身が哲学ですね。哲学という言葉もよそよそしいですが……。

——チッソというのは近代そのものですか、水俣にとっては。

石牟礼　それが私にはよう分からんです。そもそも私が水俣のことを考え始めたのには「近代」ということが引っかかっていて……。私は方言で書くでしょう。方言は無作為に書いとるのじゃなくて、方言の持っている使命というか、方言から近代を考えるというか。文章の言葉として方言と標準語を使って同じことがらを書くとすれば標準語は遠かです。何かこれを書きたいと思う時、核心から遠いところに、牧歌とかとは反対に鈍感なんです。標準語では神経が行き届いとらん表現になります。それで水俣病ば書こうと思い立った時にとても標準語じゃ患者さんたちの実感は表現できんと。でも方言そのもので書いてもまた翻訳するのに状況を書き直さねばならないので、詩的にポエムの言葉として方言ば使い直せばいくらか実感に近付くかなと思い、方言を使い始めたのですが。

チッソは近代どころか超近代です。あの人たちが民衆を見る時に「ちょっとばかり撒《ま》いとけばよかが」とか、「電線の影でも映った方がよかぞ」とか、そんな言い方は侮蔑しとるわけですけど、民衆の反応がどう出るかをある程度見抜いとる。それが当たっている。チッソは戦略を十分考えて対応しとる。東大頭（エリート）というのはそういう戦略を立てることができる頭ですもんね。すっかり頭も近代化されとる、緻密に。

――しかしそれがこういうことを引き起こしてしまった。

石牟礼　民衆というか、人間に対しての連帯感がないんですね。民衆の方は限りなく情緒的になっていく。この人は私と同じ、私はこの人と一体化したい、一緒に行こごたるって……。大衆芸能の浪花節ですね。よく浪花節的と批判されますが、民衆は浪花節調なんですよ。

――だから「じゅんさん、じゅんさん」だった。

石牟礼　それで親しく思っていただけるだろうと思い込んでいた。連帯を求めて。ところがただ利用するだけで「血も涙もなか」ちゅうことになる。

――それが近代なんですかね。

石牟礼　はい。血も涙もなか人間になっていく。それは田舎の村を出らにゃいかんし、近代教育を受けにゃんし、標準語でしゃべらんばんし、といった事情があるのかもしれない、東大頭には……。一方、村の人たちが「オレは〈灯台〉出じゃもんな、オレは〈海学校〉じゃもんな」と言う時は、そっちの方の頭があるということも見抜いて言っている。

だけどやっぱり人間味というのは庶民の方にある。しかし、そぎゃんとは東大頭の人たちにはいっちょん響かんですもんね、東大頭には知識としては蓄えきるかもしれないけど。

学制発布というのはいつでしたかね、明治の十年より前ですかね。近代教育が義務教育になって、沖縄の学校では沖縄の言葉を使えば罰として「方言札」というのを下げられ、沖縄の方言は使うなと……。あのあたりから方言を卑しみ、標準語で言うごつなっていく。標準語を上手に使う人たちは村を出て行って、出て行ってから帰って来ん。まあ、地域社会というのは妬《ねた》みも嫉《そね》みもあるから、村が百パーセント快い場所じゃなかけど。

しかし、村には共同性というのが日常的にある。何かあると共同でサッとやる。その共同性から外れた人もいる。何もしきらんでヌーっと立っとるだけで、挙措動作も遅くて会話もスムースにいかん、そういう人もいる。何か村に大変なことが起きてみんなが走って行く時に、一緒に行きたいけど行ったって邪魔になるだけ、どうすればよかろう、と気をもみながら突っ立っとる人がいる。そんな人のことを「悶《もだ》え神」といいます。

「あすこに立っとるとば連れて来んか」、「いやあれは悶え神じゃっでよか」と。悶えて加勢しよるという意味なんです。そういう悶え神は都会じゃ生きていけないですよ。村というのはどういう人間でも生きていける。私の祖母だって生きていける。私も生きていける。そんなところはあまりなかですもん。

一方、ある程度選ばれて都会に行く人たちはそんなことはきれいに打ち捨ててしまい、それが合理的だと思っている。だから合理的な人間は都会にいてムダなことは一切しない。ボヤボヤしとれば世の中に遅るるという考えがある。

私なんかは遅れてばっかりですが、悶え神の存在は良かですよね。村では特別な人格を表す時には「神さん」という言葉を付ける。歌神さん、賑わせ神さん、踊り神さんなどと「神さん」の付く人がいっぱいいます。それは日常用語としてある。組で山の神さんの掃除の日というのが今でもある。「神さん」とまでは言わんけど、山にいるサルでもなく、アマガエルでもない「物の怪《もののけ》」のことを「山んあの人たち」とか「あの衆《し》たち」と言います。それは標準語で言えば「精霊たち」です。また家の中にもいろんな神さんがおられる。井戸の神さん、竈《くど》の神さん、鍋・釜の神さんなんてのもおんなはる。それから農具にも神さんが付いとんなはる。家事道具にも神さんの付いとんなはる。一番おんなはるごつ見ゆるとは風呂の焚き口。腹かかせばえらいことになる。荒神さんも腹かかせば火事になると……。

——チッソもそういうふうな神さんをいっぱい持っときゃ良かった。

石牟礼　そうですね。チッソの工員さんたちはわが家は水俣ですからたいがいはそういう雰囲気で育っている。

——しかしそれがチッソという会社となってくると何もなくなってしまう。あれだけ頭のいい人たちが集まっとって。

石牟礼　私が童話に書いた話ですが、これは坂本トキノさん夫婦が教えてくださった話です。チッソの裏山はしゅり神山《がみやま》と呼ばれていたそうです。しゅり神山はキツネの巣でしたがチッソが来てフイゴ（鞴）とかの設備を作り始めたら、しゅり神山のキツネたちは天草に移って行ったそうです。「百間あたりの漁師さんたちはたいがいキツネどんから頼まれて渡したちばい」。「渡し賃を持ってきたキツネもおったが、キツネだけん銭を持たんともおるけん、〈今は渡し賃を持ちませんばってん、向こうに渡ってから働いて必ずお返ししますけん、何とか渡してくだはりませんか〉ち頼みに来たつがおった」。「やっぱなあ、〈頼まれればきつか時は誰でも同じじゃもんね〉ち言うて渡してやんなはった」。発破でやられて死んだキツネも多く、今ではしゅり神山という名前も残っていないが、「渡し賃を持たんキツネが〈働いて返すのに十年ばかりかかるかも知れません。すぐには返せませせん〉ち、正直かもんな、ち言いよんなはった」と……。困った人がおればキツネでも何でも助けようと思うとるんですよ。

――チッソという会社はこのままいけば分社化とか何とかいろいろあって、チッソという名前そのものもなくなってしまうことになるが……。

石牟礼　原田正純先生は二十万人という説ですけど、私は計算する根拠がないので潜在患者はそのくらいいるかもしれないと思いますが、国は最初の水俣病の時からなまじ下手に触らんごつして来た。

私は杉本進さん、そして栄子さんのおっしゃったことが人の進むべき道だと思います。杉本さんたちのような経験をしないまでも人間は例えばわが子が死んだり、親や兄弟が死んだりした時はきつかですよね、割り切った人間でも。

西田栄一さんというチッソの工場長がおられましたでしょう。いわゆる漁民暴動の時、私は西田さんを偶然見ていた。漁師さんたちが工場の正門を揺さぶって壊した。表道は国道で漁師さんたちがいっぱいおったですけど、内側に小さな脇道があって、ドブ川に沿うてるんですけど、そこらの者しか知らん道で、西田さんはそこに一人でレインコートを着てうつむいてポケットに手を入れて……。まあ半分逃げらしたわけですが、現場から離れて一人で行きなはるのを間近で見たです、ああ西田さんだって。

NHKのドキュメント[*4]があって、水俣病の責任についてチッソの技術者たちを追った番組でした。番組の最後は西田さんの墓を写し、「西田元工場長は水俣病の全責任は自分にあると責めを負い続け、戒名も付けてくれるなといい、罪人になった自分を許してほしいというのが家族への遺言だった」とのナレーションが流れました。そう思いなはったんですね、西田さんは。見るからにインテリらしい気の弱そうな、なんか初々しい感じの人でした。あら、こぎゃん思うた人もおったばいなと。きつかったろうと思いました。自分が直接手を下していなくても、心が、良心があれば思うですよね、人は誰でも。

今のチッソを見てみればどうでしょうか。今こそ日本人の精神の深さ、究極の英知というか、人類愛を持っているということを示すべきだと思います。水俣の問題をこう引き受けて考え、処理しつつあると……。そうすればさすが世界一の技術を持ったチッソだなと、心も普通の人間とは違うと。大きな過ちを犯したけどチッソの人たちは粉骨砕身して人類が二度とこういう過ちを犯さんごと英知の限りを尽くして後始末を、完璧じゃなかったけれどもやったと。そしてその姿が尊いって言われてよかとですよね。今、それを示す時ですよ。それもないのかと思います。プライドを示さんば。

ところが何とののしられても知りまっせん知りまっせんと証拠隠滅ばっかりしている。個人の場合はそういうのは追及されるでしょう。そしてみんなでけしからんけしからんと言う。ところが集団ですれば責任の所在がない印象です。それで良かとか、ということですよ。これでは悪いことをした時はこげんして隠さんばんとぞと教えよるのと同じことですよ、若い世代に。逃げ道ば教えよる。

——近代の行き着く先はそういうものだったんですかね。

石牟礼　だったんでしょうね。合理性というものを尊ぶでしょう。合理性とは何でしょうかね。計算して損せんごつということですか。

＊1　自分が請け負った道路工事の費用がかさんで「持っていた山も処分せざるをえなくなった」という意味。
＊2　二〇〇三年七月二十日、水俣市宝川内地区、深川地区で大規模な土石流が発生、十九名が死亡する事故が起きた。
＊3　淇水文庫。現在の蘇峰記念館。
＊4　ＮＨＫスペシャル　戦後五十年　その時日本は　第四回「チッソ工場技術者たちの告白」（一九九五年七月一日放映）。

三・一一以降を生きる

聞き手＝佐伯剛（『風の旅人』編集長）

石牟礼　この方は、私を助けてくださる米満さんです。（日頃、石牟礼さんの身のまわりのお世話をなさっている米満公美子さんを、紹介しながら。）

佐伯　はい、よく存じております。

石牟礼　この方がいないと、私は、生きておられません。私は、記憶が消えていきます。忘れるんじゃなくて、消えるんですよ。でも、時おり、横になって休んでいる時などでも、身に覚えのない言葉が、浮かび上がってきて、なんだろうと思う時があります。

佐伯　そうですか。消えているのではなく、どこかに隠れているのですね。

実は昨夜、湯の児温泉に宿泊しました。

石牟礼　あらまあ、私は、あの近くなんです。あの海岸線が、私の小さい時の遊び場。あそこに、私の祖父が住んでいまして、よく通っていました。まあよくいらしてくださいましたね。

佐伯　海と山が重なって、麗しいところですね。石牟礼さんの著書『椿の海の記』で描かれている自然。あのあたりで、幼い頃、遊んでおられた時の記憶がもとになっていますね。

石牟礼　はい。小学校低学年の時、うちの家が没落して、水俣の北のはずれのとんとん村に移って来ました。野菜畑がありましたので、母は、野菜を作って、その野菜を漬物にしたりするんですが、海辺に、野菜を持って洗いに行くんです。あの湯の児海岸のどこかへ。

そして海の中へ、素足で入っていきますから、野菜を洗っていると、タコの子らが、母の大根足を触りにくるんですよ（笑）。

それで、「こちょばいか」って（笑）。「こちょばいか」って、くすぐったいという意味なんですが、タコの子が、二、三匹、足を触りにくるんですって。「こらあ　おまえども　こちょばいか」って言って、足を振って落とすけれども、タコの子らがまた近づいてきて、母の足をくすぐる。タコの子は、母の足をなんじゃろかと思うんでしょうねえ（笑）。

それを母は大変嬉しそうに言うんですよ。「むじょか」って。「むじょか」というのは可愛いという意味ですが（笑）。

佐伯　可愛いですね（笑）。

石牟礼　はい（笑）。でも触ってくるのは子ダコだけで、大人のタコはそういうことはしないって。

佐伯　子供のタコだけですか。人間の子と一緒ですね。

石牟礼　人間の子と一緒ですよ。それで、海のものたちとも情が通い合うんですね。磯辺では、タコたちや、貝たちと遊ぶ事ができました。巻貝たちは、たくさん種類がおりますんでね。岩の裂け目に、ぎっしり紫貝というのがつまっていたり、それを牡蠣打ちという、ツルハシの小型のもので、こうはねて落とすんですね。そりゃあ三十種類くらい籠にいれてね。

マテ貝というのは、面白いですよ、こうして棒で地面を突いていくと、これくらいの穴が掘れるんです。マテ貝は、二十センチから三十センチくらいの深さのところにおりますから、鍬で掘ろうとしたらおおごとです。それで誰が考え出したのか、塩をその穴に入れるんです。そうすると、ぴゅーっと飛び上がってくるんです。

私より二つ上の女の子で、そういうことの名人がおりまして、「道子しゃん、町から来たで何もしらんね」と、渚によく連れて行かれて教わりました。

塩を入れて、マテ貝が飛び上がってくると、ぱっと摑むんです。獲り損なうと、引っ込んでしまうんです（笑）。

佐伯　八十年も前のお話ですが、すごく記憶が鮮明ですね。

石牟礼　はい、子供の頃のことは、よく覚えています。

それから、巻貝というのは、ビナと言っていました。一枚貝です。中に柱があって身が巻き付くようになっています。それで岩の上にびっしり取り付いていまして、近づいて行きますと、最初の一匹が動いて、落ちるんですよ。すると、貝たちには耳があるんでしょうかね、何か合図をするらしい、それで、他の貝たちが次々と落ちていくんです。

佐伯　逃げるんですね。

石牟礼　逃げろって言うんでしょうね、何か来たぞって。

佐伯　人間には聞こえない合図でね。人間の目だとか耳だとかで感じとられる世界って限られていますから。

石牟礼　人間はそういう力を退化させていますから。

佐伯　都会にいると、退化していることにさえ気付かなくなりますね。子供の頃に、人間の力を超えた何か不思議な力を感じられる環境にいるかどうかの違いって、大きいですね。

石牟礼さんは、幼い頃、キツネになりたかったんですね。

石牟礼　はい（笑）、私は、キツネに憧れていて、キツネになりたかったです。それで海岸を歩いている時なんか、尻尾が生えないかなって後ろを見ていました。時々、コンコンと鳴いて飛んでみたりしてね。そうしていれば、お尻に尻尾が生えてくるかもって。

佐伯　猫とかタヌキじゃなく、キツネでないとダメなんですか。

石牟礼　キツネでないとダメです。

佐伯　猫とキツネじゃあ……（笑）。

石牟礼　位が違うんです（笑）。

佐伯　キツネが上ですか、なぜでしょうね（笑）。

石牟礼　なぜでしょうね。

佐伯　キツネの方が、ちょっと怪しいですね。

石牟礼　怪しいですね。

佐伯　石牟礼さんは、白川静さんのことを深く尊敬しておられましたね。

石牟礼　はい。神様みたいな人で、この世で一番偉い人だと思っていました。でも、ご本人は、まったく偉そうにしておられませんでした。

でもあの佇まいは……、古代の神様はきっとこういう人だったろうと思っていました。

佐伯　（『風の旅人』の十五号の白川静さんの写真を見せながら）、とても恐いけれど、とても優しいお顔です。

石牟礼　いいお顔ですね。大好きでした、ご表情が。眉毛が、大変良く動くんですよ。まあ壊かしい。

佐伯　石牟礼さんは、『天湖』という小説を書かれるなど、天という言葉をとても大切にされていますが、『風の旅人』の創刊号も「天空の下」というテーマから始めました。その創刊号から、白川先生が九十五歳で大往生されるまで、十五回にわたって連載をしていただきました。「天」に続いて、「水」、「森」、「石」、「都市」、「生命」、「大地」、「生物」、「人間」、「風土」、「文明と荒野」、「混沌」、「生命系」、「永遠回帰」、そして最後が「人間の命」でした。

石牟礼　私も、全ては天から生まれると思っていました。

白川先生は、私の書いたお能『不知火』を見てくださいました。

『不知火』は、近代人が流した毒で海も陸も汚れてしまったので、不知火と常若の姉弟の二人が、毒をさらえよと親から言われ、常若は陸上、不知火は海の毒をさらい、二人は、その毒で死んでしまうのですが、先の世で結ばれる話です。

白川先生は、娘さんと、『不知火』のDVDを何度も見てくださったと、お手紙をいただきました。白川先生は、よくお手紙を書いてくださいましてね。毛筆で、巻き紙に書いておられるんですよ。いつか雨の降り出しそうな時に、白川先生をお訪ねしたことがあるんです。そうしましたら、向こうから小さなお爺さんが、傘をさして、そしてもう一つの手に傘を持って、いらっしゃるんです。おや見たことのあるような人だと思ったら、なんと白川先生が、雨が降り出したので出迎えに来てくださったんですよ。でも、半分、傘が傾いているので、肩のあたりが濡れておられました（笑）。感動しましたねえ。

佐伯　私も、初めて家を訪ねた時、ちゃんちゃんこ姿で出迎えに出てこられたので、びっくりしました。それまでお写真や講演会で拝見していた時は、少し恐そうな雰囲気で、ご自宅を訪れる前は胸が苦しくなるほど緊張していましたが、そのお姿を見た時、とても可愛らしくて和みました。

石牟礼　白川先生は、可愛らしい方ですよね。私が訪ねた時、奥様もおられました。奥様が、帰り際に、後ろから抱きしめてくださいました。あがりかまちで。「よく来ましたねえ」って言って。ここらあたりをギュッと。

佐伯　白川先生は、漢字を通じて、天の摂理を伝えておられたような気が致しますが、石牟礼さんは、小説作品を通じて、それを表現されておられて、響き合うものが感じられます。

石牟礼　はい、白川先生は、私が探し求めているところを、先に行く人でした。

佐伯　『風の旅人』も、創刊の頃から、白川先生の世界観を、かなり後ろに遅れてではありますが、追っているようなところがあったかもしれません。

石牟礼　そうですね、そう感じました。お志は、同じ根っこのところに立っていますね。嬉しゅうございます。

佐伯　『風の旅人』は、震災の後、いったん休刊しました。あの頃、街の灯りは暗くなり、日本人は慎ましくなっていたように思うのですが、一年すぎたあたりから、また以前のような雰囲気になってきたのを見て、復刊致しました。

石牟礼　近代化が始まってから、その帰結というのが、経済至上主義になりましたでしょ、その癖がついてしまったというか、日本人は、近代的合理主義に、とても毒されていますね。

佐伯　抜けきれないものでしょうか、その毒は。選挙で自民党が圧勝したと言っても、国民の百％が支持しているわけではなく、五十％ほどで、残りの五十％がバラバラだから自民党の圧勝という結果になってしまっているわけですし。残りの五十％が目指せるビジョンというものがあれば……、全体が一挙に変わる必要はなく、個別にでも少しずつ変化していければと思うのですが。

石牟礼　なんか、一番基礎的な部分で、情愛が無くなってきましたね。合理的というのが流行言葉になってて。合理性でやっていけば、情愛はなくなるのかなと思います。父や母の世代は、情愛がありましたよ。人情というのが、もっと濃いかった。そういう絆がなくなってまいりました。

佐伯　津波の後、人間の情愛を感じる場面もありましたね。

石牟礼　あの東北の人達の、おじさん達の顔が、とてもよくて。髭ぼうぼうで、カミソリもないのだろうけど、とてもよかったです。あの寡黙で忍耐強いと言われている東北の人達が、ああいう極限の被害にあわれて。でも、暴動とか略奪が起きなかった。そして、死んだ人のことを思い出して涙ぐんでおられて、自分が生きているのが申し訳ないと。日本人というのは、こんなに優しい民族、思いやりのある民族だったのだと、感動しました。

でも一方で、わけ知り顔の顔も増えましたね。

わけ知った顔で、原発がないと日本は持たないって言う人もいますね。でも原発で汚染された水を捨てるところないでしょ。原発の炉の底がとけてしまって、人類が体験したことのない毒素が、今、どんどん出ていて、持っていくところがない。それで、こっそり海に捨てる。政府は「大丈夫です」と言う。おかしいですね。水俣病のチッソも、人が死んでいるのに、毒を流し続けていました。

佐伯　隠したり偽ったり、一体何を守ろうとしているのかと思います。そのように執着しているものに、どれだけの価値があるのか冷静に考えればいいのですが……、本当に、そういう生き方が幸福なのか。ただ臆病なだけで、だから打算的になってしまっているのかもしれません。

津波の後、石巻や牡鹿半島あたりの漁師の家族の方とお話をしましたが、あれだけの被害のすぐ後で、何もかも失っているのに、再興の意思を口にする人が多かったことに驚きました。逆境になればなるほど強くなるタフな精神を思い知らされました。

石牟礼　漁師の方々はですね、『苦海浄土』にも書いておりますけれど、杉本雄《たけし》さんと栄子さんというご夫婦と、お付き合いを深くさせていただきました。

最初は、栄子さんのお父さんの進さんに、会ったんですよ。お家の前に籠が干してあって、「おじさん、この籠は何に使うとですか?」と尋ねたのが、きっかけだったんです。

「姐さんなあ、どっから来たな?」と仰るので、「とんとんから来ました」と答えました。「ほう、とんとんな、遠かばい」と言いなさって、「なんも知らんとな」と言いなさいましたから、「なんも知りません、通りかかりましたけれど、この籠は何に使うとですか?」と言ったら、「イカば獲ったい、そしてイカば獲っときは、山の柴を籠の中に入れると、イカたちは、山のもんは珍しかじやろなって、それでこん中に入っとばい」て教えなさいました。それで、「何も知らん、とんとんの姐さん」って言ってくださりまして、それから私は、その進さんになつきました。

杉本さんのご家族は、進さんご夫婦も、栄子さんも、そして雄さんも水俣病になられました。それで、お見舞いに行った時に、栄子さんご夫婦に不知火海のことを百年分語ってくださりませんかとお願い致しまして、それから時々うちにこられるようになりました。「なんでもようございます、漁の話だけでなくて、なんでもようございます、話してください」とお願いしたのです。それが、後には不知火海を百年語る会というものに発展していったんです。そしたら、緒方正人さんという方もいらっしゃるようになりました。水俣病でお父様を亡くし、ご自身も幼い時に発病した緒方さんは、水俣病の未認定患者の認定を求める運動の中心人物でしたが（お金が責任という言葉に変換されることを拒否する為、水俣病患者認定への申請を取り下げ）、最後には、「チッソは自分であった」という考えに到達されました。その言葉は、「人類の罪を引き受ける」というふうに私には聞こえました。

そして、女性で漁師の網元になった杉本栄子さんは、重症の水俣病でしたが、最後には、自分が体験された世界を語って歩かれるようになったんですね。栄子さんは、お亡くなりになる前に来られて、こう言われました。

「月夜に、夜中になると、家のまわりでトストスと人の足音がする」って。そして、「月夜ばっかりじゃなかぞ、闇夜もあるとぞって声が聞こえる。とても恐かった」と。茂道という部落の人達は訴訟派が多かったですから、市民から、「百五十億円もらうそうじゃが、銭貸せ」って言われたり。その中でも杉本家が一番過激ですから、杉本家を取り囲んで脅かしにくる人達がいて、「月夜ばっかりじゃなかぞ、闇夜もあるとぞ」とヒソヒソ声で言う。そういう日常でした。それで漁ができなくなりましたから、一時、チャンポン屋をなさったんですよ。そしたら、チャンポンを持って運ぶ出前箱を、ちょっと道ばたにおいていたりすると、蹴飛ばされていたりして……。

たびたびそういうことがあったので、チャンポン屋は、一年、持たなかったですねえ。そういう時に、栄子さんが、お父さんの進さんに悔しさをぶちまけると、進さんは、「そげん愚痴ば言うな、人は変わらんとぞ、自分が変わらんば」とたしなめておられたそうです。

栄子さんは、村にいるのはつらいからどこかに行こうか、でも行くところがない、それで色々な愚痴をお父さんの進さんにこぼしておられた。

それで、栄子さんは、「今日もとおちゃんから怒られた、人は変わらんとぞ、自分が変わらんばって」と、言っておられました。

佐伯　それで、杉本さんは、お考えを変えられたんですね。

石牟礼　変えられたですね。辛かったと思います。

そして最後に、「道子さん、私はチッソを許すことにしたばい。チッソだけじゃなくて、私を苛めた人達も全部許す。そして水俣病は、私が、全部、荷のうていく、あの世に。他の患者さん達も、そげん思うとるにちがいなか。どうもできん、自分達がおかれている状況は、どうもできんけど、全部、ひきかろうて、あの世に行きます」とおっしゃりました。

こういうことは、世界中のどこの学者も、学説では言うかもしれませんけれども、実感として、自分の体験としては誰も引き受けたことない命題ですね。「許すことにした。その代わりに全部、水俣病のことは全部引き受けて死ぬことにした」というのは。

佐伯　杉本栄子さんは、「のさり」という言葉を使っておられますね。

石牟礼　はい、熊本では、いいことがあると、「のさったもんなあ」と言います。そして、悪かこともです。

佐伯　自分の及ばぬ大いなるもののはからいということですね。運命を全て引き受けるというお話と、今、石牟礼さんが取り組んでおられる新しいお能、天草の島原の乱と重なり合うところがありますか。迫害を受けたキリシタンの農民達のことですが。

石牟礼　なにか運命の引き受け方に感じるところがあったんでしょうね。

佐伯　その天草のお話を書き始めたきっかけは何でしょうか。

石牟礼　やはり（島原の乱のキリシタンの農民達も）、栄子さんのおっしゃるような状況にあったんだろうと思います。権力による酷い弾圧がありました。

佐伯　過酷な状況のなかでも、全てを引き受けていく。

石牟礼　共通点がありますね。

佐伯　先ほどご覧いただいた『風の旅人』の十五号、白川静さんの連載の最後の号ですが、この中に、中国の文化大革命の時に、凄惨な拷問や迫害を受けた中国のカトリック教徒のことを伝えるページがございます。中国人の写真家、呂楠が撮りました。彼は、中国政府から目をつけられていたため、李小明と名乗っていました。

呂さんが、拷問を受けても信仰を捨てないカトリック教徒のことを記述しています。「お前が信じるのは共産党か、それとも神なのか、どちらを信じるのだ」と鞭で打たれても、「肉体は共産党に捧げても、魂は神に捧げる」と言い続けて、死ぬまで鞭で打たれたこと。また、一人っ子政策の中国で、女の子や生まれつき障害を持った男の子が生まれたら赤ちゃんを捨ててしまうことがあり、捨てようとする赤ちゃんを育ててもらえることを期待して、カトリック教徒の村の教会の前に置いていく人がいる。カトリック教徒は、自分が罰金を課せられたり、他の問題を抱えることを承知で、赤ん坊の魂を救うために、他人の赤ん坊を育てる。さらに、彼らは決して嘘をつかないので、彼らと商売をするのは楽だという商人の話があります。

石牟礼　（ページをめくりながら）いい写真ですね。お顔がいいですねえ。姿がいいこと。とても印象深いです。

この写真の人は、死んでいるのですか。

佐伯　臨終の場面です。死にゆく人を寂しく死なせることはなく、人々が傍で祈り、見送るのだそうです。彼らにとって、死は終わりではなく、現世とあの世を結ぶ重要な出来事で、それは人々に生と死について深く考えさせる機会なのですね。

石牟礼　昔、とんとん村に住んでいた頃、うちのそばに火葬場があり、目の前の土手道を、二、三本、お葬式用の旗を立てて行列が通るんです。そうすると、あっちこっちの畑にいる人達が、鍬や鎌を置いて、合掌していました。

「ああ　ひとさまのお葬式やが　どっから来た人じゃろうか　ナンマイダ　ナンマイダ」って。

あっちこっち遠いところからお葬式の旗が見えるんですよ。長い土手でしたから、ずっと見送って、拝んでましたよ。どこのどなたかわからない他人のお葬式ですよね、でも「ひとさま」と言って、拝んでおられました。「ひとさま」って美しい響きですね。

今はもう、そうはいたしませんね。お行列でなくて、葬儀屋さんの自動車ですもんね。

佐伯　今日では、火葬式という、家族以外は誰も招かず、ご遺体を焼くだけで安く済ませる葬式が増えています。

石牟礼　人情がなくなりました。

佐伯　形ばかりのものが増えています。葬式といえば、この『風の旅人』の十五号で、石川梵さんという写真家が取材したインドネシアのタナ・トラジャのお葬式のことを紹介しています。

石川さんの文章の中に、「トラジャ族は、死ぬために生きている」という言葉が紹介されています。トラジャ族のお葬式は実に壮大です。準備だけで何年もかけます。そのあいだ、死者に食事を出し続けます。お葬式にお金と労力を注ぎ込み、蓄えを全て使いきるのです。御馳走をしてふるまい、全ての村人が恩恵を受ける。家族に財産を残すと恥になる。死のタイミングで、富が、多くの人に還元されるというか、循環していくのですね。その御陰で、遺族も、村の人達に支えられて生きていく。それをヨコのつながりとすると、葬儀を通して遠い祖先との関係を再確認するというタテのつながりがあり、生者と死者を隔てる線引きは取り払われる。それを概念としてではなく共同の体験にして一族の一体感を強めていく為に壮大な儀式が行なわれていると、石川さんが述べています。個人主義の中のせせこましい合理ではなく、もっと大きな合理がそこにはありますね。

石牟礼　島原の乱で、キリシタンのお百姓さんが、「まいろやな　まいろやな　パライソの寺にぞまいろやな」と歌っています。パライソって天国です。パライソとか、来世とか、後生とか、死んだ後の世の中に、何か希望があるという考え方がありますね。

本当はみんな、やがて死ぬってこと、知っていますよね。死があるからこそ、生きられると思います。

〈朗読〉

生死のあわいにあればなつかしく候
みなみなまぼろしのえにしなり
おん身の勤行に殉ずるにあらず　ひとえにわたくしのかなしみに殉ずるにあれば
道行のえにしはまぼろしふかくして一期の闇のなかなりし
ひともわれもいのちの臨終《いまわ》　かくばかりかなしきゆえに　けむり立つ雪炎の海をゆくごとく
なれど　われよりふかく死なんとする鳥の眸《め》に遭えり
はたまたその海の割るるときあらわれて　地《つち》の低きところを這う虫に逢えるなり
この虫の死にざまに添わんとするときようやくにして　われもまたにんげんのいちいんなりしや　かかるいのちのごとくなればこの世とはわが世のみにて　われもおん身も　ひとりのきわみの世をあいはてるべく　なつかしきかな
いまひとたびにんげんに生まるるべしや　生類のみやこはいずくなりや
わが祖《おや》は草の親　四季の風を司り　魚《うお》の祭りを祀りたまえども　生類の邑《むら》はすでになし　かりそめならず今生の刻をゆくに　わが眸《まみ》ふかき雪なりしかな

『苦海浄土』第三部『天の魚』より

石牟礼　これは　アコウの木って言うんですけど、潮を吸って生きているんですよ。この木は渚に生えていますが、枝の先を波の方に向けて、枝から、細い根を海の中に下ろしているんです。そうすると、海の中から巻貝たちが、根を伝って上に登って、枝に並んで、遊んでいるんです。陸《おか》と海を結んで、この木は育つんです。切断面がないのですよ、陸と海のあいだに。

佐伯　陸と海をつないでいるのですね。

石牟礼　そう、両方をつないでいるんです。それでね、私は、〝大廻りの塘〟を復活させたいんです。

佐伯　夜になると、キツネが出ていたという場所ですね。

石牟礼　はい、ガゴという妖怪たちもたくさんいて、周りの大人たちは、妖怪たちのことを、「あのひとたち」って、言っていましたね。

（地図を描きながら）ここが不知火海に面した明神で、このアコウの木があるところです。

ここに、チッソの積み出し港の梅戸港があります。この港を広くする事業を祖父が手がけていて、うちの家は天草から出てきたんです。この港につながる道、栄町通りの両側に家々がありまして、私が幼い頃、とんとん村に移る前、家はこちらにありました。

うちの先隣に、末広という女郎屋さんがあり、よく遊びに行っていました。ここに女郎屋さん専門の髪結屋さんがあり、うちの隣、こちら側は石屋さんでした。こっちの隣に米屋さんがあり、鍛冶屋があり、煙草屋さんがありました。ここに第二小学校がありました。ここらへんにチッソの附属病院があり、ここに観音様があって……、このあたり、ミカンを積んだ船や、黒砂糖を積んだ船が、いっぱいありました。この水俣川の河口あたり、大きく曲がった土手、〝大廻りの塘〟があったのです。この土手にキツネたちが出没すると、隣のおじいさんがね、言っていました。古い椿の木がありまして、私は、歩き始めた頃から、この道を覚えてしまって、一人でよく来ていました。

水俣から北に百キロばかり離れたところに、宇土というところ（有明海と八代海を両断する半島）があるんですが、そこには、宇土のすぐり藁という名前のキツネがおって、船で大廻りの塘に来るんだそうです。その船は誰が漕いだのか、キツネが漕いだのでしょうね。そして何をしにくるかというと、藁をすぐるんです。収穫の時期になるとやってきて、病人の家や、貧しい家に来て、藁をすぐって加勢するんです。

「すぐる」って、意味わかりますか？　稲の下に垂れ下がっている枯れた藁なんですが、草鞋を編んだりする時、汚いので、こうやって指を入れて落とすんです。それを「すぐる」と言うんですが、それの上手なキツネがいて、お手伝いをするんです。

また有名なタヌキもおって、名前はなんて言ったかなあ……、そう、うーぎんたま（大金玉）のタヌキがいて、うーぎんたまを広げて、キツネがすぐったモミを、その上で干してくれるって。

佐伯　（笑）。そうやって、キツネやタヌキが、人の手助けをしてくれるんですね。

石牟礼　はい、尊敬していましたよ、土地の人たちは。すぐり藁のキツネとか、うーぎんたまのタヌキとか。それで、キツネたちは、油揚げが好きですから、油揚げを買う時は、これは仏さんに、これはキツネたちどのにってね。

佐伯　大人達が子供達に、そういう話を聞かせるというのは、間接的に、手助けすることの大切さを伝えていたんでしょうね。

石牟礼　はい、そういうこと、あったと思いますよ。キツネやタヌキでさえも、加勢してくれるのは当たり前ですから。人々のあいだでも、何か事が起きると、駆けつけて、心配する、お世話をするというのが、当たり前の人情でしたね。

この地には、悶えて加勢するという言葉があります。一緒になって苦しみをともにするという人情です。

それで、今、私は、大廻りの塘を復元したいんです、失業対策事業で。水俣は失業者が多いですから、その対策の為ということで、市に申し込もうって思っています。

それにはまず、この水俣川の河口にある八幡プール、これをどうにかしなくちゃならないでしょ。どこにも持っていくところがないでしょ。水銀だけじゃないんです、色々な汚染物質もたくさん排出されて蓄積して、埋め立てられたんです。その複合汚染を隠しているんです[*1]。

それで私の夢想かもしれませんが、この広大な場所を一面のススキ野原にして、萩とか、彼岸花とかも生い茂って。

佐伯　いいですね。どうやってキツネを呼び戻すかですね。

石牟礼　はい、キツネも連れてこようと思うんです。そうやって、大廻りの塘を復活させるのです。失業対策、村おこし事業として、設計図を描こうと思います。

水俣の沿岸部や山村には、芸達者の人達も多いですからね。男の人でずいぶんと美貌なんですが、杉本栄子夫婦の長男で、素っ裸になって、腰の前に太鼓を持ってね（笑）。そういう人もいます。私も、『なごりが原』という狂言を書きましたんです。大廻りの塘に新しい名前をつけました。それを台本にして、やりませんかと声をかけているんです。舞台を、この大廻りの塘のどこかに作っておいて、定期的に公演をするのです。このあたりで、キツネやタヌキにも会えますよ。

佐伯　水俣、そして福島の原発など、人間が引き起こした禍いを、人間界の論理だけで片付けようとすると、矛盾の上に矛盾を重ねていくような気がします。人間が見たくないもの、知りたくないものを切り捨て、今この瞬間、目の前にあることばかりが優先されて、付け焼き刃的な手を打つばかりで本質的な問題は先送りにされています。

石牟礼さんがおっしゃるように、人間界を超えた発想がないと、大切なことが、後々につながっていかないような気がします。

石牟礼　今の日本は、東京に都がありますが、そこは、生類の都ではありませんから。生類の都を復帰させることが、私の願いです。他者のことを思いやる心が結ばれていて。

佐伯　白川静さんが、『風の旅人』の連載の最後に書いてくださいました。（『風の旅人』第十五号を見せながら）この部分です。天の命ずるところは、人にとってまったく所与的なものであり、絶対的なものである。そのことを無視して、恣意的な生活が可能であるとするのは、現代の人々の妄想にすぎない。自然の秩序はあらゆる生物の世界に及んでおり、そこに大調和の世界がある。人間の思考は精彩を極めているが、それはこの大調和の世界から決して逸脱しうるものではない、という内容です。

生類の都というのは、そういう大調和のなかで、人間がより良い世界への憧れを抱き、想像力豊かに、色々な物語を作り出しながら生きていくところなのでしょうね。

石牟礼　私は、人類という言葉は使いたくありません。人間も含めて全て生類で、私は、生類たちには魂があると思っています。東京あたりの市民活動家の方と会うと、「石牟礼さんは、〝魂〟とよくおっしゃるけど、眼に見えないものを信じるのか」って言われたことがありまして、びっくりしましてね。魂があるから、ご先祖を感じることができるでしょ。みんなご先祖を持っているわけですね。それは人間だけでなくて、草や木にも魂があって、いつでも先祖帰りをすることができる。それは、美に憧れるのと同じだと思います。美しいもの、より良いものに憧れる……、そう私は思っていまして。眼に見えないものをなぜ信じるのかと問われた時、答えに詰まりまして、急には答えられなかったけれど、これは私に与えられたテーマだと思って、ずっと考えています。

（二〇一四年四月六日　熊本託麻台リハビリテーション病院にて）

＊1　一九五六年に水俣病が公式に確認され、水俣湾周辺に患者が次々に発生したので、一九五八年、チッソは、水俣湾につながる百間排水口から、水俣川河口の八幡プールにひそかに廃水ルートを変更した。大規模な人体実験といわれるこの変更で、水俣川河口から不知火海沿岸に水俣病患者が広がった。

第三部 ◆ 歌

風流自在の世界――『梁塵秘抄』の世界

レジュメ

十一世紀後半から約二百年間、京を中心として広く歌われ、源氏物語をはじめ、諸家の日記に記された「今様《いまよう》」は、いったいどんな節で歌われていたのか、曲そのものは復元できないままになっている。

幸いにもしかし、後白河院の手になる、『梁塵秘抄《りようじんひしよう》』とその『口伝集《くでんしゆう》』が、当時の歌われ方が偲ばれる形で明治末年や昭和になってから発見された。なぜその曲が消え失せたのか、手がかりを音楽家に尋ねてみるが、みな首を振られる。歌い手たちが歩き巫女を兼ねる遊女であったことは定説となっているが、歌う様子を、更級日記の作者が書きとめている。

「あそび三人、いづくよりともなく出で来たり。五十許《ばかり》なる一人、二十許なる、十四・十五許なるとあり。庵の前にからかさをささせてすゑたり。をのこども火をともして見れば」「髪いと長く、ひたひいとよくかかりて、色白くきたなげなくて」「人びとあはれがるに、声すべて（ほかに）似るものなく、そらに澄みのぼりてめでたくうたを歌ふ」「見る目のいときたなげなきに声さへ似るものなく歌ひて、さばかり恐ろしげなる山中にたちてゆくを、人びと飽かず思ひてみな泣く」

暮れ入る足柄山へと去ってゆく美しい女たちを見送って村人たちが泣き、おさない自分はもっと胸しぼられるようだったという記述の箇所に、たとえば

仏は常にいませども　現ならぬぞあはれなる
人の音せぬ暁に　ほのかに夢に見えたまふ

という歌を置いてみれば、女たちの声や姿がどのようなものであったか、人びとにどのように受け入れられたか、気品と余韻のたちこめている有様が偲ばれる。このような女たちとほぼ似た経歴を持つ老齢の「乙前《おとまえ》」なる名手を、後白河院は宮廷に招き寄せて、師として手厚く礼遇し、死をも看取った。今様狂いの「暗王」といわれたゆえんである。かねがねわたしは万葉集が編まれた頃、宮廷歌人たちは別として、読み人知らずの歌などは口移しに伝わって書きとめられたものなのか、識字率も低かったろうに無名庶民が紙に認めたものが残って、しかるべき手に渡り、収録されたのか

と想像することがある。

上古の人たちの、言霊を伴った歌の発声の呼吸が、今の歌人たちとまるでちがったろうと思われるからである。

相聞や歌垣など、歌いかけた声がほかの者にも聞こえ、後で認めあったのだろうか。ことばが文字に、文字を離れた声音が歌謡になってゆく過程のことを心に入れないと、わたしは歌のところに引き返せない気がしている。書きことばを音韻的に先導しているのはやはり声であり、その中に歌おうとする心が疼きながらかがみこんだままである。

漢字学の白川静先生は、中国古代歌謡の詩経と万葉とを読みくらべながら、「歌謡とはひとがことばの呪能を最高度に高め、神と交通する手段であった」といわれているが、和歌の定型が発展して庶民層に降りていったような『梁塵秘抄』を読むとき、歌の呪能がまだ活きていることを感じる。

古事記や万葉から五世紀くらいもへだたっているので、神と人とのゆき交う道は細まっているが、拡散しながらごく下層の人びとの中に降りているのが後白河院の口伝集にも読めるからである。言葉の呪能とは、心の働きの実現であるから、まことに切迫して理性を超えることがあり、言霊が飛翔してしまいそうな瞬間に出る声が歌になった。

声の美が、常ならず意識されたのも、今様だったが、口伝集によると、後白河院は三十三度にもおよぶ熊野詣でや神社仏閣に参詣しており、社殿の中で、未明に至るまで今様を献じている。歌っているうちに神の示現を感じて、宗教的カタルシスを度々覚えたことが記されていて、このことが民間の今様流行に影響を与えないはずはない。

史上に特異な長い院政を敷き、応仁・保元の乱、源氏の挙兵にはじまる平家の滅亡などの渦中にあり続け、同腹の兄、崇徳《すとく》上皇の讃岐への遠島、そして発狂など、時代の下絵は血で描かれて、尋常一様の世界ではなかったろうに、ことの次第をただ一行、「物騒がしき事ありて、あさましき事いでき」と記し、この人物は廷臣たちを歌い手に育てあげ、遊女たちと今様を歌っておわった。

法華経色の濃い歌が多い中に、人間感情の細部まで解き放った民謡が、農漁民層にまでゆき渡っていたのが読みとれる。全体をみれば、哀感の中の自由律ともいえ、生き急ぎの時代だったのだろうか。周辺には猿楽や、傀儡楽、田楽等があった。のちの『閑吟集』に、それは受け継がれた。

講演内容

私はもと歌人でございまして、今は作っていませんけど、馬場あき子先生の朝日歌壇の選者をなさっていらっしゃるあの欄もよく読ませて頂いておりますし、うつつの耳で馬場先生の世界の目指しておられる世界の展開を聞くことができまして、大変感銘いたしております。現代歌壇のことは何も知りませんのに、憧れている安永蕗子先生からどうにかして出るようにとおっしゃって下さいまして、それで恥を忍んで参らせて頂きました。

私の受け持ちといいますか、近年非常に興味をもって考えたいと思っているのが『梁塵秘抄』の世界でございまして、その以前から文字でかく歌をだいぶ休んでいるんです。

人間が歌うという、歌いだす言葉というのが成立すると同時に、先程谷川健一先生もおっしゃいましたが、訴えるという、神に訴える、何か訴えるしかない心の衝迫というのが起きてきた、その一番最初の頃はどういう気持ちだったんだろうと思いはじめまして、その頃しきりに健一先生は南島方面へお出かけで、自然と私の気持ちもそちらに向きまして、沖縄や、先の方の与那国島に行きまして、そこにとてもいい歌が、日本の歌謡とは違うものがあると聞きこみましたもので、自分の中に歌いたい気持ちが切迫していたこともありまして、西南の果て与那国島のスンカニという名歌があると聞いて、その歌を聞きに行ったんです。島の方の歌われるところに居たいと思って行ったんです。

一人のおばあちゃまに会いました。そのおばあちゃまは四人くらい掛ける小さなテーブルを一つ土間に置いて、お蕎麦屋さんをしておられて、与那国島のお蕎麦はうどんのような見かけですけれど、まるで石臼で挽いたような、歯ごたえのする、穀物の味のするおいしいお蕎麦ですけど、お野菜の一つも入っていない、豚の三枚肉が一切れ入っているだけでございましたが、そのお蕎麦を商って暮らしを立てているおばあちゃまですが、根掘り葉掘り聞いておりましたら、「あなたはどこから来たの」とおっしゃいますので、「舟に乗ってやってきました」と申しますと、「ああそう、あなたは、旅から来たんだね」とおっしゃいました。

旅から来たというのは初めて聞きました。日本語ですけれど、旅に行くとか旅をしてきたとはいわない。「旅から来たんだね」と言われたのは初めてで、言葉が出てくる時の詩的な要素が、私達と島とでは違うなと思ったんです。

そこのお店とも言えないような土間に二〜三段の棚がありまして、オレンジが、私たちが見るような温州みかんとやや違うようなみかんがございましたので、せっかくお店に入ったから頂こうと思って、「このみかんはどこから来たんでしょう」。てっきり私は、沖縄県ですからアメリカかどこかのオレンジかと思ってお尋ねしたんですが、そのおばあちゃんは、「ああこのオレンジね、このオレンジも旅から来たんだよ」とおっしゃいました。

旅から来た、そういわれて何だか私の中にその時、歌が湧いたんですね。「あなたは旅から来たの」とおっしゃって「このオレンジも旅から来たんだよ」って言われて、歌えないでいる自分の心がふわっと飛翔して歌になって行く気がいたしました。

私はてっきりアメリカの産地がついてるか、四国の伊予から来たとか思っておりましたら、思いがけず「旅から来たオレンジ」「あなたも旅から来たんだよ」と言われて、ああ、ここにはまだ聞いたことのない幻の歌があるんではないかとその時思いました。そして、「おばあちゃん、この与那国にはとてもいい歌があると聞いて、訪ねて来たんですけれど、どんな歌があるんですか」とお尋ねしました。

また意外なことに「ああ、歌、宝の歌を持っているよ」っておっしゃるんです。「あら、おばあちゃんの宝の歌、どんな歌ですか」って申しましたら、「私の宝は十六の時に神様の前で、自分でつくった歌だ」といわれます。小さな島ですからね、与那国島は。さつまいものような形をしている島で、そこの村には唯一そこだけに舟が着く。周りは断崖絶壁で舟は着けませんけど、おばあちゃまのおられる家の前はなんた浜と申しまして、昔若いころ、お月様の晩に十六になったばかりだったが、そこで男の人と女の人たちが歌垣をやるんですけど、神様の前で、私歌が出来たんだとそれを歌ってくださいました。神様の前ではじめて作った歌だったから、皆がとても褒めてくれて、この歌は私の宝だよとおっしゃって、お顔がかがやきました。

歌人を名乗ったり、詩人を名乗ったりしない、八十くらいの普通のおばあちゃまでしたけれど、はじめて作った歌を神様の前で、皆の前で歌った、それが、スンカニといういい歌があるそうだから教えて下さいと尋ねた時におばあちゃんから頂いた、本当に宝もののような歌でした。与那国の言葉は日本語とちょっと違うんですけど、「今夜の月夜にみやらびの私が、美しい乙女の私が、お月様と、まだ会わない男の人に歌と踊りを捧げるためにここの浜に参りました」というような意味の歌でございました。

それから、天草に牛深というところがございますよね。そこへ三十年くらい前に参りました時に、そこの漁師さんから「昔はな、ここらあたりでは自分達で歌を作って月の夜に遊びよったがな」と言われてびっくりしました。そんなに近年まで歌垣があったのかと思ったのですけれど、その方の歌は、自分が作ったのは「ほうじゃの歌」。ほうじゃというのは、お尻のながいほぜという巻き貝がございますね、頭がちょっと大きくてしっぽが細くなっている巻き貝。私たち、子供のころ採って食べていましたけど、しっぽをトントンと石で叩いてチュッと吸いますと、甘いおいしい少ししかない身が口に飛び込んでくる。そのほうじゃ達が、向こうのすぐそばに小さな瀬があったり、小さな無人島があったりするんですが、よんべの月夜に、月夜の時は貝類やカニ類は痩せますが、月夜のように身を細らせて、向こうの島の恋人のほうじゃの貝の恋人に会いに行って今帰ってきたとほうじゃ達が歌う歌垣のやりとりを、そういう歌を漁師たちが作って皆から褒められたというような話をちょっとした話の間になさいまして、びっくり仰天いたしました。歌垣というのはまだ生きていると……。まだ生きているというのは、庶民層の中に、それはほとんど活字にならない歌でしょうけれど、そういうことがございまして、声に出して歌いかけるとおっしゃる安永先生や、馬場先生や谷川先生にお尋ねしてみたいと思っているんですけれども、万葉の中の読み人知らずの歌などは、宮廷歌人は文字にしてちゃんと紙に書いているんでしょうけれども、あれは歌いかける時に、普通の字を知らなかった庶民たちは即興的に歌いかけて、それを聞き止めていた人がいて収録されたのかなと思ってみるんですね。万葉の中に戸を開けない恋人の所へ行って歌いかけ、何とか戸を開けて下さいという歌がございますよね。その時は声を出せば隣近所にも聞こえるでしょうし、どんなふうにそのやりとり（相聞）の現場は、どのような声でなされたのかと、ついつい想像してみます。

和歌の形が宮廷を中心に定着していって、庶民層に降りていきます時に、その定型が壊れるというか、発展といった方がいいのでしょうか、発展して歌謡になっていきます過程が様々あると思うんですが、秘抄を大成されたのが後白河院の手によって修訂されましたが十一世紀の後半からまあ二百年ばかり、その時代は実に血生臭い時代で応仁の乱やら保元の乱や源平の交替劇やらありますよね。それで後白河院が中心となって、当時の今様というふうに言われる定型を崩した歌謡、民謡がどんどん広められますけれども、『梁塵秘抄』を考えます時にどうしてもこの人の存在というのは抜いては考えられなくて、稀有《けう》の帝王で十歳余から今様を稽古し始めてよっぽど声が良かったんでしょうね、きっと。まあ四十年ばかりいろんな名手を見つけだしてきて、平治の乱で殺されてしまう藤原信西《しんぜい》入道も側近くにおりますけれど、この人に頼んで今様の名手といわれる名手を京の巷の中から見付けだしてきて宮廷に連れてきて、一番有名なのは、五条の尼と後に言われる傀儡《くぐつ》上がりの乙前というもう七十歳をこえたおばあさんですが、この人を宮廷に召し出して、局を与えて朝も晩も夜通し後白河院がこのおばあさんから習うんですね。後に保元の乱が済んだ後、讃岐に先皇《せんこう》を島流しにしてしまう、同じお母さんのおなかから生まれた崇徳上皇という人はお兄さんですね。お兄さんは大変まじめな方で、後白河院もあまり朝昼歌っているので気がひけたとみえ、別の離宮、つまりお父さんの鳥羽上皇の離宮に場所を変えて、流石にはばかって、今様は鼓と一緒に歌いますからあまり夜の夜中も歌っていては時々ははばかる気持ちになったんでしょうね。離宮の方に移って歌ったりして、声が三度も割れたと口伝集に書いてございます。口伝集というのは、今様は全二十巻あったらしいですけども、後白河法皇が四十歳を過ぎた頃に選述し終わって、歌詞の部分が十巻、口伝集が十巻あったらしゅうございます。

それで口伝集の中には、学者さんによっては歌い方の譜があったのではないかとおっしゃっている方もいらっしゃいますが、いろいろな歌曲の歌い分け方が記されていたそうでございますが、『散木奇歌集』でしたか、源俊頼という人がまとめた歌集がありましたが、その中にも早くから知られておりましたけど、幻の選集だったわけです。それが明治の末年から昭和にかけて発見されまして、私どもの目にも五百六十六首ですか、現存して読むことができるのですが、節が謎に包まれていて、どのように歌われたのかわからないのですね。といいますのが後白河院が熊野詣を三十三度もされてそれから京都市内に限りませんけど厳島とか度々神社に詣でて、廷臣達や女官たちを連れてそりゃあ物入りだったろうと思うんですが、そこはまあ実質的な帝王ですから。大変重々とお宮参りをして後生の安楽を願ったんだと思いますけど、今様を神前で歌うことによって、当時はまた源氏物語などによく現れておりますけど、法華経の信仰が宮廷を中心に広がっておりましたからそういう極楽往生のために歌を献じる。そのために神前で歌うのですが、その歌う時の気持ちというのはこの人は非常に芸術家の素質を色濃く持っていて、政治的には今様狂いの暗王というふうに信西という側に仕えていた人たちに悪口を言われているんですが、よほど陶酔郷にはいっていくような歌い方で、廷臣達もそれぞれ歌ったりしているんですね。

歌っているうちに神殿の奥のみすが震えたというようなことを後白河院が『口伝集』に、『口伝集』というのは、そっくりそのまま自伝といってもいいのですがその中に感動して書いていて、みすが震えたというのは神仏が現れられた、神と一体になったような、そういう入神状態になったようなことをしばしば覚えたとこの人は書き記しています。

私たちが今日非常に優れた音楽を聞きますときに、演奏家たちの音や喉を聞きますときに、ほんの時々金縛りにあうような、舞台がまるで荘厳《しょうごん》されたような光を発しているような歌い方をする合唱などに最近も会ってきましたけど、浄福《じょうふく》の時間、至福の時間、浄められる、日常ではない芸術的な時間や時空に連れて行かれることを、この人は自ら演出し、演奏しているんですね。

この人を見ますと、希なる劇的生涯になってゆく。その舞台とは戦乱の世の背景ですね、源氏が出てきました時は親の首を子供に切らせるなどということがございます。そういうことを非常に身近に見たり聞いたりしているわけで、例えばこの時代を知るには沢山の説話の絵巻がございますよね。源氏物語絵巻も出てきますし伴大納言《ばんだいなごん》絵巻とか病《やまい》の草紙とか地獄草紙とか、十二世紀になりますと沢山の嘗《かつ》てない説話絵巻が描かれていまして、その描かれている人々の顔を見ますと、本当に貴族の顔、庶民の顔、乞食の顔、子供の顔、牛、馬、実に生き生きとした絵巻がこの時代にどっと出てきて、今の私どもは『梁塵秘抄』をその中におきますときに、法華経を背景とした末世感というものを庶民たちも持っていたのではないかと思うんですけど、それは法文歌の多い五百七十近くの歌に、庶民の心のひだが実にあけすけに噴出するような言葉が、和歌の形に練り上げられたものが庶民の中におりていくときにどのような展開になっていくかということを、具体的に思わせる、当時の心の有様がとどめられて、今よりは、宗教性が深い歌になっております。どういう瞬間でも、つかのまでも思い一杯に生きていたということの証《あかし》が『梁塵秘抄』には現れて、歌謡と云われるものの源流をなしていますけど、今日ではカラオケなんか盛んになって劣化しておりますけど。

例えば、遊女たちが、遊女といいましても、巫《こうなぎ》、フジョ、歩き巫女などでしょうが、神の言葉を人に伝え、人の言葉を神に伝える、そういう遊女達が今様を広めてゆきますけれども、どんなふうに歌っていたかを偲ぶものがありますが、源俊頼が集めた歌集の中に、遊女たちが他の船に漕ぎ寄っていく時、大きな傘をさしておりますから、遊女の船というのはすぐわかったようで、その声が聞こえてくる。

歌いくる蘆間《あしま》の声は塵ならぬ心もうごくものにぞありけむ

蘆の間を歌ってくる遊女たちの声を聞いただけで心が動く、そういう歌い声、つまりそういう遊女の身の上に思いを寄せずにいられない、耳を傾けずにいられない。そういう声で蘆の間をうたってくる声なんて今ございませんよね。今のような騒音に満ちた世の中では、そういう声を聞く耳もなくなってしまって、そのように歌う声もなくなってきて、歌うということについて、短歌の方々は一生懸命心をつくしてその伝統を消すまいとしておられますけど、一般大衆の中では歌う心が痩せ細ってきていると私は思います。

最後に一つ、

見るに心の澄むものは　社毀《やしろこぼ》れて禰宜《ねぎ》もなく　祝《はふり》なき　野中の堂のまた破れたる　子産まぬ式部の老いの果て

こういうものを見るとものを考えざるをえない、心が澄むまでに考えざるをえない。こういうのが民謡の形で、定型ではありませんけど、こういうことどもを見るたびに心を澄ますという心情、破れはてた社とか、和泉式部の前身ではないかと思われるようなたたずまいのひとを見ると心が澄む、澄むとはじつにさりげなくて深い表現で、当時は日常の言葉として使っていたのでしょうか。命という意味だけではなくてひたひたと心を寄せずにいられない、人生の、この世の行く末を見るような気がするというのが『梁塵秘抄』にございますね。民衆の心の位が高い、歌の位も高い、詩品《しひん》が高い、そういう時代であったと思うんです。

私、文章を書きますのに、そういう世界を取り返したくて、先程草木がものを言うと健一先生がおっしゃいましたけど、私水俣に帰りますと、道端の草に呼びとめられて立ちすくむことがしばしばございます。草が震えているのを見るとぎょっとして、これは上古《じょうこ》の声が呼びかけたと思うんです。そういうのを手繰り寄せる縁《よすが》に今、『梁塵秘抄』の世界を勉強しております。

「梁塵秘抄」後書について

「梁塵秘抄」後書というタイトルにしておりますが、口伝集についてお話したいと思います。著者は後白河上皇です。この人の生きた時代は源平の戦いのころで、清盛、義経、頼朝といった人々がでてきて、皆死んでいくけれどこの人はずっと後まで長生きします。とくに印象深いのは、保元の乱で母を同じくする兄の崇徳天皇と戦って勝ったのち、崇徳側についた武士たちを苛酷に処刑したことです。

そうした時代のなかで後白河院は、今様と呼ばれる歌をたいへん好みました。今様は幻の歌で、これを集めたものが『梁塵秘抄』です。その第十巻の口伝集のみが、『群書類従』のなかに収められていますが、その内容自体はどんなものかわからず、幻の大著と言われていました。明治末に古道具屋さんからその一部分が出てきて、国文学者の佐佐木信綱によってそれだとわかり、大騒ぎになりました。こうして五百首ほどは現在見つかっておりますが、それらがどのような節で歌われていたのかは全然わかりません。ただこの時代、貴族たちは法華経をたいへん信仰していまして、今様のなかにも声明《しょうみょう》にそっくりのものが多くあります。また後白河院は、声明の節を大成したといわれる良忍という人に声明を習っていました。

口伝集によれば、院は今様が大好きで昼も夜も歌っていて、声を割ることが三度あったといいます。百日連続、千日連続の稽古もしたといいますからたいへんな人ですね。声も大変良かったようで、貴族や武士の弟子たちもたくさんいたようです。悲しいことに声は残せないと書いていますが、どんな声だったろうと思わずにいられません。政務は大臣たちに任せて歌い暮らしたので、暗愚な天皇だという批判もありました。しかしその一方で、荒々しい武士の勢力の台頭を面白く思わず、あまりに一つの勢力が強くなりすぎると、新しく出てきた勢力に政権交替させるように仕向けるという政治的手腕を本能的に持っていた人でした。

院は「歌の上手がいる」と聞けば、どこまでも訪ねあてて連れてきました。当時上手といわれた人たちの中には遊女たちが多くいました。大淀川や枝川のほとりを根拠として旅人に芸を売る女たちで、貴族がパトロンとして養っていることもありました。『法然上人絵伝』や『更級日記』の中に、小舟に乗り大傘をかざして貴女のように優雅な姿が描写されています。この遊女たちは律令国家ができたとき戸籍から漏れた人たちではないかと思います。戸籍のない芸人という卑しい身分でありながら、彼女等は自由に宮廷に出入りすることを許されていました。今と違って大らかな時代だったのでしょう。

この遊女たちはどのような境涯にあったのでしょうか。高群逸枝さんなどが書いておられるのを見ますと、遊女たちを束ねる女主人《あるじ》たちがあちこちにいて、そこを本拠として舟をだして出掛けていったのかなと思います。この人たちは、考えてみますと、男親がはっきりしないという意味で、母系の集団だったのではないかと思います。遊女たちは、自分の歌を伝えたいと思う女の子を探して育てたりしており、必ずしも血のつながりのない場合が多かったようです。また遊女たちは、百太夫と呼ばれる道祖神を大切にしていて、思いを寄せる男の愛を祈りましたが、歌や容姿に優れて思いを遂げられるもの以外の大多数の遊女は、生涯流れ者の身でありました。

後白河院という人はそういう世界のことがよくわかる人だったのでしょう。貴族たちのなかにも声のいいもの上手になるものもたくさんあるが、どうもこれぞ自分の弟子というものが見いだせないと嘆いています。遊女たちのように思いをこめて歌わないと歌というものは歌い遂げられないのではないか。それにしても後白河院という人は遊女たちと接することによって、人の世にとって歌とは何かということを会得したんではないかと思うんです。不思議な人です。

遊女たちの境涯を思わせる歌に(i)があります。ある遊女が死ぬまぎわにお経の代わりにこれを歌い、これで往生できると言ったそうです。「私は一生何をしてきたんだろう」、思い続けてきたけれども人にも言えず、胸のなかに呑み込まざるを得ないような思いは今の私どもにもたくさんあるんですけれども、こういう境涯を送った人にとってはそうした思いはさぞ強かったでしょう。

こうした今様のなかでもっとも知られているものに(a)があります。朝起きますとこの歌が浮かんできます。また(b)は別れ別れに暮らすまだ幼い娘を思う歌です。どこにいるのだろうか、数えれば十余りになったはずだが。占いなどをしながら歩くのだろう。父親のはっきりしない、女親だけの子。田子の浦では塩を作っていて、たくさん人が集まっている。そうしたところへ行くと皆に色々尋ねられたり「そんな年で何かできるとね」などとからかわれたりしているのではないか。とても哀切で好きな歌です。(c)は真宗寺に来ている若い人たちを思わせます。(d)も非常に有名な歌です。母が「子供の声を聞くと徒然のうなか（さびしくない）」と言っておりました。老年で死期が迫っているようなときの母の言葉ですけれども。何かそういう一生のうちでいちばん心さびしいようなとき、ふっと日の光が入ってくるような、自分の生を一瞬かきたてるようなそういう声として聞くということだと思います。(e)(f)(g)は声明にそっくりです。

また大変おもしろいものに(j)や(k)があります。(j)は独楽《こまつぶり》と問答している歌です。「いざれ」は「行こうよ」。男の子が祭りに誘うと、「私は行かん、おそろしか、こりごりした」と独楽が答えます。祭りの時には平安京の真ん中に道が作られて競馬があったそうです。藤崎宮の祭りの時のように馬が興奮していて、男の子が独楽を懐にして祭りにいって、うっかり落として独楽が馬に蹴られるということがあったんでしょう。(k)にはいろんな動物たちが出てきます。茨の下を見ていたら、たぶん鼬《いたち》が見えたのでしょう。鼬は後足で立って人間を見つめるそうで、その姿から笛を吹く姿を連想したのでしょう。稲子はショウリョウバッタでしょう。拍子をつくような動きをします。茨の下には人間の世界とは別に鼬や猿たちが舞い奏でる世界があります。これらの歌を見ると、当時の人たちの目線が今よりずっと地面に近かったのだなとわかり、非常に新鮮に思えます。自分たちと等しい人格として他の生命とむきあうという、ある意味でとても幸福な世界をこの人たちは持っていたのだなと思います。

後白河院は、歌の大変上手な乙前という遊女上がりの老女と師弟の契りをかわし、自分の部屋の前に住まわせて朝晩歌を習いました。乙前が死んだときは自分の母以上に悲しみ手厚く供養していますす。型破りの帝王だった後白河院。この人が交わった世界というのは、口伝集が幸い発見されたことによって知ることができます。

漢字学の白川静先生は、遊女という言葉から水の上を行く神様がイメージされると言います。『詩経』の中の詩に「漢に遊女あり　求むべからず」という句があります。水のうえの女神のような遊女に人間として求めてはいけないというのです。この遊女たちに接するものは、なにかこの世の者でない者に出会ったと感じたようです。これは四、五十年前の話として聞いたのですが、佐賀の呼子に長崎の漁師さんが行った時に舟を漕いで遊女が来たそうです。こちらの船に乗り移って、炊事をしてくれるは洗濯をしてくれるは、今考えるとあれは極楽の菩薩ではなかったか。「遊女というのはようございますなあ」。つい最近長崎で聞いた話です。
遊女を売娼婦と思うと、社会史的に見れば遊女の悲惨ということはありますけれど、その最初の姿というのは水の上に遊ぶ神であったといいます。神秘的な、どこではかなく消え失せるかわからない境涯ということが遊女のイメージに重なり、白川説に頷かされます。そういう人たちが主に今様の歌い手だったことを考えますと、この梁塵秘抄の謎に包まれた世界を、暗君といわれた後白河院が暗君ゆえにわたしたちに残してくれていることが大変有り難い。歴史と人間の不思議さというか、私どもに読み解くことのできない世界がまだまだたくさんあるのだと思ったことでした。

真宗寺にて、一九九四年二月十三日講義

引用された歌の一部

(a)
仏は常にいませども
現ならぬぞあはれなる
人の音せぬ暁に
ほのかに夢に見えたまふ

(b)
わが子は十余になりぬらん
巫女《こうなぎ》してこそ歩《あり》くなれ
田子の浦に潮汲むと
いかに海人集ふらん
まだしとて問ひみ問はずみ　嬲《なぶ》るらん

いとほしや

(c)

わが子は二十になりぬらん
博打《ばくち》してこそ歩くなれ
国々の博党《ばくとう》に
さすがに子なれば憎かなし
負かいたまふな
王子の住吉　西宮

(d)

遊びをせんとや生まれけむ
戯れせんとや生まれけん
遊ぶ子どもの声きけば
わが身さへこそゆるがるれ

(e)

ほとけも昔は人なりき
われらも終にはほとけなり

三身仏性　具せる身と
知らざりけるこそあはれなれ

(f)

生死の大海　辺《ほとり》なし　仏性真如　岸遠し
妙法蓮華　船筏　来世の衆生　渡すべし

(g)

観音　深く頼むべし
弘誓《ぐぜい》の海に船うかべ
沈める衆生　引き乗せて
菩提の岸まで漕ぎ渡る

(h)

(省略)

(i)

われらは何して老いぬらん
思へばいとこそあはれなれ
今は西方極楽の

弥陀の誓ひを念ずべし

(j)

いざれ独楽《こまつぶり》
鳥羽の城南寺の祭り見に
我は罷《まか》らじ恐ろしや　懲り果てぬ
作り道や四塚《よつつか》に
あせる上馬《あがりうま》の多かるに

(k)

茨《うばら》小木《こぎ》の下にこそ
鼬《いたち》が笛吹き猿舞《かな》で　かい舞で
稲子麿《いなごまろ》賞《め》で拍子《ほうし》つく
さて蟋蟀《こおろぎ》は　鉦鼓《しょうこ》の〳〵好《よ》き上手

後白河院

人は自分の生まれる条件を選ぶことは出来ないが、もし後白河院のような境遇に生まれたら、どんな心持の一生であったかと思う。

歴史の中の人間的要素が、ここに凝って集ったような時代だったのではないか。源平の大乱を間において、摂関政治も受け流すようにやりすごし、五代の天皇の奥の院にあって、好きな今様を歌い暮らして生涯を閉じた。

位をゆずった二条帝の生母は源氏の出、高倉帝の母は平氏、以仁王や式子内親王の母は藤原氏。ほかの女性もいたようだから、相続のごたごたも並のことではなかったろう。側近であった藤原通憲(信西)が院を評して藤原兼実に語った言葉が『玉葉』に残されている。

「和漢ノ間比類ナキ暗主ナリ、謀反ノ臣傍ニ在レド、一切覚悟ノ御心無シ、人コレヲ悟ラセ奉ルト雖モ、猶以テ覚ラズ。此クノ如キ愚昧、古今未見未聞ナルモノナリ」

後に残す家の日記にばっちり書かれたところを見ると、信西の評は院の周辺でかなり公然と言われていたことではないか。

おやとわたしは思うのだが、〝暗主〟ぶりを発揮した一つは今様狂いにちがいなく、乙前という傀儡子あがりの老女を召し寄せて師弟の契りを結んだ一件がある。その手引き役を信西がつとめていることが『梁塵秘抄口伝集巻第十』に、後白河院自身の手で記されているのである。頼まれればきくほかなかったろうが、宮中に局まで与えたこの老女のまわりに今様を習う遊女たちが出入りしはじめたりして、さぞ評判が立ったことだろう。

院の生母待賢門院もまた名手を抱えていたので、ねだって聴いたり夜通し鼓を打ちながら歌っている。保元の乱が起きる前後は、こういう宮中の雰囲気であり、それは当然市井の気分に反映していたのではないか。

ありえないことだけれども、世阿弥と後白河院が出逢うことがあったら、どういう事態になったことか。秘抄の口伝集は巻第一と巻十しか見当らないとされて来たが、佐佐木信綱氏によって巻十一、十二、十三、十四、と探し出され、ひもといてみると、歌い方などかなり綿密に撰者自身の歌いぶりをもとに述べてあり『風姿花伝』にきわめて共通した芸術論になっている。それを読んでいると、つくづく、芸術家の中に政治家が住まねばならぬ納まりの悪さが感ぜられる。

院は保元の乱について「物騒がしき事ありて、あさましき事出でて、今様沙汰も無かりしに」と記し撰述事業のおくれを嘆いているが、王朝文化の残光の中に血煙の虹が立つような背景を負って、この人物の破天荒な情念は何だったろう。

遊女たちの歌う声が空に澄みのぼったと『更級日記』に書かれた今様は、どんな節だったのかわからず、全く杜絶したという。万葉の詩風が失われたと等しく、肉声の品格が消える時期だったのか。院の感知力がたぶん、時代を超えていた。

大倉正之助さん

大倉正之助なる人のことは、十七絃箏の沢井一恵さんから聞いていた。彼女は、連邦時代に刺激的でありすぎる為、作曲を禁じられていたロシアの女性作曲家とレコーディングしているという話をしてくれたが、途中でふっと黙りこみ、大切なことを洩らすように云った。

「若い人で、大鼓《おおつづみ》を打つ人なんですけれど、もう、凄いんです、こう」

音が、という言葉が出てくるかと待っていると、「間が……こう」といいながら彼女は鼓を打つ仕草をし、ゆるやかに天上を指して音の行方を追うかの如き様子になり、聴き入っているふうだった。この人がいう間とは、普通の間ではあるまいとわたしは思った。

能楽の舞台を三年前にはじめて観ることができ、ことに大鼓の音に魅了された。追っかけをしたいのだけれど果せずにいるというと、機会を作りますと沢井さんはいわれ、合奏のことだとわくわくして待った。

それが案外早く大倉氏その人に逢えてしまった。沢井さんと話した直後に、見田宗介氏と周辺の人たちから〈満月の夜の海辺の鼓〉という話を聞きこんだのである。「大倉流の鼓の御曹子が家元を弟さんにゆずり、好きなオートバイに乗って満月の夜、海辺で鼓を打っている。〃暴走族仲間〃が集って聴いているそうな」という話だった。

ゆこうと思った。月光の渚へ、暴走族たちの項、いやそのうぶうぶしい耳たちが音の幽祭を求めてゆくらしい所へ。満ちてくる潮と満月の合間に、大鼓が鳴るのだろう。しかし場所はどこかしら、当方方向音痴である。そのことを見田氏に相談したら返事がきた。満月の夜もよいが、国立能楽堂で公演があるのでまず本格的なものから聴いてほしい。シテは観世栄夫氏で演目は『天鼓』である。飛んで行った。

目ざす人の登場やいかにと待っているうち、橋懸りから大鼓を脇に出てくる大柄な姿が定まって、鼓がもう一つの主役であることを思わせた。

着座するやシテの舞の後ろに自若として構え、ひと打ちひと打ち、時間の古層から霧を払うがごとくに鼓の音が鳴る。地謡との緊密ないきいきした呼吸が伝ってくる。「イヨーッ」と発される裂帛のかけ声の妙を何にたとえればよいか。手の構えが美しい。剣の達人のようでもある。声の余韻が、あたかも音の彼岸にあって自ら鳴る一本の絃のようである。強烈な霊的磁場から発せられるこの声と鼓の音。わたしはイメージしていた。

ひき裂けた列島の岩床から地霊の子が生まれた。稲妻が走る。

間近に逢ってみたら上代的ともいえるのびやかさを持った若者だった。湾岸戦争を期に「いのち」ということを打ち出して、韓国や中国の伝統芸能の人たちを含めた演奏活動を始めている。イデオロギーに替るアートの時代の創出を目ざす若者が増えて来た中で、この人、大器である。崩壊の極と思われる日本人の感性も、この人を見ていると、甦るかもしれないと思う。

沢井一恵さんのこと

三十年くらい前まで音楽の世界では、邦楽というものは「音曲」であって、音楽とは別の一段低いものと考えられていたのだそうだ。十七絃の名手、沢井一恵さんから聞いたことである。

沢井さんは宮城道雄の高弟の一人で、一門をひきいてゆかねばならぬ立場にいながら、伝統的な音曲を超えた秘域を探し求めている人である。その人のさながら神寄せの場に化すような弾きぶりを知っているので、わたしは驚ろきつつもすぐに納得がいった。

そうか、音楽界といえども近代の構造の内側にあったのだ。音楽が明治の学校教育にとりいれられて以来、西洋音楽の系譜と枠組からはずれているものは価値が低いとみなされてきたのか。

一方、その音曲の世界では、あなたは伝統からはずれているとか、箏は西洋の楽器ではないのだなどと非難されることもあるという。わたしは思わず笑ってしまったが、外からの評価より身内の批評の方が、どんなにかこたえることだろう。

彼女の箏の弾きぶりは、なるほど従来のそれとはあきらかにちがう。聴衆をひきつけ憑依させてしまう演奏で、異様なたかまりが会場を支配する。といっても、今どきの若者が熱狂するライブの雰囲気とはちがっていて、聴衆はたぶん、彼女の演奏を通して古代の音の世界に連れこまれるのではなかろうか。そして、その古代の音はまた未来の音にも通じている。

作曲家たちが東洋の音を見直し始めたのは昨今のことではない。ジョン・ケージというアメリカの作曲家がその代表といえるそうで、三年前に死んだこの人の『三つのダンス』という曲を彼女が編曲し、他の弾き手とともに十七絃で演奏している。ケージが生きていたらさらに深みのある音の出逢いが出来たろうにと惜しまれる。

今年の二月、熊本に演奏旅行にみえ、ひと晩話しこむことがあって、かねがね疑問に思っていたことをわたしは尋ねてみた。

「音というものは、西洋の音符でしか表現できないものですか」

すると彼女の声がぱっと輝いた。

「そんなことはありません。音符の外に無限にあるんです。とくに絃の音は色なんです」

わたしはたいそう嬉しかった。

「色ですか。音色といいますけれど、やっぱり色とおっしゃりたい」

「ええ、もう色です。そして香りを出せれば」

あの演奏にしてさらにこの言葉。

「大徳寺でのことでした。あそこは床がとても厚いのですね、三方が展いた庭でした。音色にいつになく厚みと深みが出ましてね、庭を流れる水の音が聴えるんです、弾いてますと。聴衆の深い呼吸も聴える。わたしの絃もそれに合わせて呼吸してて、エネルギー頂きながら弾くんです。絃の響きが無数の色になって立ち昇ったんです。防音装置のホール、必ずしも、よい演奏ができるとは限りません」

地の絃——神謡集その一、沢井一恵さんの箏

彼女はその時純白の着物で、舞台の真ん中に立っていた。足元をととのえているのか、少しゆらめいているように見えた。ある予感がわたしの中に走った。

もともと、芸能あるいは芸術とは、やみがたく憑霊的な性格を持つものである。人類がこれまで経験したこともないような不吉な予兆的な時代にはいった今、ここを過ぎてゆくものたちが覗き込み、聴きとり、見はるかすことのできる視野のどこかに、神と人とをつないであらわれる時代の化身を、わたしたちは視るだろう。

舞台上の人を見つめながら、一瞬そのようなことを思った。彼女のゆらめいているような姿は、化身しかけた精霊の身じろぎのように見えた。

それからあとの演奏、大地の絃をかき鳴らすような演奏は、さながら一種の魂寄せのようなもので、神謡的とも云ってよい世界がそこに展けたのをわたしは感じた。

言葉が魂を伝える力を失くした現代で、言葉にならぬ思いを抱えこんでいるわたしたちに、十七絃をあやつる沢井さんの演奏は、わたしたちの希求のもっとも深いところにある身悶えのようなものに、呼びかけてくる。圧倒的な豊かさと切実さでそれは聴く者をとり包み、ゆさぶらずにはいない。

彼女の箏の爪は十七絃のみか、わたしたちの中でいまだ鳴ったことのない心の琴線をも探り当ててかき鳴らす。その演奏にふれた者の多くが凝然となるのは、わが身から広がる倍音の中で、一本の絃である自分のふるえを自覚するからにちがいない。

沢井一恵さんの前歴をわたしは知らない。いろいろな招介があるので充分と思う。ただわたしは、今このような時代に役割を持つひとりの神女が、伝統的な箏曲界の中から超出して来たことを、まことに意味深く思う。芸術本来の巫呪性と、それに伴うラジカルさを彼女が身を以ってあらわしていることに感動を覚える。

十七絃の箏は憑霊の祭具として彼女にあやつられ、いにしえの時を経てあらわれる最古の王たちのように、自らの祭祀を名乗るおもむきがある。ほどなく彼女の手つきは、蛇行する川にふれては流れ下る光のように動き、かなたの海底にいるものをまで呼び出さずにはやまない。

いわば身を絞って行うひとりの女人の秘祭の場に、聴衆たちは立ち合うことになる。憑依するものの生々しさが彼女の手つきだけでなく、その面《おもて》からも腰つきからも立ちのぼる。ある時彼女は、白狐の化身に見えたりする。

東洋の絃が往古に持っていたであろう霊寄《たま》せ、神呼びの時間が、彼女をつつんで水炎のように立ちのぼる。現代音楽の位相を超えて復活する神謡の世界がそのように展かれる。

箏はこの時、彼女の語り言《ごと》を述べているかに聞えるが、その語り言とは、現代人がたえて聞かなかった地の声、その絃に他ならない。芸能という大地に根ざした真に力ある伝統音曲を通じて、これまであらわれ出ることのなかった共同的な感性の遺産が神がかりするさまの玄妙さを、聴衆たちはうつつに視るのである。

彼女の役柄は、今もあの八重山諸島あたりで祈り続けている神女たちと同じように、失われて四方に散った言霊《ことだま》の、もっとも遠くに消えた遺失先からそれを見つけ出し、甦えらせる技と思われる。だからこの人が白い袂でひと撫でするように十七絃の上を払うとき、聴衆たちは、月の光を浴びた瞑想的な岩であったり草原であったり、つまりはこの人の神謡世界の、暗喩としてのコロスにもなり替るのである。

考えてみれば、言葉に霊能が宿っていると感じた日本人の発想には、言葉が成立してゆく過程でのおどろき、意味と対話の成立するときのおどろきがこめられているが、霊《たま》だといわれてみれば、言葉を交わす互いの声音《こわね》の微妙や力に、古代の人びとは霊能をつよく感じたのではあるまいか。

つまり沢井一恵さんという人は、ご夫君をはじめ、よき作曲家にめぐりあえていらっしゃるけれども、彼女自身このような霊能を受けて生まれた人にちがいない。

上古の感性の道すじがひとりの女人にたぐり寄せられて、十七絃の箏へ乗りうつる。

地から湧いて、はなやぎたいデーモンがこの人には憑いている。言葉が光につつまれていたあの神謡の時代、たとえば古琉球の「おもろそうし」のように、その謡《うた》が、宇宙的骨格をもってのべられているあの時代が、わたしたちの上にふたたび来るのだろうか。一恵さんの絃の音が湖水のさざ波のように光りながら、わたしの内耳に聴えてくる。

東洋の絃というのは、弾く者と聴く者の生ま身の絃が鳴り合う幽祭の世界だと沢井さんは教えてくれる。そのような民族の質があらわれることが、音楽における国際性だとわたしはおもう。

わたしたちのいる星はひょっとしてもう、宇宙の中に追放され、漂よいはじめているのではないかと、胸騒ぎする時があるけれども、うつつの目の前に神と人との間をつなごうとしているひとりの箏の精が、白衣の躰を打ち伏せると、短い髪がまぼろしのようにふわりとのびて箏にさわると、演奏場はまだ死なないでいるわたしたちの感性の祭場となる。古代の風に打ちなびく草原に化身する者たちは自身の神秘を知るだろう。

一恵さんの渋谷のお稽古場に招かれて伺う機会があった。駅まで迎えに来て下さったこの人へのいちばんの気がかりは、そのおゆびやいかにということだった。

間近にみれば、舞台の上よりも親しげな表情の、当代の妙手の指のあちこちは、案のごとく伴創膏が巻きつけられていた。しょっちゅう捻挫しているとのことで、こわれものを扱うように両手に囲ってみたが痛々しかった。

二重窓のお稽古場で、まのあたりにしたその演奏は、こちらの躰ごとあの水の炎に巻きこまれる気がした。ジーパン姿の人は弾き終るなり、青い絹でも吐くような吐息をついてくずれおれ、

——ああ、力が欲しい、力が、力がないのです。

と呟やいてわたしを愕かせた。

言葉に宿り、繋いでいく精神

聞き手＝藤井一乃（思潮社編集部）

——昨年は、作品「花を奉る」を発表され、日本近代文学館での「言葉を信じる」のイベントやＮＨＫのＥＴＶ特集（二〇一二年二月二十六日放送）で朗読の様子を拝見しました。

石牟礼　「花を奉る」は、もっと前に書きかけて完成していなかったもので、このたび終わりにいたしました。ＮＨＫの番組は、ギャラクシー賞（一二年一月月間賞）という賞を受賞したそうです。

——いま連載中の詩のことやこれまで書かれてきた詩のことについてお話をお聞かせください。

石牟礼　興味を持っているのは、いわゆる現代詩風のものではなくて、物語詩のようなものです。いま連載している詩に絵を入れて詩画集を出したいと思っています。絵は、鉛筆で描いておりまして、猫とか人物の絵を入れて小さな手帖のようなものを作りたいですね。

連載二回目の作品は「おしゃら恋唄」（本誌〈『現代詩手帖』〉一二年六月号掲載）という題で「ぽんぽんしゃらどの」のことを書いています。これは母から聞いた話ですけれども、「ぽんぽんしゃらどていて、その祖の祖は安倍晴明というふうに書いていて、そのままだとちょっと即物的なので、信太の森の狐の孫女として生き残っている、そういう女性です。その祖の祖は安倍晴明というふうに書いています。

海辺の、大廻《うまわ》りの塘《とも》という海に面した川土手が一つのテーマでして、いろいろ連想される。本来こうあってほしかったという海につながっている川土手の植物やそこを行き来した人々や、狐たちやもののけたちや一つの川土手について書きたい。そこは渚でもありまして、渚というのは海へ向かう生命と海から上ってくる生命が行き来するところです。いま日本列島はセメントで閉じ込められていますが、閉じ込められていなかったら、どういう世界があり得たかというのを書きたい。

その人は、なぜか片方の腕に赤い古い引き裂いた裂《きれ》を結びつけているんです。風が吹くときはそれがひらひらするし、鼓を打っているつもりで、ぽんと打ってくるりとまわって、お能の所作のようなのをして、裸足で土手を行くんですね。その人の結んでいる古い赤い裂は、紅花染、草木で染めた紅色です。そういう話を染織家の志村ふくみさんにしたら、ぜひ私が織りたいとおっしゃってくださいましたけれども。風が海から上に吹くときは、芒もうねうね川上のほうへ行くし、その人の紅い裂もうねうね一緒に行く。その人の腕の紅い裂も方向指示器のように芒の間に見える。風景と心情とが一体になっている、足元には、らん菊と言いますけれども、小さな菊がいっぱい土手に生えていて、不知火海に沈む夕日に照らされているところを魂がどこかへ行ってしまった人のぬけがらが歩いていく……。おまえはどこから来たかと町の人から尋ねられると、安倍晴明様が祖の祖であると言うんですね。おばあさんでもないし、若い女でもない、三十すぎの女性として色気が全身に満ちていて、発散するところがないから狂うという姿になっていきます。この世としっくりいかない、いかないけれども、いかないときが一番美しい、景色も美しくなる。そういうのを現代の神話として書きたい。歴代の詩人たちは、こういう民話を捉えて詩にしてきました。各地に伝わる古代の風土記がそうです。私もいまこそ風土記として伝えておかないと日本人の詩心は理屈っぽくなるのではないでしょうか。私は少しでも無文字社会と知識社会を継ぎたい。

――詩を書くときと小説を書かれるときは、書き方が違いますか。

石牟礼　詩を書くときには、自分が夕方の風になったような、光凪になったような。光凪になって、発光している……光凪というのは海面に吸い込まれるお日さまですから、吸い込まれてまた凪になって出てくる。それになったような何か、そういう心の働きがあるんです。

また、方言にいろいろ好きな言葉がありまして、たとえば、みみずを「めめんちょろ」とか、そういう方言を使う人たちの気持ちの動きがありますね。そういう方言詩を作りたいと願っています。何か方言の持つ詩的な意味が誤解されているような気がします。土俗語とか言われる。それは、土俗の言葉ではありましょうけれども、人間は美しいものに憧れているんだということを書きたい。それから、イノシシの子どものことを「うりん子」っていうんですよ。シマウリというウリがあって縦に柄が入っていて、ああいう模様がイノシシの子どもにはついています。猫や犬や牛にも「ん」をつけて猫ん子、いんの子、牛ん子というんですけど、なぜか馬には「馬ん子」とはいわない。最近「山姥が髪洗う谷うりん子が来てのぞく」って俳句を作りました。最初「うり子」って書いていたんだけど、どうも俳句の世界が出ないので「うりん子」にしたら全体の感じが出てきました。

——『石牟礼道子対談集』(河出書房新社)の「光になった矢を射放つ」の中で「ひとさま」という言葉についてもお話されていました。「昔ふうの思いやりの深い言葉は、いまの近代的な市民の家庭からどんどん排除されていく」と書かれています。

石牟礼　天草は、流刑の島でしたから、冤罪で流されてきた人もいたでしょう。天草に流されてきた人たちは、たぶん本名を名乗れなくて、名乗ってもいいんでしょうけど、名前を剝奪されて島で一生終わるわけですね。島の人たちとも行き来が始まって、亡くなって、石碑も建てられませんから塚だけ、土まんじゅうだけです。実際に見たんですけど、村の人がお墓の掃除をしているので、「どちら様のお墓でしょうか」とお尋ねしましたら、「ひとさまのお墓でございます」っておっしゃって、感動しましたね。

——二〇〇二年に刊行された『はにかみの国』(石風社)には、古い作品も収められていますね。全詩集となっていますけど、落とされた作品もあるのでしょうか。

石牟礼　収めていない作品もあります。数が苦手なんですね。渡辺京二さんがいま年譜を作ってくださっているんですけど、年譜を考えるというのが生活の習慣の中にないんです。数が出てくるともうだめですね。小さいときに座興で、父が私に数を数えさせて、いつまでも数えるのをおもしろがって、その先はその先はと言うものですから、最初はほめられるのがうれしくて数えていましたけど、そのうちに退屈になって、いつまで数えたら終わるのかって言ったら、終わらんと、と父が言うんですよね。お祭りが終わってもお正月がきても、死んだ先も終わらん、と。ぎょっとしまして、それが一生こたえています。それで、年月を頭に入れて、ものを考えるということから、全然違う発想をするようになりました。

いま『熊本日日新聞』で一代記を書いてくれということで自伝の連載をしておりまして、年譜に従って書けばいいのに、自分の興味のあるところばっかりうろうろまわっていて、一向前に進まない。そこには、触れたくないことがまだ滞っているんですね。それを具体的に書くなんて気が進まない。幼児体験もある事件をめぐって同じ周辺をぐるぐるまわっている描写が多いので、最近は、その仕分けをしておりました。「サークル村」のことや谷川雁さんのことを書かなければならないんですけれども、そのあたりから水俣病の問題が関わってくるんですね。この間にどっと関心のあることが入ってきて困っています。高群逸枝さんのことも入ってくる。短歌をやめた時期ですが、『苦海浄土』の後半は、東京の「森の家」で書いているんです。昭和四十年代ごろでしょうか、『椿の海の記』（朝日新聞社）もここで書いています。

『苦海浄土』の第三部に入れた作品があります。

「生死のあわいにあればなつかしく候／みなみなまぼろしのえにしなり／おん身の勤行に殉ずるにあらず　ひとえにわたくしのかなしみに殉ずるにあれば　道行のえにしはまぼろしふかくして一期の闇のなかなりし／ひともわれもいのちの臨終《いまわ》　かくばかりかなしきゆえに　けむり立つ雪炎の海をゆくごとくなれど　われよりふかく死なんとする鳥の眸に遭えり／はたまたその海の割るるときあらわれて　地の低きところを這う虫に遭えるなり／この虫の死にざまに添わんとするときようやくにして　われもまたにんげんのいちいんなりしや　かかるいのちのごとくなればこの世とはわが世のみにて　われもおん身も　ひとりのきわみの世をあいはてるべく　なつかしきかな／いまひとたびにんげんに生まるるべしや　生類のみやこはいずくなりや／わが祖は草の親　四季の風を司り　魚の祭を祀りたまえども生類の邑はすでになし／かりそめならず今生《こんじょう》の刻をゆくに　わが眸《まみ》ふかき雪なりしかな」（第三部『天の魚』）

いま読んでもとてもつらい気持ちになりますね。これを書いたときは、東京に水俣病の患者さんたちと一緒にチッソの「お世話になりに」行ったんです。患者さんは、さんざん辱められていて、水俣にもいるところがない、もう行くところがない。表現によっては家宅侵入罪ですから「お世話になりに行く」と言い方を考えて、チッソに入らせてもらおう、と。社長に会いに行ったんですけど、機動隊が待っていて、会ってくれない。少しずつ入らせてもらって、とうとう社長室まで入らせてもらうと、患者さんたちは「社長室はよかなあ」「立派な椅子じゃなあ」とか言って（笑）、腰掛けてみたりしてね。そのうち、チッソの人が全員いなくなったんですよ。どこかに避難して、対策をお考えになっていたと思うんですけど。機動隊が一人一人連れにくるんですね。後で社長さんが専務室の奥に隠れて出て来れなかったことがわかりました。とうとう出てお出でなさいましたけど、そんなときに患者さんたちは田舎の人たちばかりで、ご無礼なことはしないんですよね。

ようやく社長さんが出ていらして、周囲は機動隊が取り囲んでいて、味方の学生たちが機動隊の反対側にたむろしている。川本輝夫さんという方が、「社長、あんたはよかなあ、こうして立派な椅子があって、たくさんかしずいている人がいて、お茶がほしいと思えばお茶を持ってくる人がいるし、お昼になればお昼ご飯を持ってきてくれる人がいるでしょう、うちの親父は精神病院の畳もなかところで一人で死んだぞ」とおっしゃって、涙がはらはらっと出て、具合が悪くて寝ている社長の顔にかかるんですよ。チッソがお医者さんを連れて来て血圧があがっておられると言うんですけど、そりゃ血圧ぐらいあがりますよね。最初は患者さんたちは、重役室の椅子に腰掛けてましたけど、社長さんの血圧があがんなさったとわかってから、全員椅子からすべり下りてベッドを作って、社長さんもお年だから床の上は体に悪うございます、お宅の椅子のベッドの上に寝てくださいって。ものものしくお医者さんたちが来て連れて行きましたけれども。そのときに川本さんが、明日の米を買う銭もなかったばいって泣きなさいました。そういうときの方言というのは、聞いていると一言一言、武器でなくて慈悲、哀しみの表現として実に的確ですね。水俣病の患者はみんなそげん思いしとる、あなたはどげん思いなさるか、って。そして社長さんに会おうごたると思って一日一日にじり寄って水俣から出て来ましたですばいっておっしゃいましてね。東京まで出てくるのに、十八年かかりました。幹部の人たちは、どういう気持ちかといまも思いますけれども。

患者さんたちが、私たちは会社への義理は捨てたとおっしゃって、その義理というのはそういう場では大変抽象的な言葉なんですよ。義理って、何か関係が生じていて、働きかけがお互いにあって、それが続いていて、そして捨てたということになるでしょう。関係はないんですよ。でも、水俣という地域社会でものが言えなかったのは会社への義理だったって。どんな義理だったかと言うとないんですね。会社に勤めていたわけでもない。ただ、チッソが最初に水俣に来たとき、電気、電力会社を持ってきたんです。水俣は明治末に二千五百の戸数だったんですけど、それが地元では大変うれしかったんですね。実際、電球が灯った日を覚えています。裸電球の小さな電気、その下に家族が五、六人集まりまして、電気ちゅうもんのくれば、マッチもすらんでよか。ランプのほやの掃除というのを子どもたちはやってましたけど、それもせんでよか。一体どういうことだろうかと思って電球の下に集まっていて、ぱっとついたときの驚きというのはなかったですね。水俣は発展した、と。水俣村ではなくなった、水俣町になった。

私の祖父は、事業に失敗して世間様に恥ずかしい気持ちがあったんでしょうか、すっかり世捨て人のように最後の遺産の一部で船を買って、それで魚釣りに沖にばかり出て行くようになって町には出て行きませんでしたけれども、沖で漁師さんたちと仲良しになって、私も時々船に乗せてもらって魚釣りに行っててました。向こうの方から船を漕いで来る人がいて、このごろ水俣の景気はどげんなっとるかとおっしゃるんですね。自分は会社には行かんが、会社に行く人たちの靴の音がぞろんこぞろんこ通りよる、景気はよかじゃろうって祖父が言うんです。すると、天草の漁師さんがこんごろ煙突の増えたごたる、景気のよかごたるって言うんです。水俣の景気というのはチッソの景気のことなんです。水俣工場歌というのがありまして、行進曲ふうの曲です。それは大変リズミカルで古賀政男の作曲でしたか、歌詞は一般公募で選んで、その曲を歌いながら、着物の裾をはねあげて、旗のつもりでしょうね、かついで私も町を行進して行ったり来たりしていましたよ。「矢城の山にさす光／不知火海にうつろえば／工場のいらかいやはえて／煙はこもる町の空」（！）。水俣工場のことを子どもさえもほこらしく歌っていました。何と言うか、発展する地域の代名詞のようになっていて、その代名詞をいただいているという誇りのことを、もう義理は捨てたと言いなさった。

――そのお話をうかがっていると、どうしても今回の原子力発電所の問題を思い出してしまいます。

石牟礼　似ていますね。人間には、虚栄心と言ってもいいですけれども、どうしようもなく向上心があります。向上心の質が違って。私が小さいとき、球磨《くま》川って日本三大急流の一つ、その球磨川の岸辺の村に、うちに来ていた土方のお兄ちゃんに連れられて行ったことがありまして、そこに同い年くらいの女の子がいて、球磨川を二人で泳いだんです。そうしましたら、海の水でない水というのは、泳ぐと体が重いんですよ。引き込まれるような感じ。海の水と川の水はこんなに違うんだって。おそろしかったです。私は小さいくせに地上を走らせるとなぜか早かったんです。ところが泳ぐのがその子より遅いんですね。それでとても残念に思って。その女の子が日本三大急流ぞって自慢するんです、それで私も何か自慢したい（笑）。それで、水俣第一小学校は生徒が千人おると言ったんですけど、彼女がちっとも驚いた顔をしない。何を自慢しようかと思って、水俣には会社のあっとぞって、チッソのことを自慢したことがあります。何か人に優れたものを持ちたいという気持ちがありますね。虚栄心も伴って、まあ、こともあろうに会社の自慢をしました。会社の実態なんか全然知らないわけですね。

――制度の言葉と土地の言葉が合わないと書かれていますね。

石牟礼　会社への義理は捨てたっておっしゃったときに、私が、患者さんたちがこんなふうに会社のことを思っておられるのに、何かお返事をくださいって、幹部の人に言ったんですよ。そうしましたら、石牟礼さん、こういう場所は文学的な場所ではありません。契約の場所でございますとおっしゃって絶句いたしました。ものを買うのに値段を上げ下げするような感じです。言葉が通じないんですよね。特措法（水俣病被害者の救済及び水俣病問題の解決に関する特別措置法、平成二十一年七月十五日法律第八十一号）ができまして、「救済」と「和解」という言葉で今年の七月末までに一時金を支払ってこの問題を終わらせようとしています。特別措置法の言葉は、官僚用語というのでしょうか、人間的な感情の入っていない符号のような言葉です。残酷ですよ。よくあんな言葉で人間のことを始末しようとしますね。「始末」ですよね。ああいう法律がどんどん通っていきますね。水俣だけではありません。他の分野でも法律が通っていく。

人間にとって一番大切な、徳義という言葉、「徳」と「義」、「恩愛」「恩義」そういう言葉はどこへいくんだろうと思いますね。冷酷な、考え方を実行していくという慣例が残っていく。そうしますと、ものを考えるのに、愛情もない、信頼も信義もないものの考え方が鋳型のように残っていくのではないかと思います。本田啓吉先生という高校の先生がこの運動を始めるにあたって「義によって助太刀致す」とおっしゃって、とてもいい言葉だと思いました。左翼の人たちが古めかしいと言いましたけれども、だけどよくぞおっしゃったと思いましたね。わりと忠臣蔵とか日本人、好きでしょう（笑）。「義によって助太刀致す」って胸がすかっとしますよね、使ってみたくなる。計算も何もない。えらい先生でしたね。私はどのくらいその言葉を使って人様に話したかわかりません。義というものが失われている。漢字というのは、古代中国から入ってきたわけですけど、言葉、文字というのは大切だと思いましたね。

――言葉で現実がひらかれる瞬間というのははっとします。いまのこの窮屈な言葉の世界からはみ出す人も多いと思います。石牟礼さんの言葉の世界は、そのような貧しさを広いところへ連れ出してくださるように思います。

石牟礼　言葉にはいつも困っています（笑）。私自身も解放されなければ……、私自身を解放するために詩を書こうと思っています。

（二〇一二年四月二十九日）

書くという「荘厳」

――『苦海浄土』が一九六九年に最初に刊行されてから、半世紀近く経ちます。この本は、水俣病を文明の病として捉え、「近代」によって失われつつあるものを描いた作品として、大きな注目を集めました。水俣病事件を描いたというインパクトはもちろんありますが、それを超える作品の普遍性が、特に東日本大震災以降、よりくっきりと立ち上がってきたように思います。池澤夏樹さんが『世界文学全集』で、日本文学の中から唯一この作品を選ばれたのも象徴的だと思います。

『苦海浄土』は何といっても文章が美しく、力があり、水俣の人々への深い共感にたちまち引き込まれます。日々海と山の恵みを受け取って生きる人々の姿、人間とその他生類たちとのいのちのつながりは、その後の『あやとりの記』『椿の海の記』といった幼少期をテーマにした作品でも、くり返しお書きになられています。古代的世界の中で生きた幼少期の記憶が、すべての作品の源にあるようです。

石牟礼　小さいときのことを、なぜかよく覚えていますね。書いていると、どんどん出てきて、より鮮明になってくるんです。自伝『葭の渚』にある手描きの地図も、あれはまだ完成形ではないです。いずれ完成させたいんですけどね。

私の家は、チッソ工場の積み出し港をつくりに天草から水俣に出てきた石工の家で、祖父の松太郎は道つくりが大変好きでした。父は養子に入るつもりで来たんじゃなく帳づけに雇われたんですけど、やっぱり道つくりが好きで。石を素材にして刻んで生きて、石方を育てる家だったんです。天草では十五、六歳以上の青年たちのことを「兄《あぼ》たち」と言います。うちにはいつも五、六人の兄《あぼ》たちが泊まり込んでいました。朝起きると、家が朝ご飯の湯気でもうもうとかすんでいました。うちは大体、海岸道路をつくってました。

海の沖の方では、漁師の人たちが天草の船とつき合いがありました。水俣で猫の子がたくさん生まれると、漁師の人たちが沖に連れて行って、船から船へ猫の子を渡して、天草の人にもらってもらう。「網を鼠がかじるけん、猫の子が要る」ということでもらっていただいたけれども、あるときから、猫の子があげてもあげても死んでしまって、生きてても逆立ちをするようになった。「ギリギリ鼻の先で舞うから鼻の先が赤くなってつるっぱげとる」と聞くようになって、うちの猫の子たちはどうしてるかなと心配になって訪ねて行ったのが、水俣病とのつき合いの始まりです。そのころ、五年生の息子が結核になって市立病院に入院していました。私は三十を超えたくらいでした。

その病院に通っていたとき、水俣病になった患者さんが行き来するのを見かけたことも、水俣病に関心を持つきっかけになりました。

——そうして水俣病を追いつづけて生まれたのが『苦海浄土』ですが、この作品は、ドキュメンタリーや記録とは違いますね。

石牟礼　はい、違いますね。私は患者さんの思いを自分のものにして、その人たちになり代わってしまわないと書けないですね。それで題材が限られてくるんです。そして私は日本文学もヨーロッパの文学も知らないですから。何かしら読んではいましたけれども、いわゆる名作をほとんど知りませんのでね。世間も知らないし。どうして書けたんでしょうかね。

——なり代わるとき、知識は邪魔になるんじゃないでしょうか。

石牟礼　知識は邪魔ですね。よくおっしゃってくださいました。だからといって勉強しなくていいとは思っていません。勉強しなくちゃならないけれども、私は勉強するゆとりがなかった。いつも一つのことにこだわってこだわってこだわっているので、外を眺めるゆとりがないんですよ。それで何も知らないまま、ただ書いている。渡辺京二さんにはいつも「あなたのように何も読まないで作家になった人を、僕は他に知らない」と言われます。

——それは最高の褒め言葉ではないでしょうか。実は一つお訊きしたかったのですが、石牟礼さんにとって宗教とはどういうものなのでしょうか。イヴァン・イリイチとの対談では、「水俣を体験することによって、私たちがいままで知っていた宗教はすべて滅びたという感じを受けました」とおっしゃっていました。ただ一方で、やはり仏教に対するある親近感みたいなものがあるようにも思われます。

石牟礼　ありますね。それは仏教に対してだけということではなくて、宗教世界の中に生きてきたという気がします。今日で言うところの宗教とはちょっと違いますね。私も日夜考えていることですけどね、水俣では分からないことは何でも「神様」にしてしまうんですよ。それで、神様だらけ。人に対して一番よく使われるのは「ふゆじ神」。この世から浮遊しているような、この世で一番不器用な人がいる。人がせっせとやることをやらない。ただ眺めている。何か親から言いつかっても、「はい」と返事をするだけで一向に動かない。実際にやらせるとでたらめなことしかできない。そういう物の役に立たない人のことを「ふゆじ神さん」と言うんです。井戸にも、かまどにも、田んぼにも、山にも神様がいらっしゃる。お便所の神様というのは聞いたことがないですけどね。

山では、時期になると山桃の実がたくさん実ります。それで山桃の実を採りに行くと親に言うと、「たくさん採り過ぎるなよ。山の神さんがその木にはおんなさるけん、お断りを言うて登るんぞ。『採らせていただきます』て。全部採ってはならん。少しずついただいてくるんぞ」と、言われる。

仏さんには花のある草木を捧げて、枯れるまでお水を替えるんですけど、神棚には花の咲かない青芝を山から採ってきて捧げるんですよ。隣のおばさんがあるとき、青芝を採りに行ったら「青い木の声」がした、と言うんですね。ひょいと振り返ってみたら、田んぼにはいなくて山にしかいない青緑色のカエルがいた、と。青ガエルの声というのはあまりいい声じゃなくて、いかにも生き物がここにいるぞというような声です。それで「今日は山の神さんに逢《お》うてきました。今日は私の後ろで神さんが青ガエルになっとんなさった。いつも神さんの見とんなはるけん、悪かことはできん」とおっしゃった。

うちは没落しましたけど、「道つくりの神さん」って言われていたんですよ。今の道路公団は、道をつくる人たちでも、全然「道つくりの神さん」じゃないですね。

近代って何だろうと思います。

——石牟礼さんはお若いころから歌や詩に親しまれ、昨年は詩画集『祖さまの草の邑』で現代詩花椿賞もご受賞されました。詩歌だけでなく、能もお書きになっています。現代の作家で能を書く方は多くはいらっしゃいませんが、なぜ能という形でも表現なさるようになったのでしょうか。

石牟礼　世阿弥の何というお能だったかな……何か台本を読んだのですね。それが大変私の体調に合うというか口調が発声に合って。一番古典的で一番現代的で、私にとっては理想的な表現だなと思います。もちろん、うまくいけば、ですよ。それで書いてみようと思って書きましたのが『不知火』でした。

能は三つくらい書いています。『沖宮』では、海底にあるお宮で育ったあやという女の子が地上に出てきて、天草四郎の幼なじみとして二人仲良く育ちます。この二人を主人公にして書きました。天草四郎というのは魅力的だけど、想像がつかないですよね。村の人たちの総大将になって、十七歳で亡くなっていますものね。『アニマの鳥』で小説として書きましたけど、今でも書き直したいくらいで、それでお能にしてしまったのが『沖宮』です。

――『アニマの鳥』はやはり名作だと思います。

ところで、お能の台本を書いているときも、やはりその都度、あやや天草四郎、誰かになり代わるという感じはおありなのですか。

石牟礼　ありますね。そして私ならばこういう場合には何て言うだろうかって思います。

物語を色彩で表現したいと思って、あやだけに緋の色――草木染めで出てくる紅の色の着物を着せて、それを志村ふくみさんに染めていただこうと思って書いたんですけど、まだ上演は実現していません。

二〇〇四年に水俣の海辺で『不知火』を上演していただいたとき、前日に台風が来たんですが、翌日上演時刻になったら、鹿児島県の手前のほうでぴたりととまって、上演の間は全然雨も降らなかったんです。天草島のほうに向かって空いっぱいの夕焼けで、それはもう美しく荘厳されていました。

――能はもともと天への捧げ物という意味合いがあり、そこに詳しく書かなかったことも現成してくる表現形式ですが、そういう台本を書かれているときに、憑依によって思いが下りてきてつらくなることはないのでしょうか。

石牟礼　つらくはならないですね。まさに荘厳されていくような気持ちです、内側から。『苦海浄土』のときもそうでした。

――つらくない……それはすごいことを、非常に重要なことをうかがいました。「荘厳」とは仏教用語で、仏像や仏堂を美しく厳かに飾ることをいいますが、石牟礼さんのおっしゃる「荘厳」というのは、普通に使う意味とは少し違うように思います。評論家の若松英輔さんは、学生たちに『苦海浄土』のお話をするさい、石牟礼さんの「荘厳」とは、光の文学なんだというお話をなさるそうです。暗い、つらい話ということではなく、むしろ試練を背負って生きた人間だけが放てる光があり、それを見つけるのが後世に生まれた者に託されたことなんだ、と。本を手にとって一ページ目を開いてみれば、水俣病事件を直接は知らない世代にもダイレクトに響く言葉の美しさ、力が感じられます。「荘厳」が伝わっているんだと思います。

石牟礼　そうやってお若い方に読んでいただけたのでしたら、嬉しいですね。ありがとうございます。

（二〇一五年一月二十六日　熊本にて）

含羞の句

霧すだれ奥へ幾重も山ゆうすげ
稲妻はしる雲の上にて蝶らの夢

昨年の秋、まったく思ってもいなかったのに、句集を出していただいた。名づけて『天』。俳人のつもりはないので、内しょにしていたが、おいおい知れて、増刷して下さった。発行者は俳誌『天籟』の穴井太氏。北九州市戸畑区に住んでおられる。商売ではむろんなく、氏の退職金と本来の俳誌が無くなるのではないかと気がもめる。わたしの好きなこの方の句。

ほのぼのと妊婦すわれり枯野の石

十年あまり、『天籟』を送って下さっているのに、投稿したことがない。句会もオソロシくてゆかない。

義理を欠いたような気になっていると、数年前ふいに、

「二百号記念誌をつくるので十句ばかりどうぞ」

とおどかされた。ふらふらと作って載せられたことがある。

俳句誌には出さないくせ、新聞原稿などに、ひょいと俳句に似たものを書きつけることがある。

穴井先生、めざとく拾い集めて、句集にしてしまわれたのである。

穴井先生の俳誌と、近ごろ送って下さった本欄しか、わたしは知らないが、たがのはずれた（わざとはずしたか）ような、とぼけたような句が、めっぽう面白い。模範句を作りたくない人の、含羞がなせるわざかとおもう。

さて、この頃しきりと山へゆくので、即興で作ってみたが、ぜんぜんはずれないで、おもしろくない。

「死真似の虫押してみるイジワル」これは天籟、山福康政さん作。

私の好きな歌

この歌は宮沢賢治『鹿踊《ししおど》りのはじまり』に出てくる。
その在世中にくらべ、すっかり世の中が変容した今、賢治さんが、虚体のようなテレビに頻出するのは、よもや文化現象とは思えないが、なにか位相の高い世界に、現代人は憧《あこが》れ始めたのだろうか。

ぎんがぎがの
すすぎの底《そこ》でそつこりと
咲ぐうめばぢの
愛《え》どしおえどし。（かあいらしい）

右の一首、鹿《しか》たちの方言短歌、六首の中から持ってきた。すすぎの原に落としてあった手拭《てぬぐ》いを、鹿たちがくわえてみたりして、

「ふう、あゝ、舌縮まつてしまつたたよ。」

「なぢよな味だた。」「味無いがたな。」

「生ぎもんだべが。」などと遊んでいるが、はんの木のお陽《ひ》さまに向かって、たびたび頭を下げては歌う。方言の詩品ことに高く、読みながら至福をおぼえる。この人、詩壇、歌壇の外にいて、「詩は裸身にて理論の至り得ぬ堺を探り来る。そのこと決死のわざなり」とも書きつけていた。もの書きにはおそろしい言葉である。

会はてぬ
ラッパ剝げたる蓄音器
さびしみつまた
丘をおもへり

会はてぬ、だけが鮮烈である。若年の習作群には、途方もない才能が表現の枠を超えて立ちのぼり分解され、ピンで止められた標本じみて震えているのが読める。会はてぬ、とはその後の人との

絆《きずな》をも予感させ、ひたすらな捨身と自分を焚《た》くことで、宇宙にかけた梵字《ぼんじ》文様のタピストリを、截《せっ》然《ぜん》と切っては捨てて往《い》った天才の、吐息が匂う習作と思う。

蒼きそらゆがみてうつるフラスコのひたすらゆげをはきてあるかな

こういうのなら安心するが、冒頭にあげた鹿たちの方言短歌一連には、天才の孤独だけが創りうる、表現の愉楽が開放されていて、この人がその風土に立って、

「芸術をもてあの灰色の労働を燃せ」

と書きつけた、内面の所業を思う。

ぎんがぎがの
すすぎの底《そこ》の日暮れかだ
苔《こけ》の野はらを
蟻《あり》こも行がず。

作品の中に呼び出した鹿たちに、定型にしたがった方言で歌わせている賢治の無心。読者もはん

の木のお陽さまの光に、あやかることができる。

対談 言葉にならない声

×池澤夏樹

池澤夏樹（いけざわ・なつき）
一九四五年北海道生まれ。作家。詩人、翻訳家。八八年に『スティル・ライフ』で芥川賞受賞。おもな小説に『マシアス・ギリの失脚』（谷崎潤一郎賞）、『花を運ぶ妹』（毎日出版文化賞）、エッセイに『終わりと始まり』などがある。近年では『日本文学全集』『世界文学全集』（いずれも全三十巻、河出書房新社刊）の個人編集を務めた。

池澤　昔、僕が沖縄に住んでいたころ、石牟礼さんが電話を下さったことがあったでしょう？　ずいぶん長くお喋りして、あれ以来お親しい気持ちでおりましたが、実は、お目にかかるのはこれが初めてですよ。

石牟礼　そうですね。

池澤　いま僕はフランスに住んでいます。それで、沖縄に住んでいたときもそうなんですが、遠くからポンと来ても、「あれは何者？」「何してる人？」って言われるわけです。だって、僕らの仕事は畑や漁と違って外から見えないでしょう？　会社勤めならば会社があるけれど、それもない。

石牟礼　ええ。

池澤　でも、子供がいると受け入れられるんですよ。保育園や学校で付き合いができるし、何々ちゃんの家というういわば名札ができる。すると認知されるわけです。で、いろいろ行事にかり出されるようになる。保育園は手間がかかりますから、地域との濃密な付き合いが始まる。子供を連れていると、怪しい人と思われないんですよ。相手のほうのガードが下がるから、すごく楽になる。フランスでも同じでしたね。学校が一番強い絆です。子供の友達のお父さんやお母さんから聞いて教えてもらうと、いちばんよくわかる。

石牟礼　水俣では、他所から来た人は、その家の歴史というか、そういうのが付いてまわる。たとえば熊本から水俣に来た人は「熊本流れ」と言われるんですね。アルゼンチンから来ると「アルゼンチン流れ」。それから「薩摩流れ」とかね。三代くらい前に来た人でも、そう言われます。善くも悪しくも。村の気風に合わないことをしでかした時は「あの薩摩流れの？」って。婉曲に「私たちとは違う」と。

池澤　ということは、他の人たちはもう、何世代も前からずっと水俣にいたということですね？

石牟礼　そうとも限らないんですけどね。私の家なんかは私で三代目ですから。

池澤　その前はどこですか？

石牟礼　天草です。

池澤　天草。そうすると場合によっては「天草流れ」と？

石牟礼　そうですね。「天草流れ」と言われているに違いないです。なにしろチッソができた時に、積み出し港を作るのに天草から一家総出で出てきたんです。

池澤　そうですか。チッソとは因縁が深いんですね。

石牟礼　そんな因縁がございますね。それで、船に乗っている天草の人たちが沖で出会いますでしょう。すると「水俣の景気は、チッソの景気はどうか？」と挨拶がわりに言うんですよ。皆がそんな経験をしているわけじゃないですけれどね。

池澤　城下町ですよね。僕はね、実の父の一族が九州なんですよ。

石牟礼　福永武彦さん……。

池澤　はい、福永です。彼は元々博多で、今でも佐世保、長崎あたりには親戚がちらほらいるんですけど、博多はもう誰もいなくなってしまいました。生まれは二日市町。七、八歳で東京に出てきましたから、象徴的な故郷だったけれども、従兄弟達は残っていたし、郷里感は強かったようですね。博多弁の響きがどこかにあったりして。

石牟礼　昨日はすごく暑かったんですよ。三十四度もあって。それで、あちらの部屋に冷房を付けたんですね。それで、電気屋さんと冷房機に詳しい人と、さらにもう一人、三人いらしたんですよ。もう一人の人は何に詳しいのかわからなかったのですが、それはもう無口な人で。何か話しかけても黙っている。聞こえているのか聞こえていないのか。その人の顔を見てみると、そんなにいかめしい顔じゃないんで、怒ってらっしゃる様子ではなかったです。四十くらいだったでしょうか。私は「何か悪いこと言ったかな」と思った。どうすればその人の気分がわかるかなと思って、それとなく他の人と話をするんですね。耳に入っていただけますようにと思って。でも何もおっしゃらない。そのうち、もう一軒行かなきゃいけないところから電話が掛かってきたようで、「一足先に失礼します」とおっしゃいましたから、「あら、お茶を用意しておりますのに」って言ったら、「催促の電話が掛かってきましたから」って初めてものをおっしゃった。「タオルを冷やしているんですけど、拭いていただきたいと思って。どうぞ使って帰ってください」って言ったら、にこりともせずに「どうも」と。そうおっしゃったから悪い気はしなかったんですけどね。それでタオルを使っていただきました。よかったです。あんなにものを言わない人って、初めて。

池澤　暑いといえば、昨日は阿蘇高校で高校生相手に、一時間喋ったんです。体育館の床に高校生が五百人坐ってるんですよ。そして、とても、暑い。

石牟礼　阿蘇も暑かったですか？

池澤　暑かったです。ぼくが壇上で喋っていると、みんながもぞもぞ、もぞもぞと動くんですよ。

まあ、話も大したことなかったし。見るからに暑いっていうのがわかる。若いから熱気も立って、それがこっちに押し寄せてくる。いい子にして話を聞かなきゃいけないけど退屈だっていう気分が見ていてよくわかる。彼らが少しずつ動く様子が、炊きたてのご飯に鰹節を振りかけるとゆらゆら動くでしょう？　あれとそっくりなんです。僕はしゃべっているからもっと暑くて、汗が出てきて、目に入って痛いんですよ。ハンカチはあるんだけど、汗を拭くためにはこのメガネを外さないといけない。これはスポーツ用のメガネで外しにくいんです。そうすると三秒ほど話が途切れる。その間に生徒たちが何人か寝込んでしまいそうで。なかなか難儀でした。

石牟礼　それはご苦労でございましたね。

池澤　高校生たちは一所懸命聴こうとしているんです。熱意は顔に見えてるけれど、お昼ご飯のすぐ後でしょう？　しかも坐ってるだけ。眠くなるのも当然でね。それを懸命に耐えているのが上から見てわかる。みんなが本当に眠そうになると、「君たちは……！　これから……！」とか目が覚めるような大きな声を出す。お互い大変でした。

石牟礼　講演のときの居眠りといえば、あるとき、吉本隆明さんのお話を聴きに行こうということになって、五、六人で小倉まで行ったんですよ。私たちのグループは吉本さん好きですから。私も張り切って行ったんですけれど、お話が始まった途端に、睡魔というのが本当にいるというか、眠くて眠くて眠くて。あんなに眠かったことは生まれて初めてです。しかも吉本さんの真ん前に座ってるんですよ。吉本さんが目の前におられるのに、それでも睡魔というのが来た。あんなに困ったことはありませんでした。

池澤　僕もね、ある時、神戸の震災についてのシンポジウムがあったんですが、僕は午前中に一人で喋った。午後からお話しになる方はみな、大学の先生なんですよ。みなさん専門領域のことを話される。昼食の後、僕の席は一番前だったんですが、こちらの仕事は終わってしまっているから緊張感がない。それで延々と専門的な話。眠い眠い。「そう、そうですね」というふりをしながら、頷きながら、実は寝ているという。

石牟礼　ああいう経験は初めてでした。しかも吉本さんの時にどうして眠らなきゃいけないのか。あれはどういうわけでしょうね。しかし、ご飯の上に鰹節がのってるイメージというのは面白いですね。

池澤　生徒たちは真っ白い服を着ていたから。それぞれが我慢しながらどうしても動いてしまうという感じでした。

石牟礼　我慢しているんですよね。

池澤　でも若い時に聞いた話って、百個に一個ぐらいはずっと残る。誰か覚えている子がいるかもしれないですね。僕は一度だけ聞いた小林秀雄の講演をよく覚えています。決してあの人のファンだったわけではないんだけれど。

池澤　石牟礼さんと言えば思い出すのですが、昔、石牟礼さんは「マスコミQ」というテレビ番組に出演されたことがありましたね。六〇年代後半でしたか……。その「マスコミQ」は、その頃としては先鋭的な番組でした。ある意味では意地の悪い番組作りでした。石牟礼さんが部屋に置かれたイスに坐って、正面にカメラがある。カメラはじっと石牟礼さんを映すだけで、それ以外は何もない。石牟礼さんは一所懸命考え考え言葉を選んで、水俣病がどういう病気で、患者さんが今どういうことになっているか、説明しようとされるんですよ。でも、台本はない。

石牟礼　ああ、思い出しました。はい。

池澤　それで、一つ何か言って、次に何を言おうかと考え込む。で、そのじっと考えている緊張の時間に見ているほうがだんだん引き込まれていく。石牟礼さんは考え込んで苦しんでいる、次の言葉を選んでいらっしゃる。生放送だから、制作する側は編集のしようもないし、するつもりもない。ともかく、石牟礼さんを連れてきて坐らせて、カメラを置いて、あとは待っている。それが一番本当の言葉を引き出すための手段だと思ってやっている。だから、その三十分は、水俣のことについて苦悶しながら喋る石牟礼さんの言葉が一個一個重くて、本当に感心しました。テレビってこういうこともできるんだと思った。それが、僕がこれまで見たテレビ番組で唯一、感心した番組。その後は、もうそういうことがないから、見なくなってしまったんですけどね。その番組は、反抗的にいろいろやっていたんで、しばらくして潰されたと聞きました。ビデオも何もない時代だから、映像は何にも残っていないけれど。でもドキュメンタリーの力、同じ時間に進行している、同じ時間の中で見ることの強さと怖さを感じましたね。

石牟礼　引き受けなきゃ良かったんだけど、引き受けてしまったもので、何か言わなきゃいけない。

池澤　見ててそうだろうと思いました。とっても困っていらっしゃった。

石牟礼　困ってましたね。

石牟礼　池澤さんがお書きになった文章の中で、どこか南洋の島の名前が出てきて、そこでは古い日本の上品な言葉が沢山残っていて、そこで歌と踊りの練習を見て……というのがありましたね。

池澤　あれはパラオですね。

石牟礼　そこの人が、池澤さんに「内地からいらした方ですか」と訊いて、池澤さんは「はい、東京から来ました」とおっしゃるんですね。それで、そのうちに変わった歌が始まる。歌の最後に突然、胃薬の広告みたいな行がある。

池澤　パラオは、昔、日本の領土でした。それで、日本語は学校で教わった言葉だから、みな丁寧なんですね。学校で習った言葉はなかなか崩せない。

石牟礼「内地からいらした方ですか」という言い方も、品が良いですよ。

池澤　教わった言葉だから崩しようがないんですね。歌はこんなです――

♪さらば別れた窓の下
肩を叩いて名を呼べば
強くやさしくうなずいて
また来てね、またおいでね
ほんとに忘れない胃の薬

僕が踊りの練習をしばらく見ていると、最後におばさんが「内地からいらした方ですか」と。「はい東京からきました」と言うと、「この歌の二番を御存じありませんか？」と言う。知りませんよ。聞いたこともない。

ぼくの推測では、あれは薬の行商人が広めたコマーシャル・ソングですね。日本の薬はとても評判が良かった。それで、パラオではその人たちが歌を歌って人を集めて薬を配ったんじゃないかと考えました。今でも台湾の方はみなさん日本の薬はとても効くと信じてますね。日本に旅行に来た台湾の人たちのお土産の第一位は、リンゴなんですよ。台湾じゃとれないから。

石牟礼 台湾じゃリンゴはとれませんか。

池澤 あれは北のほうの果物ですから。日本に支配されていた時代に味を覚えた。美味しいので、日本というとリンゴなんだそうです。そして、次が薬。日本の薬ならともかく効くと信じている。

薬って信じて飲むと効きますからね。だからみなさん、リンゴと薬を買って帰られる。まあ昔の話ですが。

石牟礼　日本は、今はもう言葉がめちゃくちゃでしょう。なんと品のない国民性になったんでしょうね。

池澤　崩すほど仲間意識が強まるんですよ。今の日本はみんな不安だからそんな絆でも欲しい。崩すといえば、うちの子供たちを見ても、フランス語が丁寧すぎると友達に馬鹿にされるということがある。それで、友達相手にはちょっと崩してみる。そのうち、喧嘩に使うような悪い言葉も覚える。ところが親は、それがどのレベルまで悪い言葉かわからない。こっちは学校で習ったそれこそフランス語ですから。だから他の親御さんに、「この言いかたは許容範囲内ですか？」と訊くと、「それはまあいいでしょう」って教えてくれる。そうやって崩しかたのレベルを確かめていかないといけない。

石牟礼　でもフランス語で兄弟喧嘩って面白そうですね。

池澤　悪口って友達からしか習えないし、うちの子は今のところ日本語の悪口を習う相手がいないから。

石牟礼　ああ、そうですか。

池澤　他の言語のなかでは、韓国・朝鮮語は響きが日本語に似ていますね。僕は、あれは体格だと思うんですよ。身体の形というか骨格が似ていると、響きも似るでしょう。ヨーロッパの言葉と比べると、朝鮮語と日本語は、文法的には全然違うし語彙もあまり似ていないけれど、音の響きはやっぱり似ている。

石牟礼 私も、韓国語は音の響きが日本語に似てると思います。

池澤 ところで、骨格と声といえば、僕は父親と顔はあまり似てないんですけれども、声がよく似ていると言われました。あるとき、子供の頃から僕の父を知っている従兄が電話してきたことがありました。僕は父の家にいて――父親とはほとんど一緒に暮らしたことはなかったんですが、その時はたまたまいたんです――父が「取って」と言うから、「はい」と言って「もしもし」と出た。そしたら「あ、あの、ただいま目白の駅にいます。これからそっちへ伺います」と。なんで僕に敬語で話すんだろうと思ったら、間違えていたのね。完全にわからなかったみたい。この場合、一緒に暮らしたことがないのですから、話しかたがうつったわけじゃない。声そのものが喉の形で決まっていて、同じだったんだろうと。

それからよく、後ろから見ている人に言われたのが、「夏樹さん、お父さんとお辞儀の仕方がそっくりだね」。それは骨格だけじゃなくて、照れて、いい加減なお辞儀――「あ、どうも」みたいな感じ――そんなお辞儀をするところが似ていたんでしょうね。

石牟礼 顔の似た人がこの世に三人はいるって言いますけれど、声、声紋と言ったらいいんでしょうか、同じ声の人ってそんなにいないだろうと思っていましたんですけれど、やっぱり似るんですね、親子は。

池澤　普段の生活で言いたいことを共通語で言えなくて、方言になるということはありますか。

石牟礼　そうですね。たとえば「とじぇんなか、とじぇんなか」っていうのは、「退屈だ」でもないし「暇だ」でもない。「寂しい」という意味があるんですよね。孤独だということを言いたくて、「とじぇんなか」と言う。子供たちが村からいなくなったとき、うちの母はよく「子供たちの声がせんで、とじぇんなかかね」って言いよりました。

池澤　僕は今、「徒然無い」という文字が浮かんだのですが。

石牟礼　私もその文字で考えています。今の私たちは東京弁に近いような共通語を話しますが、共通語のことを「標準語」と言いますよね。標準語って、どこででも言うのかしら。標準語は、近代に入ってから東京で作られたんでしょうか。

池澤　そうでしょう。最初は軍隊ですよね。標準語がないと、命令が伝わらないで困るから。それから産業でもそうでしょう、あちらこちらから職工さんを集めてくると、お互い、言葉がわからないと困る。だから標準語。吉原のありんす言葉と一緒ですよ。

石牟礼　そういえば、村の青年たちが軍隊に入ると、ばりばりの軍隊語を使うようになって帰ってくるんですね。そうしますと村の青年たちがしばらく兵隊言葉の真似をするんですよ。「〜であります」とかね。

池澤　「自分は」って言うんですよね。

石牟礼　そうそう。「自分は」と言う。あの「自分は」というのが、なんとなく可笑しいんです。だけど兵隊言葉は、しばらくしたら元に戻ってしまうんですね。集団就職で都会に行った人たちが帰って来るでしょう。そうしますと、帰って来た人たちは、就職先で覚えた言葉、イントネーションで言うんですよね。そうすると村の人たちは、「ありゃ、三日《みっか》東京弁じゃが」って言うんです。そうすると真似して使う人が出てくる。そうすると「行かず東京弁じゃ」と。みんな「はしか」みたいにかかるようですけど、戻っちゃう。

池澤　ところが、ラジオとテレビのせいで戻らなくなってしまった。いつもいつもラジオ・テレビは東京弁で喋ってる。結局そっちがなんかかっこよく……。

石牟礼　聞き苦しいですね。へんな言葉が若い者の間ではやる。でも、面白いと言えば面白いんですけど。「ええ!?」って思うような言葉を使いますね、若い人たちは。あれはテレビ言葉でしょうかね。

池澤　テレビから始まって、それが自分たちだけの間で広まって、自分が若いんだっていうことをアピールするのに、わざとそういう言いかたをする。言葉ってある意味で人をつなぎますね。言葉遣いで「僕たち」という結束ができる。それがみな共通語になってしまった。でも、情感込めて言うときは、方言じゃないとだめですね。さっきの「とじぇんなか」もそうだけど、情感込めて言う時は、方言じゃないとだめなの。

石牟礼 方言じゃないとだめですね。

池澤 沖縄弁を見ててほんとうにそう思います。沖縄弁のことを「ウチナーグチ」って言うんですが、それに「ヤマトグチ」が加わって、若い子たちはだんだん「ウチナーヤマトグチ」になって、テレビみたいな喋りかたをするようになってきている。それでも何かの時、困りはてて「ああどうしよう」っていう時は、ウチナーグチになる。「はあ、ちゃーすがや」と言うとぐっと気持ちが出るといいますね。そういう形で残っていくんだろうと思います。

池澤 実は、僕はいま個人編集というかたちで、河出書房で『世界文学全集』をやっています。昔、世界文学全集が流行して、いろいろな出版社からいくつも出ましたね。

石牟礼 私、知りません。

池澤 日本文学全集とか、世界文学全集とか。

石牟礼 全集ものって、読んだことないから。

池澤 でもあちらこちらにありましたよね。それを、もう一回やろうと思ったんですよ。今、六巻ぐらいまで出たんですけれど、二十世紀後半の新しいものばかりにしたんです。やっぱり、若い人たちにいちばん読んで欲しいですね。

石牟礼　若い人たち読むんでしょうかしら？

池澤　それが、けっこう読者がついているんですよ。

石牟礼　それは良かったですね。

池澤　これからの時代を生きていくうえで支えになるような文学を選んだつもりで、二十四冊、出すんです。

石牟礼　大変ですね。

池澤　でも、こういうことが、たぶん好きなんでしょうね。

石牟礼　好きでないとお出来になりませんよ。

池澤　『世界文学全集』だから、シェイクスピアやトルストイなど昔の名作が入っているのかなと思って手に取る方もいると思います。でも全然違う。スタンダードなものはあまり入っていない。

石牟礼　日本の読者の水準というのも大したもんですね。

池澤　いわゆるベストセラー小説に比べたら何十分の一ですけれど、それでも確実に売れている。安定した読者が付いていて、ある範囲で作った分はきちんと売れている。

石牟礼　それは驚きですね。

池澤　僕にすれば書評家としての信用がかかっています。「これは面白い本です」と僕が書いて、それで読んでみて面白くなかったら、「あいつの目は信用できない」となる。そういう意味では、この全集もけっこう勇気がいります。

翻訳しても意味がある、翻訳して他の国に持ってっても読む人がいるし、そこの人たちの役にも立つ、支えになる、知恵を付けてくれる。それが世界文学ということですね。一回読んで面白くて終わり、ではなく、いわゆる昔の名作でもない。9・11後のテロみたいな時代に、「なんで世界はこんなことになってしまったんだ、文学はそれをどう説明してくれるんだ」という問いに答えてくれる。そういう物差しで選びました。だからアメリカやイギリスやフランスみたいな大きな国だけじゃなくて、小さな国もたくさん入っています。

たとえば、ベトナム戦争について、ベトナム人作家のバオ・ニンが書いた小説『戦争の悲しみ』を入れました。戦争中の苦労の話。兵隊になって散々ひどい目に遭い、自分もたくさん人を殺さなきゃいけなかったり、恋人と別れ別れになって、その後再会しても、二人とも戦争で傷を負ってるからうまくいかないという辛い話です。

最初から方針を立てたわけでもなく、一つ一つ選んでいって、気が付いたら女の人のものが多い。結局二十世紀の後半になって、女性の作家たちが良い作品を作った。それからもう一つは、今のベトナムの話もそうですけれど、かつて植民地だった土地の人のものがずいぶん入っている。その人たちは、前はペンを持っていなかったんですよ。教育もなかったし機会もなかった。そもそも出版というシステムがなかった。それがペンを持って小説を書けるようになった。言いたいことをやっと言えるようになった。そこから傑作がたくさん生まれてるんです。だから、植民地から出てきた作家と女性が多いというのは、後になって気が付いたらこの全集の一つの特色になったんですね。

で、そこまでやっていきまして、しばらくして「日本のものはどうして入れなかったんですか」と聞かれました。「世界に通用する日本の文学はいろいろあるでしょう」とも言われた。もちろん大江健三郎さんもいるし村上春樹さんもいる。中上健次もいた。誰でもそう思うから僕としては敢て入れなくてもと外してしまった。その後で、あるときふっと気がつきました。「何で石牟礼さんを入れなかったんだろう、『苦海浄土』を」と。もう間に合わない。これは、けっこう悔やんでいるんです。

石牟礼　池澤さんはすごいですね。ベトナム語で書かれた小説を読まれるなんて。

池澤　いえ、日本語訳で読んだんですよ。今回はそれをまた全面的に改訳してもらいました。僕がちゃんと読めるのは日本語と英語だけです。

石牟礼　私は日本語もちゃんと読めない。

池澤　あんな文章がお書きになれるのだからいいではないですか。

石牟礼　書くのも、いつもこんなのでいいのかなと思って。

池澤　当代一の日本語ですよ。

石牟礼　方言といっても、私は九州の方言しか知らないんですけれど、私は方言を「土語」というふうには思っていません。方言を、詩歌の言葉として非常に高級だと思っていて、詩《ぽえむ》の言葉として蘇らせたいという気がありました。それで『苦海浄土』の会話は、絶対、標準語では書かないぞと思ってました。水俣弁、まあ天草弁ですが、それを上質の言葉として書き直そうと思った。方言を素材にして、言葉を書き直したいと思って書いているんですね。土語でないこともないけれど、「ちょっと違いますよ」という気持ちがあります。

池澤　さきほども言いましたが、感情を乗せるのには、やっぱり日常使っている方言のほうがいい。水俣病の真ん中にあるのは論理じゃなくて感情ですよね。皆の思いですよね。だから、あの言葉は効き目があるし、とても力がある。そして、あれぐらいの方言ならば読者だって読みとれるんですよ。というのは、地の文章で状況がわかって、そこで人が嘆いていたら、嘆きの中身は推測できますから。方言であってもわかる。その上で響きは聞き取れる。だから、とても効果的ですね。

石牟礼　迷いながら書いてるんですけど。「えい」と思って。たとえば、桜を指そうとしても指が曲がっているし口もかないませんから「しゃくら」としか言えない。「かかさん」とも言えなくて「ががしゃん」と言ってしまうんですね。でも、あの情況で聞くと、本当に辛いですよ。するとやつぱり言葉は美しいと思います。最近の患者の青年たち――青年と言っても五十歳前後ですけれども――を集めた集会を、この前、水俣でやりましたけれど、言葉にならないものだから、声で表現している。人間が言葉を喋るようになってから四万年ぐらいだって言われていますけれど、言葉にならない時代の、長い長い思いがあるわけですね。水俣病になって生まれてきて、育って五、六十年。その間に言葉の歴史を全部使ってその言葉の歴史を乗り越えようとしてるような、そんな声なんですね。それで最近、声でも表現できるんだと思った。しかしこれは文字では表現できないなと思いました。

池澤　でも、文字にすれば遠くまで伝わるから。

石牟礼　はい。だからそのことを描写するよりほかない。彼らは言葉が出ない。それでも声を出したいんですよね。

池澤　伝えたい気持ちがあるわけですね。

石牟礼　はい。わかっていただけてありがとうございます。大変嬉しゅうございます。

池澤　いいえ、とんでもない。僕も嬉しくて嬉しくて。さっき、『世界文学全集』の話で、元植民地と女性の作品が多いと言いましたけれど、結局は弱い側なんですよ。

石牟礼　はいはい。

池澤　どっちも。弱い側にはそれなりに、みんな言いたいことがあるんですよ。

石牟礼　そうですね。

池澤　それをまっすぐにスローガンにしたり、アピールしたり、ひとりよがりの嘆き節にするのではなくて、もう一つ深みを持たせて、相手に届くようにする。それが文学ですね。弱者と強者と分けてしまうと、渡れなくなるでしょう？　あっち側をあっち側にすると。そうじゃなくて、弱者として訴えながらも、向こう側を引き込むようにして、言葉が通じる場を作らなきゃいけない。『苦海浄土』がすごいと思ったのはそこなんです。患者の人たちがそうなんだと思うんですけれど、人を突き放すんじゃなくて誘い込んでしっかり聞かせる。しかもユーモラスにね。あの辺りの喩えの面白さ。一方的に糾弾するだけだったら、それは文学じゃないですよね。

石牟礼　ありがとうございます。まあ、人間はそうあるものかもしれませんけれど、相手を糾弾して究極のところまで突き詰めるというのは、そこまでいかないうちにちょっと耐え難くなるんですね。逃げ場がないように追いつめるというのは。そんなに突き詰めたら自分のほうが辛い。それで、自分が救済されるために思いとどまって、何かちょっと救いの手を……自分が助かりたいので、相手を赦すといいますか、そういうところがあります。

池澤　それがないと、たとえば組織の中でやっぱり互いを殺すんですよ。

石牟礼　ああ殺すんですね。

池澤　そうなんです。

石牟礼　水俣の患者さんたちは、相手を殺したくない。

池澤　それはなかなか普通の人には書けないことだった。だからそのおかげで『苦海浄土』は奥行きが増して、強くなったんだと思います。最終的に突き放すんじゃなくて、大きな輪にして話をしよう、どれほど憎んでる相手とでも対話をしよう……。

石牟礼　その自分たちの腕の中に入れたい。

池澤　受難の果ての絆つくりというか。だから僕は『苦海浄土』を嬉しく読みましたし、自分にそこまで理解できたのも嬉しかった。

石牟礼　ありがとうございます。こんなに遠いところまで来て頂いて、いろいろお話いただけて。

池澤　フランスから日本まで来ていましたから、あとはすぐですから。

石牟礼　フランス語にも、ニートの人たちとかあるんですか。泥棒さんも、フランスならフランス語で言うだろうなと思って。

池澤　罵詈罵倒の言葉もいっぱいありますよ。

池澤　今回、熊本に来て石牟礼さんにお会いするのは、僕にとってはとても大事な意味がありました。普段はあまり作家のみなさんには会わないんですよ。変な人が多いでしょう？

石牟礼　（笑）。

池澤　向こうもそう思うだろうし。だから、私的な付き合いはあんまりしないんですけれど、石牟礼さんには前からお目にかかりたいと思っていたから。
石牟礼　全集のために解説を書いていただきましたが、「まあ、こんなふうに書いていただいていいのかしら」と思って、ひたすら恐縮していました。
池澤　正直に書いただけです。でも、あの巻（『石牟礼道子全集　第三巻』、『苦海浄土』所収）は、はっきり言えば一番目立つ巻でしょう？　あの解説が回ってきて「やった！」と思いましたよ。
石牟礼　ありがとうございます。
池澤　それまで、僕はそんなに石牟礼さんのことを「好きだ好きだ」って書きまくっていたわけじゃなかったんだけど、編集部はよく僕を選んでくれたと思いました。
石牟礼　今夜は熊本にお泊まりでございますか？
池澤　はい、熊本です。一昨日来まして、阿蘇の街を見ました。ちょっと用があって明日には移動しますけれど、また熊本には来るだろうと思います。
石牟礼　はい、お待ち致しております。ちょっとお待ち下さいね。熊本には味噌漬け豆腐という美味しいものがあるんですよ。泉屋という店で作っている豆腐です。冷蔵庫に入れているので、ちょっと持ってきますね。これは味噌のなかに豆腐を漬け込んであるんですけれど、こんな暑い時は、膨張しまして、ぱーんとまん丸くなる。びっくりされると思いますよ。ある人にお土産に差し上げたら、まん丸になっちゃって、「どうしましょう」って言ってましたよ。東京の人でしたね。それで驚きになると思って。

池澤　いや、一つなら荷物になりません。

石牟礼　今日は一つですが、冬になったらいくつかお送りしますね。まん丸くならないようになったら。今日明日中に冷蔵庫にお入れになってくださいね。荷物になりますか？　すみませんね。荷物増えてすみません。

池澤　いいえ。そのための大きな鞄なので。

石牟礼　今日は本当にわざわざ遠いところまでおいで下さいまして、おもてなしもできなくてすみません。

池澤　でも、お元気そうで何よりです。

石牟礼　パーキンソン病にかかってるんですよ。鍼をしたり漢方薬を飲んだり、いろいろやっておりますけれど、徐々に進行すると言われています。まだお話ができますけれど、そのうちお話できなくなったら、方言、それこそ方言で。ふふふ。

池澤　その前にまた。

石牟礼　はい。

対談

苦しみの淵に降り立つ音

×坂口恭平

坂口恭平（さかぐち・きょうへい）
一九七八年熊本生まれ。建築家、作家、絵描き・歌い手、ときどき新政府内閣総理大臣。早稲田大学理工学部建築学科卒業。卒論をもとに日本の路上生活者の住居を収めた写真集『0円ハウス』を二〇〇四年に刊行。〇六年、カナダ・バンクーバー美術館にて初の個展開催。東日本大震災の一一年五月に東京から熊本へ移住、「独立国家」を樹立し新政府内閣総理大臣に就任。著書に『独立国家のつくりかた』『現実脱出論』『幼年時代』（熊日出版文化賞）など。

坂口　この前、息子のゲンが卒乳したんですよ。そうしたら嫁さんが悲しくて寝かしつけられないっていうから、僕が代わりにゲンを寝かしつけることになった。ゲンは本を聴くのが好きなので、いつもは絵本コーナーに行って読み聞かせる本を探すところを、その日は僕の本棚に行ってみたんです。そうしたら一冊だけ福音館書店の本があって、なんだろう?と思って手に取ったら道子さんの『あやとりの記』でした。

それで、爺やんと兄やんが会話してるところなんかを読んでみると、ゲンがめちゃめちゃ真剣に聴くんです。意味がわかっているわけはないんですけど、音として聴いているのか、ものすごく静かに聴いていて、ずっと朗読しているうちに家のなかに不思議な空間がどんどん立ち上がってくる。嫁さんも風呂場で聴いていたらしいんですが、そのうちに気づいたらゲンが寝ていたんです。

例えば「ヒロム兄やん」の章の「ごーいた」の歌を読んでいると、いつの間にか節になって音楽として歌いはじめていて、『あやとりの記』は朗読しなきゃいけないと思いました。道子さんはどういうふうに書いているんでしょうか。音楽として書くというか、ご自分で書いているときは音読をしていますか?

石牟礼　書いてしまってから音読します。通読するという感じではないですが、ところどころ歌になってしまうんです。

坂口　僕も原稿を書きながら歌ってるんですよ。だから本を書いているっていう感じがあまりしない。以前、渡辺京二さんと企画した「石牟礼道子の音楽」でも『あやとりの記』から「天の祭ぞう」にメロディをつけて歌いましたが、これも読んでいるうちに自然と出てきたメロディなんです。ちょっと歌いますね。

♪天の祭ぞう
三千世界の祭ぞう

山んとっぺんから
谷《たん》の窪《くぼ》から
沖《おき》の涯《はて》の
舟《ふね》ん屋根から
渦《うず》の底から
ぐるぐるぅ　ぐるぐるぅ
ぐるぐるぅ　ぐるぐるぅ
祭り雪が
天の方さね
舞《も》うてゆくぞーい
よーい
天の祭ぞーい

（『あやとりの記』、二二二―二二三頁）

石牟礼　おもしろいですね。書いているといつの間にか歌っている。「ごーいた」もそうですけど、「ごーいた　ごいた」って言葉が、音として突然出てくるんですね。

坂口　伝承音楽というわけでもないんですよね。

石牟礼　そうです。「なんの首曳《ひ》く／親の首」……と音が聞こえてくるんです。

坂口　「ごーいた　ごいた／今日の雪の日／鋸曳《のこひ》く者はよ／なんの首曳《ひ》く／鬼《おん》の首／ごーいた　ごいた」と、とんでもない歌ですよね（笑）。

石牟礼　とんでもない。

坂口　このあたりから息子に歌ったんです。そうしたら静かになって、目に涙を浮かべたんです。「ごーいた　ごいた／今日の雪の日／鋸曳《のこひ》く者はよ／なんの首曳《ひ》く／親の首／ごーいた　ごいた」という感じで。続きもちょっと朗読します。

おらもうびっくりして鋸曳《のこひ》きやめてなあ、それから急いで返答したぞい」。
「なんと返答した」
「うん、こうじゃや、

ごーいた　ごいた
東に朝日の昇《のぼ》る日も
西から雪の降《ふ》る日にも

親に逢《あ》いとて
山に来る
ごーいた　ごいた

ごーいた　ごいた
今日の雪の日
鋸《のこ》曳《ひ》くからは
神《かみ》か仏《ほとけ》か親さまか
その宿《やど》り木に逢《あ》わんため
ごーいた　ごいた

おらな、そう返して唄《うと》うたが、雪やあ降《ふ》るし、その衆《し》たちの姿《すがた》は見えんし、まわりを見れば、ものいわん木ぃばっかりじゃし、どういうものか泣《な》こう如《ごつ》なって、ひょっとしてこの木は、まだ逢《あ》わん鬼《おん》の首か、親さまの首かもしれん。そげん思われて……。それでもなしてじゃろ、手ぇが動いて、腰《こし》も足も、鋸と木の方に動いてな、泣《な》き泣《な》き曳《ひ》きよったがよ。

（同書、一八五―一八六頁）

こうやって朗読すると、音がどんどん入ってくる。僕は本が読めないなと思っていたんですが、朗読すればいいのかと気づきました。特に『あやとりの記』は文字で追っても全然頭に入ってこない。道子さんは非‐意味のところに向かっているというか、書く前に音がくるんですね。だから道子さんの読まれ方はずっと変わっていくんじゃないかなと思います。音楽っていうのは常に時代を超えていくでしょう。

僕も本当に本を書きたいと思ったときは音だったんです。『幻年時代』を書いたときは『あやとりの記』を知らなかったんですが、そういうところで共通していたのかなと思います。

石牟礼　恭平さんはいろいろな作家や詩人と比べて、変わり者ですね。あなたの朗読は、いままで聴いた朗読と違って、歌の一種ですね。おもしろいです。

坂口　読んでいると乗り移るというか、自分がすごく古い長老になったような気持ちになる。子どもたちがぱちぱちめらめらと焚き火をしていて、長老がなにか物語っているのをちょっと怖がりながら静かに聴いている。そういうような気持ちになるんです。たしかに童に聴かせる物語ではあるかもしれないけど、間違っても童話じゃないんですよね。

石牟礼　そういう読まれ方というのは初めてですね。

坂口　本当ですか。僕はまだ道子さんの本をそこまで読めていないんですけど、『天湖』はなんとなく江津湖の雰囲気が混ざっているようなイメージを感じます。

石牟礼　あのモデルは江津湖じゃなくて市房山のふもとにある沈んだ村です。当時、市房山が水の底に沈んだという小説を書こうと思っていたら、現実のほうが早くきたんです。
そして、お墓があったに違いないと思って行ってみたら案の定ありました。そうしたら大きな銀杏の木が水圧でぺちゃんこになっていて、元はどのくらいの木だったのか、それが上のほうが折れて根のほうが一メートルくらい残っていましたね。その近くにお墓があって、ひとつ倒れていました。小さな女の子のお墓で、夭折した女の子の名前が「残夢童女」と刻んでありました。なんとなく出会いを感じました。

坂口　ある意味、予見していたというか。
お墓といえば、僕もこの前、突然墓参りをしなくてはいけないという感覚に囚われて、行ってきたんです。僕の家の裏は花岡山といって、昔は祇園山とか旭山とかいわれていたらしいですが、そこにお墓がある。行ってみると、曾々祖母に坂口雪という人がいることが判明して、とにかくお参りをしたんですが、雪さんという人が自分にメッセージをくれているような気がしたんです。というのも、僕は芸術作品をつくるときの庵に雪鳥——存在せん鳥ですけど、そういう名前をつけていたので、その符合が不思議だなと思いました。

石牟礼　あなたの家は熊本ですか？

坂口　そうです。もともとは河内町白浜というところなんですが、近くに近津《ちこうづ》というところがあって、古い鹿島神社があるんです。そこの火祭りって行ったことがありますか？　既婚者と未婚者が火を投げあうんです。

石牟礼　火を投げあう？

坂口　乾燥した木を燃やして、それを投げあって、お堂を未婚者が守るんです。とんでもない祭りなんですけど、それが一一〇〇年前から続いている。平安時代に新羅が攻めてきて、火をつけた枝を投げつけて追い返したという伝承があって、それを忘れないように戦いを再現したお祭りをしよったと思うんです。そういうところからもインスピレーションを得て、いま、一二〇〇年前くらいの河内町を舞台に、文房四宝の物語を書こうと思っています。海に面しているので、韓国や中国のほうから人がやってきて漆や顔料を持ってきたりして、文化都市のようになっているという設定で、舟を家としている家族の話を書こうとしています。韓国や中国と争っているようにみえて実は仲良かったのではないかと。国という概念がいまとは全然違ったんじゃないかと思うんです。もっと自由だった。ある意味、『古事記』以前の物語というか、ヤマトじゃないところの人たちの物語を書いているような。そのなかで、河内町に集まるいろいろな国の人との会話を、会話文として書きたいと思っていて、国境を超えた日本語文学というか、意味ではなく音で通じるような文章を書きたい。そういう意味では『あやとりの記』がとても参考になるんです。道子さんの言葉を読んでいると、においがちょっと違う感じがするので。

石牟礼　参考になりますか。

坂口　『あやとりの記』は論理的なものだけじゃなくて、音楽的構造で調和しているという感じがしますね。まずは楽譜のような感じで、全部朗読しようと思っています。そういう音楽的な側面がはっきりとしたのが「石牟礼道子の音楽」という催しでした。ただ、直前まで僕は鬱でどん底の状態になっていたんですけど、道子さんが電話してくれたんですよね。

石牟礼　わたしがあなたに電話をかけたんですか？　憶えていない。

坂口　大丈夫です。僕が忘れていないので。

石牟礼　なんていう電話をかけたんですか？

坂口　自分が死にたくなったときの話をしてくれました。高千穂の山に入りこんで死のうと思ったら、気づいたら山から抜け出てましたって、ふたりで笑っていましたけどね（笑）。それで僕も笑っちゃって、そのあと立ち直ったんです。そうして不思議なことに「石牟礼道子の音楽」のときには現実にもどってきたんです。

石牟礼　なんで鬱になるんでしょうか。

坂口　なんででしょうかね。

石牟礼　鬱といえばわたしは慢性鬱です。

坂口　そうなんですか。道子さんはいつごろからなんですか？

石牟礼　物心ついたときからです。

坂口　本当に小さいころから？　なにかきっかけがあったんでしょうか。

石牟礼　きっかけといえば……わたしの母がわたしをおんぶしていました。わたしは栄町という町に住んでいました。チッソがきてからできた町で、新しいものがいろいろとできて、そのうちのひとつにポンプ井戸がありました。それまでの井戸は釣瓶井戸といって、バケツをおろして汲み上げる大変手間のかかるものでした。それ以前は谷間に水の湧く泉や小川があって、そこに汲みにいくとか洗いものをしにいくというのが水の歴史としてあったと思いますが——一軒一軒にポンプ井戸ができていって、「井戸端会議」という言葉があるでしょう、その側におばさんたちが集まっていました。

そこに母がわたしをおんぶして連れていくのです。名前をいまでもおぼえていますけど、ヤスノおばさんという飲食店のおばさんがポンプ井戸の持ち主でした。飲食店というのも新しいんですね。そこはいまのうどん屋さんのようなところでしたが、焼酎を飲むところでもあって、そこで男たちが集まって酔っていました。

わたしはよく笑うようになっていました。というのも、ヤスノおばさんが「みっちゃん笑え」っていうんです。それで、笑いたくなかったけれどもちょっと笑ってみせたら、喜んで「ほら、笑った。この子は見せがいがある」というんです。そして塩せんべいを振ってみせて「笑うたら塩せんべいあげるよ」といった。笑いたくなかったけどまた笑ってみせると、「よく笑う子だ、笑わせがいがある」とおばさんたちが話していました。それで、とても嫌だったけれどよく笑う子になってしまった。それが嫌だった。

坂口　それは四、五歳くらいですか？

石牟礼　もっと前、もっと小さいころです。そのとき、人の話す言葉がよくわかった。愛想笑いをするというのが癖になって、いろいろな場面で愛想笑いをして幼児期を過ごしました。

坂口　僕の場合は、母親が西日を見ながらときおり気が遠いような顔をするのがすごく不安でした。洗濯物を畳んでいるときに退屈しているような顔をするんです。そういう意味では僕も感じすぎていたのだと思います。

僕は七八年生まれで、父親がＮＴＴ――当時でいう電電公社ですね――に勤めていて、僕は九歳まで福岡の新宮町にある電電公社の団地に住んでいました。当時は電話回線やいまでいうインターネットのようなシステムをつくるためにしゃかりきにやっているときで団結感があった。でも、僕は「ここは僕が住む場所じゃないのにな」と思っていて、異星に降り立ってしまったというか、「どこだ、ここは？」という感じがすごくありました。変なところから連れてこられたような、そういう感覚が根本としてあったんだろうと思います。父親と母親に対してもあんまり自分の父親と母親とは思えなかったみたいで『幻年時代』という小説ではそういうことを書きました。ときおりすごくふーっと気が遠くなってしまうんです。虚しいといえば虚しいんだけど、ここにいていいのかなという感覚になる。僕の場合はその反転した状態で、すごく元気なときもあるんですが。道子さんが慢性鬱だなんて知らなかったのでちょっとびっくりしましたが、もしかしたら道子さんもすごく調子が悪くてシャットアウトするときと、アンテナが張っていていろいろなものを拾うときがあるんじゃないかと思います。

でも、その状態が果たして悪いのかというと、最近は自分では全然悪いとは思っていないんです。今年の九月に出した『家族の哲学』という本は、全体の八割程度にあたる三五〇枚くらいを、初めて鬱状態で書きました。この状態で書かない小説はないなと思ったというか、そのことに一七冊も書いて初めて気づいた。

石牟礼　一七冊も書いたんですか。

坂口　絵を描いたり、写真集もありますが。道子さんの場合は、はじめから苦しいときに書くというような感覚があったのかなという気がします。

石牟礼　わたしは三度、自殺未遂をやりました。

坂口　それは若いときですか？

石牟礼　若いときです。睡眠薬を飲んで、二度助かった。高千穂の山に入りこんで大きな池にいきついて、池の側で日の暮れがたに飲んだんです。そして目が覚めたら夜が明けていました。それでとても嫌になった。

その次は亜ヒ酸というのを飲んだ。代用教員をしていたときのことです。亜ヒ酸というのはなんだろう……。学校の理科室にあって、有毒と書いてある。それを盗み出して水と一緒に飲んだ。喉に引っかかって、塊を砕いて飲みましたけど、大変苦しかったですよ。そして意識がなくなって、弟が発見してお医者さんを呼んでいた。今度は死ぬかと思ったけれどそれも助かった。それで、よくよく命に縁があるんだなと。自殺を三度やって失敗、四度目は死ぬかもしれんかと思ったけどやめました。

坂口　僕は自殺未遂は起こしていないんです。本当に死にそうになったのは二七、八歳くらいになってからです。それまでは自分がおかしいんだと思っていたので、現実に合わせようとしていました。まだテキストも書いていなかったし、きつかったですね。

テキストを書きはじめたときは、路上生活者をフィールドワークして、いわゆるノンフィクションとして書いたんですが、そんなの嘘っぱちなわけですよ。事実をもとにして書いているといいつつも、結局頭のなかで聞いた話と自分の現実に対する思いを混ぜはじめていたので、ノンフィクションじゃないのにという罪悪感があった。だけど、書きつづけることでそこからも少しずつ解放されていきました。それが二〇〇八年ごろのことで、それからまた七年経ってようやく自分のなかで落とし前というか、素直な感情を書いているなと思えるようになってきました。

石牟礼　わたしより健康ですね。わたしは自分の欺瞞というか、偽善というか……。自殺行為というのはよくよく絶望しなきゃならんですよね。死ねば本望だけど、死なないで生き残ったら見苦しい、恥ずかしいなと思う。結局助かりたいのね。助かりたいのに死んだ真似をする。それで試してみるんです。ところが助かってしまった、嘘だったと。それで人間とはなんだろう、といつも思うんです。

祖母が狂女だったもので祖母のお守りをわたしがやっていました。目も見えず、片足が象皮病になっていました。象皮病ってわかりますか、足が腫れていて、いつも裸足なんです。それで栄町の通りを彷徨うのにわたしがついていく。これがかなりきつかったです。そして、一六歳で学校の先生になりました。それがとても嫌で、先生になる資格がないと思っていました。

坂口　学校嫌いですもんね。

石牟礼　学校は嫌いです。でも、子どもたちにはまことしやかに教えて……そして時代は戦争中でしょう。

坂口　どうして教員になられたんですか？

石牟礼　わたしは小学校を出たあと、実務学校というのに通っていました。実務学校というのは世の中に出たらすぐに役に立つように教育する学校でした。

当時、正規教員になるには師範学校を出なければならない。だけれども師範出の男子教員が片っ端から戦争に取られてしまったから、師範学校に代わる、練成所という代用教員になるための場所がありました。実務学校から練成所の試験を受ける資格はないけれど、特別に受けてよいことになったので、試験を受けてみないかといわれて、受けてみたら通っちゃったんです。だいたいわたしは資格がなかったのです。そうして、やむなく一六歳で田浦小学校というところの教員になりました。無理ですよね。終戦後、水俣の山奥の葛渡小学校というところに移りました。

そして、その年に結核になった。結核になったので、学校はとうとう辞めました。ちょうどよかった。

坂口　どんな教え方をしていたんですか。やっぱりいわれたとおりやらなきゃいけなかったんですか？

石牟礼　戦う少国民を育てる。「アメリカとの戦争に勝たなきゃならぬ。子どもたちも戦う気持ちに育てなきゃならん」といわれて、小学校の高学年は藁人形をつくって、竹槍で心臓を突く訓練をしました。それがとても嫌でした。

坂口　『はだしのゲン』で見ました。水俣でももちろんやっていたんですね。

石牟礼　見ましたか、そうですか。わたしは下学年の担任でしたから、教えなくてもよかった。

坂口　亜ヒ酸を飲んだのはそのころですか？

石牟礼　そうです。亜ヒ酸を飲んだとき、どんな様子だったか、どんな状態で見つかったのか弟は一言も喋ってくれなかった。発見が早かったので助かったとお医者さんがいっていました。

坂口　弟さんとはいくつ離れていたんですか？

石牟礼　ひとつ違いの弟です。汽車にひかれて死にました。自殺ではありませんでした。弁当を食べたあとの飯粒のついた弁当箱に、給料で買ったすじ肉――安くて肉よりも固いけれど煮ると歯ごたえがあって大変おいしいのです――がいっぱい詰めてありました。弟の家は線路の側にあって、焼酎が好きでしたから一杯飲もうばいと、すじ肉を買って、すき焼きをして飲むつもりで線路の側を歩いていたんでしょうね。それで、死にました。後頭部をやられて顔はそのまま残っていました。死に顔は大変安らかそうでした。

坂口　弟さんはやっぱりいい理解者でしたか？

石牟礼　はい。弟にはわたしの気持ちがよくわかっていたと思います。

坂口　僕もちょうどひとつ下に弟がいます。僕は本を一冊も買わない人だったので、弟から全部学んでいて、これを読みなさいというのを渡されていました。それにしても道子さんのところにはどんどん襲ってきますね。そのときの苦しい気持ちや感情をどうにかして昇華するというか、変換したくなると思うんですが、どういうふうにしていたんですか。

石牟礼　うーん……。お手上げですね。

坂口　初めて文章を書いたのはいつですか？

石牟礼　小学校一年のときです。綴り方の時間というのがあって、なんでもない日常のこと、栄町という町の様子を書いたんです。そうしたら現実の栄町と、文章に書いた栄町がふたつ現れたんです。それははっきり憶えています。文章を書くのがおもしろかったんですね。

坂口　初めて書いたときから文章のよろこびはあったんですね。

石牟礼　よろこびがありました。「もうやめんかい」と先生からいわれるくらい、鐘がなっても書き続けていました。

坂口　栄町というのは突然できた町で、道子さんにとってもある意味不思議な町だったんですよね。

石牟礼　うちの家は石屋でしたから、天草から一四歳から一七、八歳くらいまでの丁稚奉公みたいなのがきていて、五、六人が泊まっていました。そして、先隣に「末広」という女郎屋さんがありました。そこで殺人事件が起きた。故郷は鹿児島の長島と聞いたけれども、天草から一六歳で売られてきた「ぽんた」という名前の女郎さんが中学生に刺されて死んだんです。

坂口　中学生に。

石牟礼　中学といってもいまの中学とは違う、旧制中学校です。水俣には中学に行く家の子というのは谷川雁さん兄弟ぐらいのもので、普通中学までやらんです。尋常高等小学校までしかやらん。どういうことがあったのか、裏の麦畑で中学生と逢い引きをして帰ってきて、「末広」の裏口の、台所に近いところでまた中学生に呼びだされて出ていったところを刺された。心臓をひと突き。そして死ぬ間際に「おっかあーん」といったそうです。「おっかあーん」といういいかたは、鹿児島の下層の人たちが使うお母さんの呼びかたです。

坂口　それはいつごろのことですか？

石牟礼　わたしはまだ小学校に行く前のことです。

坂口　道子さんのそういう記憶はすごいですよね。

石牟礼　朝早く表を人が走る音がして、「ぽんたが殺されたぞー」。それで目が覚めました。

坂口　どんどん道子さんの世界に入りこんでいくというか、ここに栄町が現れて、町の雑踏が聞こえてきます。

先ほどの綴り方のお話を聞いて、小さいころにすごろくをつくっていたときのことを思い出しました。僕はいつも売られているものを見て、自分でつくればいいやと思って真似して、すごろくとか新聞、マンガ雑誌なんかをつくっていたんです。新聞は三号くらいで終わっているんですけど、新聞小説も書いていました（笑）。

石牟礼　なにで書いていたんですか？

坂口　「坂口恭平の日日新聞」という名前をつけて、下書き用紙に普通のボールペンで書いていました。新聞小説の題字や挿絵も自分で書けるし、文化欄を編集したりして、用務員さんのところに持っていくとザラ紙に印刷してくれて全クラスに勝手に配っていました。そういうことをしているあいだ、この現実とはちょっと違う現実をつくっているんだっていう感覚がありました。それこそ、渡辺京二さんのいうところの『もうひとつのこの世』です。すごく腑に落ちる本のタイトルで、いまもそのノリはあまり変わっていないので、そういう意味でも道子さんと共通点があるような気がするのかもしれません。

――坂口さんは震災直後に熊本にもどってこられて、それから熊本を拠点に活動なさっていますが、そもそもおふたりの初対面というのはいつなんでしょうか。

坂口　道子さんに初めて会ったのは二〇一四年の一二月に、いとうせいこうさんがＮＨＫのラジオの取材で熊本にこられたときに一緒に伺ったときですね。もちろんそれまでも、渡辺京二さんが『幻年時代』を「石牟礼道子さんの原稿を初めて読んだときと同じものを感じた。もっと書け」と褒めてくれたりしてからずっと、道子さんのお話は京二さんから聞いていたんですけど、体調が悪いかもしれないということもあったし、僕自身も道子さんに会うというのはなかなか緊張することでもあったので会えずにいたんです。

それまで僕にとって道子さんは文学者だという意識が強かったので、会ってみたら全然違ったというか、歌うたいだと思ったらすごく気が楽になりました。それ以来はどっちかっていうと幼なじみのような、生きた年数としては先輩だけど、直感的には同級生みたいな感じがしているんです。もしかしたら道子さんがちょっと下なんじゃないかと（笑）。不思議な少女に接しているようなところがあります。病院をふたりで抜けだして榎を見にいったときはおもしろかったですね。憶えてないですか。

石牟礼　憶えてないですね。病気のせいかもしれん……なんで憶えてないかな。

坂口　でも川の流れのように身を任せて忘れてしまってもいいんじゃないですか。僕もよく忘れるんです。記憶って思い出さなきゃいけないから、ちょっとせき止めるでしょう。道子さんの場合はそれがちろちろと流れていっているのかもしれないし、どうせ身体では忘れていないだろうからいいと思います。

石牟礼　ちゃんと憶えている人がいて、憶えてくれるといいと思います。

坂口　あの日の話は短篇にしようかと思っているんです。緑道に青紫のセージの花が咲いていて、「きれいですね」っていうもんだから摘んだりして、そうしたら向かいのおじさんに怒られた（笑）。緑道なので誰のものでもない土地なんですが、奥さんが植えてるんでしょうね。「うちのセージだ」っていわれて、僕が謝ったら道子さんが「怒られちゃいましたね」って（笑）。「すみません、窃盗したから警察に電話してください」「もうよか」「緑道と思っていたからあなたの土地じゃないと思っていたので」「いや、おれの土地でもない」なんて無茶苦茶な話になっておもしろかったです。

今度書くので読んでください。また朗読します。

石牟礼　そんなこともあったかねえ、楽しみにしています。

坂口　僕が熊本に帰ってきてよかったなと思うのは、道子さんがここにいるっていうことなんですよ。文人であり歌うたいの人が熊本にいてくれるっていうことが、僕にとって今後やっていくなかで本当に基礎になっているので。ずっと生きていて欲しいし、少しでも生きていたいな、と思わせたいなとも思っています。

本当はもっと頻繁に会って近づきたいけど、僕が元気すぎて一緒に遊びすぎると道子さんも疲れてしまうと思うので、こうやって距離を保ちつつ――歯がゆい思いもありますがときどき会ってください。

――先ほど、坂口さんが石牟礼さんのことを幼なじみのようだと仰っていましたが、石牟礼さんは坂口さんとお話しされるのはどういうお気持ちですか?

石牟礼　いつの世にか一緒にいたんだろうなと思います。それで自殺未遂の旅行をなんべんかしたり。

坂口　はっはっはっ（笑）。

石牟礼　高千穂の山のなかで、どこだかわからないけれど目が覚めたら朝で。

坂口　一緒に旅していた可能性があるわけですね（笑）。

石牟礼　そして、湖がある。実際どこかにあるに違いないです。

坂口　それは探し出したいですよ。いつの世にか、間違いなく一緒に旅していましたね。

本当に道子さんが生き残ってよかったです。生きのびなかったら会えなかったですし、熊本のみんなが道子さんのおかげで元気づけられて雑誌をつくったりしています。僕の雑誌『ろびんそん』は全然進んでないですけど、そういうふうにしてエネルギーが出ているからいいかなと。僕はそういうことは他の人に任せて、もっとちゃんと書こうと思っています。静かに孤独に、死にたいという葛藤をもっと受け入れて、その矛盾の塊を抱えたまま不安な状態でいればいいと、いまでは思っています。

――その不安な状態というのも、書くことによって変化したりしますか?

坂口　そうですね。これまでは書いても書いてもダメだなと思っていたんだけど、書く前と書いたあとで、気持ちが変化するようになってきた。成長したというのとはちょっと違うんだけど、『家族の哲学』を書いてようやく〝書いたら変わった〟っていうことがわかった。

それに、京二さんに出会って道子さんに紹介してもらえたというのは、ある意味で〝文の人〟になっていく瞬間だったと思います。道子さんと会うことによって、僕は蛹のなかの幼虫のように、一回組織が水になって液状化している状態になったというか。ここからビャッと蝶になりたい。いや、蛾でもいいかな。みんなが嫌がるけど、きれいなギョロ目の蛾のように羽ばたいていきたいです。

——最後に石牟礼さんから坂口さんになにか仰りたいことなどありますか？

石牟礼　あなたは作家でもありますが、舞台芸人というか、喜劇役者の能力もあるというふうにご自分で書いていますね。

坂口　半分はそうですね。舞台で踊るというのもひとつの仕事ですから。

石牟礼　それは実際になさっているんですか？

坂口　そうですね。歌って踊って、落語もやって。

石牟礼　落語もやるの？　それも観てみたいなあ。わたしのなかにもしょっちゅうリズムがあるんです。

坂口　朗読しているあいだもリズムに乗っていましたしね。道子さんは、白拍子の感じがありますよ。実際に新作能の『不知火』をおつくりになっていますし、巫女寄せの感じもある。振る舞いとして、道子さんは舞女であり、僕も舞う男なんです。僕も憑依的なものを感じるときがある。それこそ「天の祭ぞう」や「ごーいた」のように、そういうときは全部の言語が音として降りてくる。そういう意味で勝手に共通点を感じているんです。もし、道子さんのなかでこの詩は歌ってもらいたいなというのがあれば、今度、一緒に歌でも軽く歌いましょうね。

（二〇一五年一〇月二〇日・二一日　熊本市内にて）

付録　書評

秘曲を描く

いつかお目にかかって、心ゆくまでお話をうかがいたいと、長い間希っていたが、亡くなられてしまった。

この世のどこに居ても、秋元松代という人は、感性の母層を丸抱えして、内的あるいは外的地殻変動を推しはかっている魂姫《たまひめ》、あるいは存在の玄妣《げんぴ》とでもいうべきお人ではなかったか。

魂姫とはわれながら奇異な表現だが、秋元松代という人の感性の、途方もない振幅と深度を思うたびに、魂を拝んでいた時代の、変幻自在に飛翔し化生する荒ぶる神をわたしはイメージする。お祟りが少なくてすむように、玉虫色の虫姫さまになっていただいて、その膚目をよくよくたしかめながら、掘りごたつに招じ入れ、九州の地酒でおもてなししたかった。

そんな思いを人に洩らしたことがある。一九七〇年前後のことだった。

「それは危いと思いますがねェ」

秋元さんとおつき合いのあるテレビ局の男性たちが不安気にこもごも忠告した。

「とんでもない才能の方ですが、お酒を召しあがると、荒ぶる神になられるのですよ」

「髪をわし摑みされて、ひきまわされた者も居るくらいですから」

それが伝聞だとしても、希有の劇作家の中に居据っている修羅が、束の間の気散じをしている現場に居り合わせてみたかった。もしかしてそれは、この人が、日常世界の隠し戸のなかから、常陸坊海尊やおばばや村岡伊平治などを呼び出し、魂を吹きこむ時刻だったかもしれないのである。

大和書房版『秋元松代全作品集』第二巻（一九七六年刊）の「自註」には「敗戦と戦禍の跡のまだ深く刻まれた時期に、貧しい生活に喘ぎながら、健気に生きようとする名もない人々の生活と心を描いた」

とある。たいへんさらりとしているが、修羅の闇を背後に負った人でなければ、こういう力業ができるとは思えない。男どもを畏怖せしめた荒ぶる神の出現を、わたしは伏し拝み、思わず喝采してしまい、その場に居り合わせられなかったことがつくづく残念でならない。

そここそは秋元松代という人の劇的カオスが抜け出して散策の途次、雑念の乱反射を感じて振り向いたときであったかもしれない。劇中の人形《ひとがた》をひとりひとり造り出し、あちこちに配置してみる悦楽の刻でもあったろう。

通り合わせた者たちはひょいと指先ではじきやられ、作者の指の間に蔦かずらのごとき男の髪が毛根つきで残っていたとしても、万物が化生する現象の一瞬にすぎまい。なにしろ『常陸坊海尊』ではミイラ作りの実際を生ま生ましくすらりとおばばに語らせたりする人だから。

このものすさまじいおばばだが、『常陸坊海尊』の前に発表された『村岡伊平治伝』に出てくるからゆきたち、伊平治のような男にだまされ拐わかされて、シベリアの奥地や東アジア方面、南太平洋の島々の端にまで重ね売りされ流浪して、消息知れずになった女たちの影が、色濃く重ねられていやすまいか。

他の作家はいざ知らず、この劇作家は、たとえ作中人物であるにしろ、人さまの生きざまに憑依してその生死に添いとげんばかりの情念の持ち主だったと思われる。目鼻のついていない登場人物といえども、この人の掌の感触や生死《しょうじ》への哀憐を漂よわせていない者はなく、現世の裏側から晴着の襤褸をつけてもらっているのである。たとえば『伊平治伝』の終幕を横切る女たちのように。

たったの一度だけお目にかかったことがある。ひときわ存在感のある女性が現われて、東京・丸の内のチッソ前座りこみテントに深々と黙礼をなさり、水俣病患者たちと座りこみを共にして下さったのである。患者たちはどなたであるかをもちろん知らず、説明するゆとりもこちらになかった。一九七一年一二月、もう三十年も前のことになるが、肩も腰もゆったりしておられた。どなたかと思った。そばに座っておられた『展望』編集長の原田奈翁雄氏がそっとおっしゃった。

「秋元松代さんでいらっしゃいますよ」

うしろから声をかけてご挨拶した。都民から差入れの座布団をおすすめしたと思う。冷えきった舗道の脇に貸し布団や毛布を敷き重ね、その上に、足腰の不自由になった病人たちを座らせたり寝せたりして、わたしも付き添っていた。腰が骨のずいまで冷えていた。学生運動から方向転換し、落ちこぼれてきた若者や、匿名の自称「社会人」士がどこやら羞かみを漂よわせて、差入れやビラ配りを申し入れにきてくれていた。中には「ゲバ要員に！」という若者たちもいたが、そんな力を発揮できる機会はなかったようである。そういうややえたいのしれぬ物騒な雰囲気のところへ、秋元松代さんがゆったりと微笑しながらお出むき下さったのである。恐縮し、感激した。

どなたに話をきき、お見え頂いたのか、折あらば伺いたいと思い続けていたのに、今となってはかなわない。あの時、斜め後ろの右側から、かげり深い夕光に浮かび出てふり返られた、ゆたかな頬の膚目を忘れない。姿もじつにふくよかで、集団をひきいる族母の趣きがあった。なって下さい、私たちの族母に、という思いがした。

互いに多くを語らなかった。黙ってそこに座ることだけが、自ら情況の極点となることであったから。そういう了解が暗黙のうちにあった気がした。それにわたしは、ただならず取り込み中でもあった。いつ誰が重態化するか、逮捕されるか、機動隊の靴底で額を割られるか、見張っている気持もあった。幾日居て下さったのか、今となってはおたずねするすべもない。

その頃秋元さんは『七人みさき』を仕上げ、「テレビドラマ『北越誌』（一九七二年、ＮＨＫ制作）や『菅江真澄——常民の発見』を書くために、東北、北海道を十余回に亘って取材に」まわっておられるさ中であって、その間の、いとまを作っての座りこみ参加であったろう。菅江真澄に借りて「常民の発見」とはこの人の作品を読む上で示唆的である。

かねて柳田國男にも傾倒、すでに『村岡伊平治伝』『かさぶた式部考』も発表していた。和泉式部の九州落ち伝説を追ってゆくうち九州方言、あるいは九州人気質などに通暁し、三池炭坑事故などをも調べてじつに綿密に取材する人だった。『海尊』に出てくる啓太によく似た九州男性が『式部考』でも造型されているけれども、秋元さん自身、『かさぶた式部考』と『常陸坊海尊』は姉弟のごとき作品と言っている。水俣という人間風土もこの劇作家には、磁場として働きかけるものがあったのかもしれない。なんとも慇懃な物腰であった。

たとえば悲知というまなざしがあるとしたら、あの時お逢いした秋元さんの眸は、本来の明晰さがそのためにかげっているような眸であった。暗いやわらかい色を湛え、首都の昏れかけた虚空が傾きながら、秋元さんの大きな眸の中に流れこんでゆくようで、ちらちらと目をあげて、わたしは涙をこらえていた記憶がある。

『常陸坊海尊』は一九六〇年朝日放送のラジオドラマ脚本として書かれ、同年、芸術祭奨励賞脚本賞を受けた。いわゆる六〇年安保の年に、首都を遠く離れた東北を舞台に、日本民衆の土俗的心性にこれほど奥深くたどり入った作品が書かれたことはまことに意味深い。

一九六九年河出書房新社から上梓された『かさぶた式部考・常陸坊海尊』の「あとがき」によれば、六四年に戯曲として書きあげ、「私家版のつもりで極く少部数を出版しておいた」が、「こういう内容の戯曲を上演する劇団はないだろう」と思い、彼女自身にも「上演を望まない考えがあった」。

「演劇界というものにも失望していた」この劇作家を、私家版上梓から三年目の一九六七年、演劇座の高山図南雄氏らが上演を申しこみに訪れた。創立して六年ばかりの若い劇団で、「この作品の上演を希望した最初の人々」とするす秋元さんの筆致からは、喜びが伝わってくる。

遠く九州にいる私は、その初舞台はむろんのこと、その後も上演に接する機会はなかったけれども、前記河出書房版によって初めてこの不朽の名作を知り、深く尊敬して大和書房版の作品集三巻も大事に架蔵してきた。

『常陸坊海尊』の舞台は東北のある村。春先までもただただ雪に閉ざされているこの村では「雪こも言葉さ語る」のである。

東京から生徒を連れて疎開して来ている「先生さま」の耳に、外から「おばんですう――おばんですう」と呼ぶような女の声が聞える。なれない雪国で、口だけは軍国調だが魂はうつろになっていて、幻聴を口ばしるこの男に宿の主人がいう。

「先生もはあ、やっぱこの土地の者《もん》になったでがすな。ありゃ雪こがしゃべってるす。雪こも言葉さ語るもんらすいでや」

主人はそう言って「先生さま」を外へ出してやるが、疎開っ子の親たちは東京大空襲で死に、そのことを先生が告げて、「海ゆかば水浸《みづ》くかばね」などと歌わせた静寂の中で、「おばんですう」が聞えるのだ。そんな声が聞えるのなら、町はずれにいる「大磯の虎御前《とらごぜ》」か妹の「少将」のところを訪ねろと宿の寿屋はいい、

「わだすたち二人は祐成時致《すけなりときむね》の嫁こ」

と名乗る姉妹のことを教える。

「すばらく前まじゃ、十郎五郎の実のおふくろ様ちゅうばばさと三人ぐらすだったす」

「ばかなことを言っちゃいかんよ、君。そりゃ曾我兄弟の話だろう、仇討をした」

「んだす」

「んだすって……君ね、祐成時致というのは鎌倉時代……ふん！　ばかばかしい！」

などとやりとりがあるが、先生は笠で顔を隠しながら、姉妹の居る明り窓を目ざし、しつらえられた雪道をたどってゆく。「十郎祐成」か「五郎時致」と名乗るようにと寿屋に教えられて。

この寿屋から逃げ出した二人の生徒が、おばばの

家に紛れこんでミイラを見せられ、親から万一の時のためにと貰っていた十円札を拝観料にとられながら、ショックでぐったりしているところを、探しに来た先生と寿屋とに見つかるくだり。

天狗さまに魂を抜かれているのだから、無理に呼び醒ましたら「魂の入えり場所が狂う」と注意する寿屋に対して、「そんな非科学的な」とかさにかかっていう先生。しかし寿屋は「天狗かくしというのは、科学とはちがうすよ」と、断固として、先生をしりぞけながらいう。

「そおっとおぶって帰りやんしょう」

この言葉のやさしさ。

人間に対する心づかいが、東京の先生さまとこの村（秋元さんの村というべきか）の住民とではまるで違うのだ。

敗戦直前の国家主義に縛られて背骨が折れそうになっている東京の先生の言葉づかいを、やんわりと受け流してゆく寿屋の津軽ことばは、古い琵琶の絃が低く鳴るように音楽的である。読みすすむうちに、わたしは自分の出自が奈辺にあったか思い至り、その原郷からものやさしく手招きする影に曳き寄せられてゆくような気持になった。言葉の妙術に身をゆだねる恍惚というのだろうか。

それを促してやまないのはこの作品全体のもつ音《ね》色《いろ》である。舞台芸術を印象づける特色は作品の基調音だが、ここに用いられた「津軽ことば」というか秋元東北弁は、父母未生以前に聴いた古楽器の音色を思い出させ、その絃のひびきはわたしたちの胸底深く閉ざされている心の絃をかきならしてやまない。かくして読者あるいは観客の心と深く共鳴りしながら、作者は最終幕で、おばばのミイラをつくらされたり、その孫、雪乃の肌に魂を抜かれている、もと疎開っ子の啓太の胸に、見えない琵琶を抱えさせるのだ。

秋元さんという人はもう脚本の段階で、語りとともに琵琶の秘曲をも弾き切ったのではないか。読み終えたあとあとまで、「雪こ」の声が耳にまつわりついてはなれない。

お顔を見ただけでも、遠い妣たちの一人が、現世のことが気がかりで出てきて、瞬き視ているという気がしたけれども、この人は、近代の機構の中で人はどういう姿になりやすいか、粘土をひねって出すごとくその祖型をさまざまつくってみせた。しかし、現世の外へうつつなく転《まろ》び出てゆくような人々に、なぜ特別の照明を当てて登場させたのだろう。

たとえば『村岡伊平治伝』において、はじめ純情な村の青年が人買いになってゆき、成功して、たとえば「南洋開発公司」に伊藤博文などを迎えての終幕のひとり演舌。

「私は南洋方面へ流れてくる前科者で、わが社をたよって来た者は、必ず更生させ、これを立派な実業家にしておるのであります。……と、申しますのは、彼らが南洋の遠い島々へ、婦人たちをひきつれ、道もない奥地、土着人のほか、日本語を解する者《もん》もおらんような未開地へ分布してまいりますと、そこにめざましか現象が起きるのであります」

などと空しい長広舌を振るって、女にしか目がゆかない伊藤ら南方方面視察団を退屈させ、「どうか私ども日本の人民の一人一人が、幸せになれるように、あんまいつらか思いをせんで暮せるように、一日三度のめしが食えるように」閣下のご協力をと懇願してとり残された後、壁の御真影に向って、

「畏れおおくも、陛下を父上と思うております。なんぞひとこと、この伊平治におっしゃって下さい。陛下！」

と膝を折る箇所は、国家という虚体の影を、日本語もとどかぬシベリアから南方の島々にまで、破れた蝶の羽根さながらに曳きずって行く人々の姿を思わせて、おぞけ立つような後味を残す。凄絶なのは、伊平治らの手にかかって連れ去られた影のような女たち、「髪をふり乱した女。かたわの女。乞食になった女」など、舞台をよぎる娼婦たちの、なれの果の姿である。

時と場所とをあらたにして、この女たちの生まれ替りともいうべきおばばが、『常陸坊海尊』にあらわれる。登場人物たちの声音《こわね》はみな優しくて、ひと

きわ胸にひびくが、おばばの口から最初に、盲目の琵琶法師海尊に向って呟かれた、

「はあれ。いだわすいお人じゃ。めくらにまでなったすか」

という一句にその優しさは極まる。

　そして彼らのほとんどが、一度ならずいうのだ、

「いだわすいでねえすか」と。その言葉づかいに鈍感なのは、疎開児童を連れて来ている「先生さま」だけである。東京から離れた雪深い土地の人たちの生きる時間が、どういう質の時間だか、時計の針の音のほかに、多重的な物語をぞっくりひき連れている時間があるのだと作者は言いたいのだと思う。世界をどう読みかえて人々が生きているか、戦時体制にこちこちに縛られている先生のこわばった耳にはそれはとどかない。大地の声に同化したように発語されるからであろう。

「まんず、痛《いた》わすいでねえすか」

　雪のとぎれめから不意に耳に入るヒトの肉声は精霊の声でもある。


『常陸坊海尊』は東北各地にあった伝説をもとにしたと著者自註にあるけれども、盲目の琵琶法師姿で海尊を登場させたとき、それを迎えるおばばはまだ十八歳である。自分は義経の家来常陸坊海尊の成れの果で、義経を裏切って逃亡した報いで盲目となり、こうして流浪しているのだと、法師はまだ乙女であったおばばに語るのだが、七百五十年間生き長らえて来たと称する「海尊」は、近世以来東北の村々に絶えず出没し続け、現にこのお芝居にも何人かの「海尊」が登場する。もちろんそれを真実と受けとめる村人の心性がなくては、このような民衆による伝説への参入現象は生じない。それを日本人の浪漫性だと秋元さんはおっしゃっている。

　ここに描き出された情景はいうまでもなく、時間というものが含み持つ異次元世界への読み替えというか、共同移入である。人はなぜ、自分の抱えもつ現実をてこにして、物語を恋うてやまないのだろうか。そこでは夢まぼろしと無限の刻とが背中合わせになっていて、ギリシャの昔から生死の悲劇が人間

の情念を美的に養ってきた。秋元さんは若い頃、家にあった『近代劇全集』(第一書房版)四十巻あまりを読み上げ、戦時中は『古事記』など日本の古典に深くなじんで過ごし、病弱であったため学校にもゆかず、結婚もしなかったと記している。学校教育の鋳型にはめこまれなかった幸福な例であろう。

この人が後年、とりつかれたように近松の心中物に手をそめたのはなぜだったろう。一度だけ、蜷川幸雄氏演出、太地喜和子主演の『近松心中物語』を人に連れられて観たことがある。森進一が主題歌を唱い、彼岸花を配した嫋々たる舞台であった。『常陸坊海尊』や、『かさぶた式部考』はいかに、とその時思った。さぞかし演出が難しかろう。

秋元さんはあまりに明晰な頭脳の中を、こういう甘美な情念で満たすために、苛酷とも思えるほどな取材の旅を自らに課したのかと考えてみる。

最初の書き出しから、背中が冷えてゆく予感のする『雪はまだ降る』というテレビドラマ作品もある。「賀越国境あたりと思われる雪をかぶった連山」の下の屈折する渓谷が舞台である。人間の劇がもちろんあるが、うむをいわせぬ雪の魔力を思い知らされる非情な書きぶりで、極力抒情性が排されている。

「NHK名古屋局から依嘱されて、山間部に雪で孤立した小さな町があると聞いて、ようやく通るようになった除雪車の後に蹤いて行った。そこで廃墟のようになった銅山鉱業所に行会った時の強い印象」だそうで、生きるということ自体、畏怖すべきことだと思いしらされる作品である。究極の悲劇というのだろうか。

本を読むなど罪悪だとされてきたわたしなどの半生からみれば、秋元さんの読書歴は羨やましいが、この人は存在という大地の声をすみずみまで聴き澄ます資質の人であったにちがいない。そこから立ちのぼる声を選びとって演奏された戯曲集だと思う。

「――私は放送という広い範囲の大衆に受けとめられる仕事自体に連帯の喜びと愛を自覚した」と『北越誌』(NHK制作)が放送されたあとに記されたのを読めば、孤高の感もするこの人の生きざまに、いくらかほっとする時間もあったのかと安堵するが、越後高田瞽女が描かれているそうで、機会があれば観たいものだと思う。

略述してみたが、この作家のゆったりした腕《かいな》に抱えあげられ、読み替えさせられた世界のスケールと深度を想う。

伝説の時空を生き続けている人物たちを異界からこの世へと往き来させるには、伝説のさらなる劇化と、そこへゆく通路が必要である。秋元作品では読者も観客も、能の橋がかりをゆくもののような目線になっていないだろうか。

村岡伊平治にとっての国家もまた、向き合おうとすれば、魑魅魍魎どもと共にひるがえり去る異界であったろう。それを壁にかけて呼びかけさせた作者の胸の百鬼夜行こそ凄まじい。通りかかった者が髪をひっ摑まれても不思議ではなかったろう。

町田康『告白』について
――「見てわからんか。笛吹いてんねん」

河内ことばの肉声をわたしは聞いたことはない。ずいぶん魅力的で、主人公である城戸熊太郎と、まわりの人物との会話が絶妙である。一見愚直なような、気がきかない熊太郎の、頭の働きは思弁過剰というか、ものの役には一向立たない、きよらかな感性の持ち主であるこの男が、仇敵を斬殺する結末につき合わされてゆく。どこか狂熱的な河内音頭というのが行間から遠く近くきこえてくる。

安政四年、河内の国、水分《すいぶん》村に生まれた熊太郎は、貧しいが気立てのよい両親のもとに育てられた。十四歳の時、荷車の上に寝そべり、笛を吹く格好をしてお腹をゆらしたりしている姿を父に見られた。父親は言った。

「熊、なにしてんね」

「見てわからんか。笛吹いてんねん」
「笛吹いてんねて、笛みたなもんあらへんやんけ」
「そら笛はない。笛はないけどや、西楽寺の和尚はんが人の一生は先のわからんもんちゅてたで。わいかてやで、いつ何時、笛吹かんならんようになるや分かれへんやろ。しゃあからそんときのためにちょう稽古してんね」
「ほんな暇なことしてる間アあんにゃったらわしと一緒に田ァ行て草取らなあかんやろ。馬に食わせる草も刈らなあかんやんけ」
――しかし、そんなことをすれば世間はなんというだろうか。いい子だと褒められたいのか。根性のない奴だ。望まれたことをして褒められるなどということは誰にでもできることだ。そこをぐっと堪えて余所事にふけるのが格好えのやんけ。それをばあの熊のド餓鬼は、はは。真面目に、はは、田ァの草取ってけつかると思うに違いない。それはいかにもつらい。切ない。そやからこそ俺はこんなありもしない笛を吹くなどして苦労しているのだ。それをばお父ンはまったく理解せず、『われ、笛吹けるんけ』などと真っ直ぐな目で訊く。それが俺は悲しい。

――

十四歳の熊太郎はその心情をうまく説明することができなかった。

村の子供たちに出来る掌の上のコマ回しが出来ず、竹馬に乗ってもすぐに落ちた。要するに百姓仕事が性に合わず、ほかに仕事もないから博奕に手を出し、それとて負けることが多かったので一人前の俠客《きようかく》とは見られなかった。

長じて熊太郎には谷弥五郎なる弟分ができる。例のとおり、博奕に負け続けている賭場に、ある時、十四、五歳の少年がまぎれこんできて遊ばせてくれという。遊び人たちもさすがにおどろいて、「子供の来るところではない」と帰そうとするが、少年は帰らない。子供に似合わぬ十円もの大金を持っているのを目にした正味の節ちゃんと金に目がくらんだ賭場の男たちは、大金を持った少年を取り囲んだ。金を巻きあげようとしたのである。熊太郎は不快を感じて「やめとけや」という。「これ、後でみなで分けまおな。ひとり頭一円にはなりまっしゃろ」正味の節のこの言葉に促されて、なぐる、蹴《け》るははじまった。修羅場に入る前に熊太郎は、これが癖だが、「世界よ、どうせ揺らぐならもっと大きく揺らげ」などと思う。

「もう蹴んのんやめとけや」といいながら心の底で「俺はこの場で滅亡してやろう」とも思っている。「俺の思想と言語が合一するとき俺は死ぬる」とも。それというのもかねがね独特の思弁癖が「渋滞」しているからである。

少年が短刀を持っていたことから、「気ちがいに刃物」と思われて、この場はおさまったが、子供のくせに賭場に来たのは、みなし子として育ったこの少年が、三つ年下の妹を奉公先からうけ出すためであった。命のやりとりをするような羽目に何度もおちいる熊太郎を、谷弥五郎は「兄哥《あにき》、兄哥」と奉つて、「生まれは別々でも、死ぬときは一緒」と誓いを立て、どこへゆくにもつき従った。

熊太郎は有難く思いながら心がやましい。「十円をみなで分けるから子供を蹴れ」だと？ 少年が気の毒というより、自分が居たたまれない。そのような暴力を見て自分が不快だったから、やめろ、と言ったに過ぎない。ふつうの人のようにしているのに身がもたないのである。葛木《かつらぎ》ドールという人物を「この世の行きどまりのような」御陵の岩室で殺してしまったと思いこむのも、現世との齟齬感が極度に亢じた果ての幻覚で、その弟の「森の小鬼」こと葛木モヘアが生き腐れのような匂いをさせているというのも、熊太郎の滅亡願望とつなげて考えられる。

金剛山の山ふところにうがたれている古代日本の御陵の岩室、そこはもう死者の国だが、そこで熊太郎が歌わされる河内音頭は、生命の大河があげる渦巻き様の重奏低音で、次の事態へ進む前奏曲にきこえる。葛木兄弟の住んでいる御陵へゆく途中には、何百匹もの蛇たちがぬらぬらしている穴があって、遊び仲間の「ド餓鬼」たちの一人といっしょに彼はその穴に落ちる。以後、熊太郎は着地感のうすい人生を歩くように見受けられる。自分自身が幻覚の中の人となって。

いかなる状態になろうとも、ことがらの進行をたすけてゆくのは、土俗性に富んだ河内弁である。会話だけでなく、地の文にもそらとぼけた意匠をこらしてあって読者を放さない。古代日本のかげりをもっている大和に隣り合う、河内の国とはどういうところなのか。善良きわまる熊太郎の父平次のいる平穏な農村と、ふつうにしておれば、かつての仲間たちのように、そこそこ仕合わせな百姓になれたのに、「持たない笛を吹く真似をする」ような子供であったために、あるいは、折角早朝に起きて、田を耕し、親を喜ばそうとして、急にこれを恥じ、「耕す」という言葉の意味など無駄に考えているうちに、手も足も体も働かなくなって百姓になりそこなう類の人間。こう書くと身に覚えがあるけれども、存在することへの違和を極度につきつめてゆくと、この世のゆきどまりや、蛇の穴に落ちざるをえない。飄逸《ひょういつ》で機知に富んだ土地の方言がじつに心やさしく全編に配されており、救いのないこの物語に奥深い宗教性を与えている。

銭をめぐってのやりとりからさまざまな事件となり、その度にこの人物は、自分を大楠公の生まれ替わりではないかと思う。生涯で一人愛した縫を娶るにも不当な大金を詐取されるが、最後までこの女性を神の使い姫と思いこもうとした。

隠忍自重の末、刀を抜く相手、松永熊次郎、傳次郎親子の卑劣さ狡猾さは、果たし合いを申しこんで決着をつけてよいたぐいの人間である。死ぬ時は一緒と決めた弟分の弥五郎が、いざ決行という前日、奉公先の妹に別れにゆき、一円を与え、よい人に逢って幸福に暮らせという。借家料をきちんと払い、掃除をし、雑巾を固くしぼって干したというくだりには泪が出た。

世の中には、世間の常識とはどうしても反りがあわず、それなりの良識と純真をもって自分を律してゆこうとするが、いつしかそれが破綻して人生の敗残者となってしまう人々がいる。たとえば、どんな

という存在がはなつ原初的生命に黙禱《もくとう》を捧げていた。

に悪意を抱くまいとつとめていても、顔を合わせるのもぞっとするという生理的天敵がいる。熊太郎十四歳の時にあらわれた「森の小鬼」はその類で、この世の果てにあるような穴である御陵の中を住まいにしているらしいこの人物、はたして人間であるのかわからない。腐乱死体のような匂いを立てているその腕を角力《すもう》でへし折ったこと、その兄の葛木ドールをはずみでなぐり殺したことが、生涯のトラウマになってゆくのだが。

作者はただならぬ愛情を傾けて、なりそこないの「極道者」と、かような人間の風土をじつに丁寧に描き上げている。「ふだんから俠客ぶって村内をゆらゆら揺れて歩いている熊太郎」という描写がある。ゆらゆらの背後にひろがる「水分」という農村、今はどうなったろうか。これは近代に向けて歩きはじめた近郊農村の一人が、自らの曼陀羅《まんだら》図をひき破り、ひきずってゆくほろ苦い一巻でもある。巻末にゆくにしたがい、すっかり熊太郎びいきになって、最後の河内音頭の場面では、彼の魂といっしょに、人間

イノセントということ

残念ながら梅原猛先生に近々と接したことは二度しかない。それでいて、やる方なく思い屈している ようなとき、ひょいと気付けば、あの温容でお見守り下さっている気配があって深く癒される。

テレビなどではお目にかかっていたけれど、膚目もそれとわかるほどの距離からお励ましを頂戴したのはペンクラブの会合でのことだった。地方をめったに出ないわたしに、中西進先生を介して、ペンクラブに来て話すようにと仰せがあった。当時会員でもなかったが、お二方とも古典世界に思想の根をおいて現代を見ておられるのが頼りに思われた。

梅原先生は当時も会長でいらしたが、会員への挨拶に、柔和なお顔のままで大要次のようなことを申された。

「――文学というものは、こうあらねばならないという定義はないと思いますが、近代文学は、極端にいえば、男女の痴情のようなことばかり描きすぎると僕は思います。今の世がどうなりつつあるか、愛欲のことはいかようにも風俗化して、描く種はつきません。しかし僕は、文学が好んで頽廃に与していてよいのかと思う。この嘆かわしい世の中にあって、懦夫をして立たしめるような、何か崇高な、美的な世界を目ざす文学が出てきてもよいと思います。時代が虚無的だからといって、文学者が虚無を気取っていてよいものか。その意味で、あえて諸賢に文学の復興を訴えたい」

お言葉がこの通りであったかどうか、メモをとったわけではないので、定かではないが、わたしは右のように解釈して、たいそう感激した。よくぞおっしゃって頂いたという気がした。それまで、ペンクラブは縁のないところだと敬遠していたのに、事務局のおすすめもあって、すぐに入会したのは、この時のご挨拶と、中西進先生のもの静かな知性にふれたからだった。現金なものである。

その後、何年かして、『十六夜橋』なる作品に思いがけなく紫式部賞を下さる話があった。審査員長が、梅原先生であった。「美的世界が構築されている」というご高評であったので、たいそう嬉しく頂いた次第である。

今、一心に読ませて頂いているのは『法然の哀しみ』である。かねがねご著書を読んで感じるのは、人間のかなしみ、そのかなしみから生まれる思想の体系化である。私がひきつけられるのは、かなしみとは、愛とひとつのもので、これを源泉としてあらゆる宗教の開祖たちは、その情念においても、知性においても、桁外れの人々だったということを、御自身の心理体験と合体させながら描き出されることである。このことを読み解いてゆかれる先生の視野にある鳥瞰図はまことに広沃であって、人間という風土の色どりと厚みとを、深部まで耕やさずにはいない。

たとえば名だたる法然の弟子たちをとりあげてゆかれる中で、謎が多いとされる「正信房湛空」なる人物の謎だが、この人物は当時宮中において摂関家についで力のあった徳大寺一門の出であった。徳大寺一門は法然に好意を持っていたが、教義的には対立する天台の座主になった実全僧正から弟子になれといわれていたという。にもかかわらず法然の弟子となって、後に布教のための「絵入りの聖者伝」をこしらえた。しかしその中身といえば、「法然の正確な伝記をつくろうとする意志をほとんどもたなかった」ので「『私日記』に書かれた信じがたいような話をすべてそのまま採用し」「劇的効果を高めるために」臨終間近の法然が語ったかのように、東大寺講義の草案『無量寿経釈』の中から女人往生の話をもってきた。とお書きになる。

ほう、と感心するのは次のようなくだりである。

「多少いかがわしいというような人もなかったら、一つの教団は、発展はもちろん維持すらもできないであろう」

絵入りの祖師伝を日本で初めて作った功績の人を「多少いかがわしい」といわれるその人の表情まで

が思いうかぶ。人物像を描く時には描く人の心理的追体験に加え、潜在心理がどのように深くひき出されるか、筆のあとにまざまざと伴って出てくるのが面白い。

梅原先生のお筆はお顔の表情のように初々しくて、しばしばはっとさせられる。

「ここに幼児のごとき一人の僧が出てくる。幼児のごときということはイノセントということである。宗教には幼児のごとき純真無垢な心がたいせつである。宗教ばかりか、いずれの業においてもこの赤子のごとき魂がたいせつである」

このように描かれた僧は「遊蓮房円照」で、かの平治の乱で、並びない学者といわれながら、穴にかくれて首討たれた信西こと藤原通憲の三男であった。『明義進行集』には次のように記されたという。

「ソモ〳〵遊蓮房ハ、身ハホソ〳〵トシテカハユキホドニ」

誰が見てもほそほそとして愛らしき僧とはよほどに強い印象であったろう。弟子たちの魅力はさらなる法然の魅力であった。

有明海のムツゴロウたちにも同化しておられる先生。そこから見上げられる宇宙の深遠と哲学。ご一緒に勉強させて頂きたくて、私は隣の不知火海を材にとって、『不知火』なる「能」を書いた。

阿部謹也氏を悼む

今から二十数年前、私たち五、六人のグループが熊本でやっていた勉強会で、阿部謹也先生の『中世の窓から』を読み、大変感銘を受けました。直接、先生からお話をうかがおうと思い、熊本まで来ていただき、初めてお会いしました。その後も、先生の本の刊行を待ち、幾たびか、お話をうかがいました。

先生は、初々しい方でした。いつもはにかみをたたえていらっしゃる含羞《がんしゅう》の人でした。その深いお人柄に触れ、グループの若い人からも慕われていました。

中世ドイツに残る子どもさらいの伝説「ハーメルンの笛吹き男」の背景について、先生が指摘された「民衆の感受性」に私は普遍性を感じました。百三十人もの子どもが行方不明になって帰ってこないという恐ろしい出来事が、どういうふうに伝説として残っていったのか、という疑問について、民衆による「感受性の共同参加」があるというご指摘でした。民衆は、分析不可能なことを伝説にして残すのであり、それは普遍的なことなのだと受け取りました。

そんなお話を思い出しながら、先生の本を取り出して、めくり、歴史の変わり目にある今の日本を考えました。今の日本は、理解不可能なくらい変わっています。このような日本の状況を何かの伝説にしてでも残さなければならない、その手がかりについて、先生はおっしゃっていたのではないかと思います。

また、先生は『「世間」とは何か』『「世間」への旅』などの本で、西洋の「社会」とは異なる日本的な「世間」についても考察されました。学者として学術的に考えることがすべてではなく、「世間」という考え方があるのではないか、と先生は反問しておられました。

ドイツに留学されたご経験から、日本の「個人」と西洋の「個人」とは異なるのではないか、日本の明治以後のインテリは「近代的自我」を読み違えていたのではないか、とも思っておられたようでした。

私は、外国で暮らした経験はなく、地方にしか住んでおりませんが、同じように感じておりました。日本のインテリは、考えたことを体の中の血流にそって言葉に出すのではなく、近代語に翻訳しているのではないか、と感じていたからです。阿部先生と、言葉についても、お話をしたかったと思います。

長い間じわっと考えていたことなど、お尋ねしたいことがいっぱいあったのに、鶴見和子さんや阿部先生のような大切な尊敬する人を失う世代になったのだという思いがいたします。

一昨年十二月、『石牟礼道子全集』の発刊記念シンポジウムで、お目にかかったのが最後になりました。じっくり話し込む時間がなく、あいさつ程度でお別れしたのが、心残りでした。私の方が年上なのに、先に逝かれてしまって、先生が残された文章を頼りに考えていくしかなくなり、本当に困ったと思っています。

五官でとらえた歴史記述

いかなる感受性の経過をとおって、あのような、五官でとらえた歴史記述ができるのだろうと、かねてからおもっていた。

数々あらわされたヨーロッパ中世史、ドイツが中軸となっているが、阿部謹也氏の『自分のなかに歴史をよむ』を読了して、非常に納得がゆく思いだった。ご自分および人間への、初々しいまでの静かな至誠が貫かれているのに感動する。

わたしもお名前だけは存じていて、ご入寂のさまが印象ぶかい上原専禄先生との、学生でいらした頃の美しい儀式のような出逢いが冒頭にある。

二人の妹さんを抱えて、朝々その食事のため、大切な本を手放さねばならぬような日々にあって、尊敬するその師から、「どんな問題をやるにせよ、それをやらねば生きてゆけないというテーマを探すのですね」といわれる。師はまた、学生たちの報告を聞いたらしく「それでいったい何が解ったことになるのですか」「解かるということはそれによって自分が変るということでしょう」と問われていた。

謹也青年は「生きてゆくことと学問とをつなぐ接点を数歩後退して求めるために何ひとつ書物をよまず、何も考えずに生きてゆけるか」と自問してみる。

若い読者向けに書かれたらしい本だが、四十もおそくなってそれも視力を弱くしてからぼつぼつ本を読むようになったわたしなどには、まことに幸いに本質的な、人生と学問への手引き書である。

中学生の頃一家が四散し、カトリックの修道院の施設に入られた。そこでのことを「重大な体験」と書いておられる。歌ミサや司祭たちの服から漂う香《こう》のかおりなどから西欧文化にふれ、「ドイツ風の合理主義を核としたカトリックの制度」を、少年は「本物でない偽りの形がある」と感じるが、それはドイツ的なものと日本的なものとのちがいを考えはじめるきっかけともなる。

「ドイツ騎士修道会」の組織全体を明らかにすることを通じて、ヨーロッパという世界を明らかにしたい、というこの人の志がいかに途方もないことだったか、最初に受け入れて手ほどきしたボン大学の教授、ヴァルター・フーバッチュ氏をして大げさに手をひろげさせ、「そんなことはとても無理でしょう」といわしめた。

古文書学からはいったヨーロッパ中世史研究を通じて、氏は「日本の歴史家には、歴史というものを自分の外に流れてゆく時間や物事、社会の動きとしてとらえようとする傾向があって、自分の意識や存在そのものが歴史のなかにあることをきちんと把握し、分析した人はひじょうに少なかった」と指摘される。

そして「一一、二世紀以前のヨーロッパの人間関係は、モノを媒介する関係と、目にみえない絆に媒介された関係のふたつの面で、現在までの日本人とひじょうに似た社会を結んでいた」と論じられる。
「そのようなヨーロッパ社会がなぜ現在私たちが知

っているように、かなり違った人間関係の社会に変化したのか。ヨーロッパとは何か」。

じつは、知識人をはじめとして庶民規模で、いっせいに大地ばなれしはじめた日本人の感性の荒廃からみて、この百数十年間手本として来たヨーロッパとはなにかというのは、わたしも切実に把握したく思っていたことだった。

書物を読みつくすということは、学問を志す人にとっては当り前の作業であろうけれども、氏の書かれるものはこの書にかぎらず、目や耳や手のひらの感覚、嗅覚や味覚までもがそなわっていて、デリカシイの統合されたものが理論となっている。

ならい覚えたドイツ語が現地に立ってみて耳に快かったが、ある日ヴェストファーレン州の小さな町で、突然頭の上でとてつもなく大きな、しかし澄んだ鐘の音がひびき、「驚愕して足をとめた瞬間に、あちこちから鐘が鳴りはじめ、あっというまに町中が鐘の音にみたされて……はじめて、日本とは異質な土地ヨーロッパへ来たのだという実感をもった」とある。

前著『中世を旅する人びと』などを通じて、当時の人びとが、毎日どのような思いで暮していたのかということを思っていたわたしにも、そのひびきが伝わってくる。十一、二世紀ごろから転廻点を迎えたといわれるキリスト教社会をつきぬけ、時間も空間も、悪魔も聖霊たちもいりまじっていた古ゲルマンの世界からくるように、その鐘の音は読者の胸にもひびいてくる。

ヨーロッパはたしかに異質だが、鐘の音が、わたしたちの内にひそむものと共振しあう。おどろくべき多種多様の職種の賤民たちが、身分を規定されていたという指摘と、賤視されていた人びとが、キリスト教の統合しえぬところにいて畏怖されていたという見解を読むとき、日本人の心の深層とも照らし合わせて、まことに示唆ぶかい。

川那部浩哉『曖昧の生態学』を読んで

過日はご高著『曖昧の生態学』さらには『生物界における共生と多様性』をたまわり、この上なく有難く存じております。

思えば私は幼ない頃から岬の突端の切崖の地層を、胸とどろかせて眺めていたものでした。宇宙のドラマがそこに秘められているのではないか、なんとかそこに這入ってゆけないものかと思っていたのでした。

学問など縁のない育ちで、世俗にまみれております私の、幼時からのこのような脱魂癖の向うに、ガス燈めいた灯りがついて、もう一つの道の標しが見えたのが、じつは〈川那部生態学〉でございます。

水俣のことで患者さん方と、丸の内界隈チッソ本社周辺をうろうろしていた頃、雑誌編集者でいらした湯川豊氏からご教示を受けました。

「『アユの話』という名著があります。宮地伝三郎という方の本ですが、お弟子の川那部浩哉さんが仲間とかかわって仕上がった本で、ぜひご一読をおすすめします」

さっそく求めて持ち歩いていましたが、隅々まで読めません。〃はだしいくさ〃をやっていた時代したもので。それでも鮮烈に、読みとれたのは、アユのなわばりと棲み分け、のことでした。私はこれを人間の諸関係に当てはめて考えることにしました。うまくゆかないことが多い関係の多様さ。たとえば水俣病患者とチッソ。地域住民、支援者、知識人と大衆。それぞれの位相の違い等々。

そのいずれにも無関係ではなく、苦悩していましたが、〈アユのなわばり〉の地域差や、遺伝子たちの社会的遺制などを生態学的に、まわりのヒトたちに引きうつして考えてみたりして、時々の楽しみが得られるようになったのです。

川那部学でよく使われる〈地質学的近い過去〉で考えますと、人事のことも遺伝子的に方向づけられているんだから仕方がない、と思ったりして、少し気が楽になったものです。「なわばり」や「棲み分け」など、ふつうの庶民の言葉が学問上の概念となって再び庶民層の中に降り、定着してゆくのをかしこで耳にもし、心和みながらこの語法を味わってきた気がいたします。

そしてこの度の『曖昧の生態学』、いつものようなおっとりとした筆法ながら、ここ五十年、急激にあらわれてきた地球的規模の生物、非生物圏の危機への緊張感が太い糸となって貫かれており、論理はいよいよ明哲さを加えて明快に読むことが出来ました。たとえば〈生命の多様性と関係の総体〉の項の中で、「曖昧こそが肝心」という本著の骨子が出てまいります。——相互作用を、双方にとってプラスかマイナスで分類していた時代もあったが、すべての関係は多くの場合、曖昧なままであった、と規定した上で、こう書かれます。

このような〝曖昧さ〟が許されない時期は、あるにはあるが、それはかなり長い時間の中での、別の言葉で言えば地質学的な意味での比較的短い時間内の、ある特定の時期に限られる。つまり現実の事態として、最も重要な関係を調査抽出出来ることは、かなり稀と言わなければなるまい。

不可知論の極だと言うか。ある意味でその通りだ。だがそれが現実とすれば、止むを得ないではないか。しかし、このまま何も言わないでおくと、ますます科学的でないと非難されるに違いないから、簡単に一つだけ、それを見つけだす方法を書く。何のことはない。「通常状態における各生物や生物群集の性質を、いっそう深くかつ論理的に解析して、そこに起こっている一見説明不能な現象を見つける」ことだ。「その〈説明不能〉の現象にこそ、進化の歴史を示し、かつ現在の生物群集を本当に成り立たせているもの」があるに違いないのだから。

短かい引用で恐縮ですが、このすぐ前に、お仲間と共に訳されたチャールズ・S・エルトンさんの『動物の生態学』にふれられ、「動物は何をしているか。答えは多くの場合、何もしていないと言うことである。全く何もしていないか、あるいは特別なことは何もしていない時間が、想像以上に多い」というエルトンさんの見方に「感激し」て、最初のうちしばらくは「何もしていないことが多い」という部分の重要性に気づかなかった、と曖昧論へゆく道すじをのべておられます。じつを申せば私も「全く何もしていないか、特別なことは何もしていない」というくだりを読んではっといたしました。

　と云いますのも、そこは私の理想境であり、詩の草地のようなところで、水と光の宏がってゆく岸辺なのです。

　水俣の患者さんたちがこの頃、よく話されます。魚のことは、テレビのグルメ指向とはかなり違うニュアンスになります。非常に深い哲学の持ち主である緒方正人さんはこう云います。

「躰中にこう、魚の匂いば、いつもつけておかんば、落ちつかんとですよ。魚の匂いの消えれば、俺は衰弱するごたる気のする」

　杉本栄子という人は、何かの話の中でパッと顔を輝かし、空を見上げ歌うようにいわれます。

「おら、魚じゃもね、魚共が元気じゃれば、わたしも元気！」

　魚たちとは共生というより、さらに深く一体化していて、魚たちに食われて死ぬのは本望、ともいわれます。「特別なことは何もしていない」範ちゅうに入る日常ではないでしょうか。「環境と生物とは一方向的な関係ではなくて両方向的な関係であることもまた、もっと強調したい」とお書きなのをとても示唆ぶかく読ませて頂きました。澤山書きましたが省かざるをえず、残念でございます。

洞の底の含羞
――『井上岩夫著作集』刊行に寄せて

亡くなった鹿児島の井上岩夫氏の、分厚い詩集が世に出た。『井上岩夫著作集1・全詩集』（石風社）である。あと二巻が用意されていると聞く。

いわゆる出版人ではない青年が京都で学習塾を営みながら、井上さんの詩にほれこみ、友人たちを尋ね、散逸していた詩稿を探し出して編集し、装幀も立派な本に仕上げた。

出版までのいきさつを多少は知って、待っていた一人としては、今どき珍しい壮挙ではあるまいかと思う。

「九州一円では知られた詩人」だったが、「文学の世界もそれなりの根拠を持って東京を中心に動いてい」る中で「井上さんが一部の目の見える人たちを除いて『無名』だったのはある程度という保留付き」であり、死後ではあるが「新人」として世に問いたいのだと、資力をなげうってこの挙を成した、豊田伸治さんの編集後記にある。

読み進むうちに背筋が伸びてくるのは、詩人とこの編者の、今どき希な古典的な矜恃にうたれるからであろう。それに何より読者として心性の高いこの詩的事業に参画するよろこびを与えられる。

生前、井上さんは、自分の没後こういう奇特な青年があらわれて、全集を編んでくれるとは、思われなかったのではないか。霊あらば羞かみ哭きをなさるのではあるまいか。

自ら臺左衛門と名乗っておられたにしては瘠身であった。あたりはばからぬ狷介さを発揮しつつ、あと一杯、焼酎が足りないと書く人でもあった。胸底の洞《うろ》に処女のごとき含羞が隠れていて、生きることは業であるということを、これほどしんしんと悟らせる人も少ない。自分のことを詩人はこんなふうにいう。

足の先の凶暴な靴
　の中からまた徐々に逼いのぼって帰る俺。

素足の足の裏が知っている人間の原罪について、わたしも記憶が戻ることがあるけれども、靴について、この人のように考えたことはなかった。

あそこに
やくざな靴が待っていて
客を拾った
歩きだした
それがジンルイの疲労の
はじまりだつた

それゆえこの靴は戦場にも行かされた。軍靴の中から戦後、「徐々に逼いのぼって帰る俺」の夢枕に、陸軍二等兵丸田四郎という「大飯くらい」が出てくる。要領の悪い二等兵が、戦場においていかに悲惨であるか。薩摩の旗印を俗に丸に十の字というけれども、別名マルニギュウノジというこの兵隊の死を描出して、「止まるな丸田」と題した長い一篇は、詩人の無念を私たちも共有させられる。

お前の軍靴が償った不毛の距離／あの日落伍した俺の辿り残した道程に／俺はたおやかな白い野菊を植えた／螢を放った／雪を舞わせた／三十五年！
お前の死が償った中支江蘇省のまっかな落日の下に／再び軍服を着た牛追いをお前は見ただろう

それにしても、消費物資並みにだぶついている文学とやらもセールで売られている。一行の詩語をかくとくするのに、この詩人が払っている人生の対価が、いかなる埋蔵量の中から掘り出されているのか、わたしたちは、ちらりとぐらいはおしはかることができる。
たぶん焼酎も足りて機嫌のよい時、詩人の手つきも、あのこまやかなきりぎりすの「さわりひげ」に似てくるのだなと想像することもできる。次のような美しい一聯から、それを教えられる。

草のやかたのきりぎりす
露から生まれた時の天敵
すり合わす翅で月を回して
のこぎりの手でのこぎりの足で
黒い鞠を回している

ちなみにこのきりぎりすは、父父父父父、と鳴いているのだそうだ。父という字だけで三行もあるこの一聯を読みながら、わたしは生命の連続性を探ってゆくには、妣《はは》というのが糸口になるのかと考えていたのを少し補足した。こんなふうに音声化されたかぼそい虫の声は、やはり、妣に対応しているのかと思い出し、悪かったなあと立ち止ったのである。

　御魂あれば焼酎を献じて申し上げたい。

　蟇左衛門とは、自意識も過剰すぎると存じますが。

映画「殯《もがり》の森」の安らぎと衝撃

せりふが少ないのがとてもよい。最初に出てくるグループホームのお年寄りたちのささやき交わすような会話。これが懐かしかった。ここでは声高なことは何ひとつ起こらない。

　こわれやすい人間、あるいはこわれてしまった人間として、しげきという男が出てくる。妻を亡くして三十三年目、認知症だそうだ。幼子を亡くした女がホームに働きにくる。真千子という名前。しげきが自分の命よりも大切にしている亡き妻の形見に手をふれ、激怒したしげきに突き飛ばされる。言葉の不自由なきずながつくられてゆく。

　特別の幸せというのもなさそうだけれど、平穏な日常をあらわすものとして、手づくりのお葬式がいとなまれたりする。入念にしつらえられた弔いのお行列が、緑いっぱいの村落の中をゆるゆると通っていく。死者の思い出が村をきよめてゆくかのように。

私たちは死者の目で、この世を慈しんでいた時代が、ついこの間まであったのだと思う。ホームの新しい仕事や出来事に戸惑いがちの真千子に、先輩の女性がこういう。

「こうしゃんなあかんってこと、ないから」

情の深い、ゆきとどいた言葉だ。生き苦しい現世からもがきあがってくるのに、さしのべられる手を思わせる。以前の作品「萌の朱雀《すざく》」といい、河瀬直美という人はよほどに、声の感度を持った人らしい。

言葉の控えめな映像に安らぎを感じるのは、現代が、いわゆる勝ち組社会で疲れ切っており、わたしたちが、新しい神話の泉を求めているからではあるまいか。

妻の墓参にゆくしげきに、付きそってゆく真千子。途中の畑の西瓜《すいか》を盗み頭にのせ、真千子に追われて楽しそうなしげき。地面に落とした西瓜の赤い色が、全編緑の映像の中で、どきりとするほど官能的だった。手づかみでそれを食べる二人。

だんだん深くなってゆく森におびえて、真千子はケータイを取り出し、外部の人を呼び出そうとする。ケータイは切れてしまう。

水の香り、樹木や草や岩苔《いわごけ》がにおうが、安らかなばかりの森ではない。冒頭でしげきは「生きている意味がわからない」とつぶやいていた。人は何べんこの問いかけを自分に問うだろうか。谷の水は岩場にあたって激しく牙をむいたりする。森は原初からの物語をつむぎ終わっていない。

「ゆかないで！」と真千子がさけぶ。生命感のほとばしる絶叫だった。

「こうしゃんなあかん」ときめておいても、ことはその通りには運ばない。それでもこの森は、谷の流れが導くごとくに、二人をその懐へ連れてゆく。存在の血脈がそこからわき出すような、大地の精霊たちが巨樹となって、泉を抱いているご神木の杉の根元へ。

ヘリコプターの音が近づいて通りすぎる。二人を探しにきたのかもしれない。

しげきが、力のかぎり土を掘りはじめる。大切にしていたリュックを開け、古びた日記帳を何冊も取り出す。それを枕にして自分で掘った土の穴にすっぽり横たわるしげき。観客も森の土に抱かれる。

「殯の森」がカンヌの審査員たちに衝撃を与えたのは、彼らが、荒漠たる墓場となった近代社会に気付いたからではあるまいか。

時代の肉声を伝える
——松谷みよ子『ラジオ・テレビ局の笑いと怪談』（現代民話考［第二期］Ⅲ）書評

丸木俊さんがもう十七、八年前だかにおっしゃった。

「いつかね、山姥会議したいなあって考えることあるの。ねえ、アイヌの山姥とか沖縄からも集まってみれば、男たちには出来ないこと出来るんじゃない。東京にもいるのよ、山姥」

ああそれはと口に出さぬうちに俊さんはおっしゃった。

「ほらね、松谷みよ子さん東京の山姥よ。すごいねえあの人、ほーんとに」

わたしは非常に胸に落ち、男たちには言ってせんないことがらの鬱屈がまた沈みこんだ。男たちの論理では、女こどもの論理か、とあしらわれるのである。女たちの思いつめているまじめさは、一笑に付されて来たのだったから。

おそまきながら遠野物語や今昔物語にふれ始めていたので、「現代の民話」を松谷さんが採集にかかられていたのに瞠目していた。時代の天啓が「東京の山姥」さんに宿ったのだと思い当ったのである。

というのもわたしは地方にいるので、ごくたまに上京すると、地方人士たちの中央志向が、まず言葉づかいにあらわれるのに気づく。亜知識人標準語が、のっぺらぼうの耳なしことばでよたっているのをきくと、日本語の衰退もまた東京からやって来たのかと先ゆき暗い思いをしていた。

そのような言語による近代化、中央集権化がいかに地方の心の伝統や風土そのものをぶっこわしてしまったか、目もあてられないのである。松谷さんのお仕事、「ことばには力を」というお思いから、時代の肉声とその語りが、観念された知識人用語に血を入れて下さるのではないか、そう期待してやまなかった。

着実にそれはみのり、『日本の民話』『現代民話考』など内容も、あの世に行った話・生まれかわり・夢の知らせ・火の玉・ぬけ出した魂などと、神話や霊異記などに遠く根ざしながら庶民の日常にそってい る意識をとおして、現代の寄るべなさを浮上させている。日本の庶民にかぎらず、それは民族共通の魂にかかわることで、現代の妖異もまた私どもの身辺に立ちなずんでいることを教える。

ことに『軍隊』の巻は、この人の霊力で呼び出された、普遍のひびきをもった書である。高みから論じた戦争ではなく、それこそ女性のみの身悶えとともに読まずにはおれない。終戦後村に帰った兵隊たちの、目にはみえない死脂のようなものの、全身をべっとりくまどっている感じを、息をひく思いでみたことがある。この書に接し、そのような国家の瘴気に摑みとられていたのかと、自らの中に沈んでいたものが声をあげる感じだった。

中国などに一人の菩薩を大きく描いて諸菩薩や人間や悪霊たちがさまざまに従っている絵図があるが、

松谷さんの民話集成をみているとその図をよくおもうのだ。

この方はみかけの上でも菩薩のようにおおらかでお美しい。たとえば『屋根裏部屋の秘密』なる本のあとがきにある。

れいの七三一部隊が底にある作品だが「箱自身は（テーマは）暗くおもい過去を背負っているのに書くことはたのしかった。がまんしていたおいしいお菓子を食るように」とある。食べものが違うのだ。

さて本著『ラジオ・テレビ局の笑いと怪談』もまた、このように集められてみると血脈を打ち出す戦後史となっている。ことに映像文化の草創期のことはきわやかで、創り手と受け手に生じた民話は、文明開化をむかえた頃の、村々の人心を思い起させてまことにたのしかった。

著者はNETにおられたことがあるそうで、「胸に一物背中に荷物の、諸国の浪人たちが乗りこんでくる牙城」であった由だ。それこそ戦後の一大アジールでもあったのだろう。

「一般の人たちにとっては異郷」だが「一つの地域社会で、NHK村、TBS村、NET村」といってもよく「放送村の字《あざ》、ナニナニには、きまって愛すべきつわものがいて伝説上の人物となり、語られてゆく」などとある。民話世界の地平を視点におさめた人の把握である。

「テレビ局ってのはお風呂はあるし、電話は無料でかけられるし食堂はあるし、暮らすのに不自由はない」というので、「夜も昼も人の出入りする放送局に、誰にも気付かれずにそこを住居にしていた夫婦があった。朝、夫は守衛さんに手を振って出勤し、電気代、水道代、衣裳代、家賃、全てただ、ある人が誰も開けなかった部屋を開けたところ、団地の一室のようであった」など読むとメルヘンの一室にはいり込んだ気分になる。

終戦の玉音放送のいきさつが、現場の放送担当者によって語られている。時代の刻印と、光と影が局に出入りする泥棒たちや酔っぱらい、猫のように太ったネズミなどの姿が描かれる。

何より幽霊たちもそこに出没していて、映像の神秘がふたたびたしかめられる。

川原一之『闇こそ砦――上野英信の軌跡』書評

一人の人間に傾倒するということはこういうことかと、胸を熱くしながら読ませていただいた。

青年期の上野英信さんのことをこれほど克明に熱情をもってとらえた業績はほかにないのではないか。『苦海浄土』を世に出して下さった上野ご夫妻のありし日のお姿がこもごも思い出され、なつかしさにたえない。この真情あふれる作家は、晴子さんという夫人なくしては、あの矜持を保つことはできなかったという著者の説にも共感する。

川原一之さんといえば、宮崎県土呂久《とろく》の砒素被害を調べるために、朝日新聞の記者を辞めた人として印象深い方である。最初その話を聞いたとき、びっくりして、今時、なんときとくなことかと感動した。英信氏が、ご自分の後継者と思われたらしいのもうなずける。

いまわのきわまで、川原さんのふところを案じ、その筆業を世に出すため、二百万円をおくりたい、と申し出られるやりとりが記されている。英信さんを安心させたい一心の晴子さんにいわれて、上野家の財政を察している川原さんが立ち往生される。結局、川原さんが押し切られ、一応受けとり、その日のうちに上野家名義の通帳を作っておいて、上野氏亡きあとの借財へらしに役立てられたという。

伝説があった。

「東京から九州に入るには、筑豊は上野の関所を通らねばならん」

あまたの人士が上野家の厄介になった。私がおめにかかった頃の英信氏は髪を七三に分け、長身を和服に包んで、いかにも〝文士〟という感じであった。お若い頃はロシア風のルパシカなどを着こんで女性たちのあこがれであった由を本著ではじめて知った。「精神的貴族」といわれていたこともうなずける。

友人たちが語る若き日の英信さんの姿はとてもきわ立っている。

第一回学徒出陣兵として奉天省の「山砲兵第二十九連隊」に入隊。

「鋭之進〈評者注・英信さんの本名〉の資質が注目されだした。すらっと背が高く、軍服が似合い、ぴんと背筋を張った姿勢で礼儀正しい。判断は的確、行動はてきぱき、自己犠牲的な性格がいさぎよい。軍隊ではどれも長所として光った」

広島で被爆、終戦。念願の炭坑に入った。涙もろい人であった。宮沢賢治の『農民芸術』を手本にして、『労働芸術』なる機関誌も手がけ、芸術の種まく人を自認していた。

「社会の上昇階段を昇りつづけた青年が、いきなり最底辺に降りたとうとしても、すんなり受け入れられるはずがなかった。（略）鋭之進が試みようとしたのは、既成の秩序を逆向きに急降下することなのである」

ゆく先々の炭坑で「職員」になるのをこばみ、一坑夫として地底に下りた英信さんを著者はそう評する。

「暗黒の労働は『神聖』などという言葉とまったく無縁の苦役中の苦役」であった筈だが、海老津、日炭高松、崎戸炭坑などなどから恐るべき人物と見なされる経緯を、著者は持ち前のメモ魔的能力を存分に発揮して厚味のある時代相をあとづけてゆく。英信さんにとりついた青春の熱情が、著者のいちずな心情と一体になって伝わってくる。

　初期の作品、『えばなし・せんぷりせんじが笑った！　ほか三編』について、川原氏は画期的な文学論を展開している。

「文章をはなしと呼び、作品を『えばなし』と名付けたのは、民衆の表現方法がはなしであることを踏まえてのことである。知者による、とぎすまされた詩的言語や修辞を駆使した美文は、非知者である民衆とは縁がない。民衆は生活でなめされた言葉をまろやかに使いこなして、機知と笑いに富んだはなしの中に、生き生きと自分を表現するものである。上野ははなしこそ、ヤマの仲間たちに喜んでもらえる文学だと考えた」「知者の知を解脱して非知者の知を体現したときに、上野英信は〈明暗の国〉の作家から〈闇の国〉の作家へ転入しえたのではあるまいか」

　単行本『親と子の夜』のあとがきにある。

『大衆迎合主義』と呼ばれようと、『素朴リアリズム』と嘲られようと、『地方主義』と罵られようと、更に痛痒《つうよう》は感じない」

　産炭地の地底に埋められたあまたの人柱の視点から、この国の資本主義の成り立ちに向き合っていた上野作品の深度から見ると、これらの評言はなんと軽いことか。

「文学が商品に堕ちて以来、上野のような問いと正面から向きあった作家が、果たして何人いたであろうか。（略）文学とは無縁の存在とされてきた人びとに喜ばれる作品の創造、いいかえれば〈闇の国〉に文学の地平をきり開く」作業であったと著者はいう。

　地底の人となった上野さんは、どのように受け入れられたのだろうか。

「日炭高松第三坑で働いていた上野が、首を切られる事態に直面したときのことだった」。食い扶持を断たれて途方にくれた二十九歳の青年に、ヤマの仲間たちは声をかけた。

「なーんも心配せんでちゃよか。あんたひとりを養うぐらい、朝めしまえのへのカッパたい。まかしとき。ダテに坑内さがって石炭掘りよらせんばい」

「知者の知を解脱して非知者の知を体現」するとは、この仲間たちの言葉にも表現されている。

最底辺の人たちの情愛。崩壊した時代の壁に向かって秘仏を彫り出すような、集中度の高い労作である。

『野苺の咲く診療所』に寄せて

友人の女医山本淑子さんが本を出した。『野苺の咲く診療所』である。

淑子さんとは人間学研究会なるものを彼女の家でやらせてもらったり、子供さんたちと仲良くなったりの間柄だが、おや、と心を揺すぶられることがよくある。

たとえば彼女が微笑みながら、こんな話をした。

「いま老人病院にゆきよるんですけど、可愛らしかお婆ちゃんのおんなさって……。たいした分限者のつもりで、この前からしきりに、菊池電車を借り切って、病院のみんなを花見に連れてゆくというて、自分のベッドをお座敷に見立てて、回診の時は、先生ここにお上りくだはりまっせ、といわれるもんですから、わたしはお客さまになって上らにゃならんのですよ」。

ボケてしまったお婆ちゃんのベッドの上で、お辞儀のやりとりが始まる光景を思い浮かべ、わたしの老後もこんな女医さんに遊んでもらえたらと思ったことだった。この光景は本には出て来ないが、それ以上に中味の濃いさまざまな情景が、彼女の医師体験のなかで開示され、わたしは改めて今日の生と死のありようを教えられたことだった。

熊本県北の有名な温泉町山鹿で、外科医院の娘として生まれた彼女は、小学生の頃から父親の手術を見学していたというが、その一方、看護婦さんたちといっしょにガーゼを洗うやら薬を包むやら、まかないのおばさんを見習ってカマドの火起しをするやら、そんなことが自然にできる子として育った。彼女自身「半分は看護婦さんたちに育てられた」と述懐している。

つまりこの人の場合、医学あるいは医療の原体験は、むっと熱が立ちこめるような生命の賑わいにまといつかれていた。この本はごく表面的ないいかたをすれば、妻であり母親であるひとりの女医の、試行にみちた自分史ということになるのだろうが、そういうかいなでの捉え方がこの本に限って許されぬのは、彼女の医師としての全行程に、初発の生命への畏敬がこめられているからだろう。

少女期の「手術見学」でこの人は私どもが見聞しえないことを体験する。たとえば「肝臓は真紅に、胃袋や腸は桜色のような淡いピンクに、それぞれが一つの生命体のように美を競っている」と感じるのである。意志をもって動く臓器にじかに向きあい、目を瞠《みは》っている姿が思い浮かぶ。

長じて医師の経験をつむうち、「診療や研究が臓器別にたこ壺的に分化してゆく」最先端医療の現場に疑念をもつようになった。少女期に見た臓器の一つ一つがばらばらではない生命体として、鮮烈に把握されていたからではないか。

熊本市近郊の無医村、芳野診療所に赴任することになって、人生の転機ともいうべき回心がおとずれる。それは百二歳になる初太郎じいさんとの出逢いによってもたらされた。おじいさんはそれが死病となる心臓を患っていて、診療室にはいる前から、胸のゼイゼイいう音がきこえたくらいであった。その高齢を看護婦さんからきいて飛び出して、

「胸は痛うはなかですか。咳は出らんですか」と気をもむと、

「そぎゃんたあ、あったっちゃあ、どぎゃんもなか、ばってん体のかゆさが」

と訴える。処方した薬が利き、「ああた、名医ばい」といわれ、びっくりする。そのことが縁で「わしも長うはなかけん」と最後を頼まれる。

過酷な山間の貧農であった。四十五歳で妻と死に別れ、六人の子のうち二人は死なせたが、四人を立派に男手で育てあげた。

老翁はそれからも幾度か自分で歩いて来て、黙って診療を受け、静かに帰って行くのだったが彼女は思う。医学の発達していなかった昔の、死にゆく人たちのことを。「初太郎じいさんも自分の妻から、兄弟から、友人から託された死を受けとめ、自分の生に転ずることで真摯に生きてきたのかもしれない」であれば自分も、人としての務めを果さねば。

荘厳な最後に向きあうことになったが、「癒《いや》し」は医師の側におとずれることがここには語られる。私たちがさらに発見し直すのは、地方という風土が人間を育くむ力である。往診の好きなこの人は、バスも通わない山奥によく出かけるが、分け入ってゆくその奥に「人の手になる段々畑や林があり、人家がたたずみ生活の営みがあり、山間僻地といっても、まだ見捨てられていない農業の砦」があると思う。

日本人が失った、物に惑わされない精神性の高い、高尚な生活を山間の人々の中にこの人は見るのである。「民俗学的探索も自然の探索同様、僻地診療の醍醐味」といわれると、一緒にその境地を味わえるような筆力である。

緒方正実さんの『孤闘』を読んで

迫力のある本が出た。

『孤闘』という書名。著者の緒方正実さんはもの静かな、どこか稚《おさ》な顔の残る〝青年〟である。水俣を北へさかのぼる芦北町女島の漁師の次男として生まれた。昭和三十一年、いわゆる「水俣病公式発見」の翌年十二月末の出生。二歳の時、祖父福松が急性劇症型で死亡。網元だった大家族が次々に発病する中で、熊本大学研究班が「有機水銀説」を発表。前年九月、新日窒（チッソ）はアセトアルデヒド製造工程の排水を無処理のまま百間排水口から水俣川川口に変更した。影響はすぐに現れ、不知火海沿岸に患者が広がった。

調べに来た熊本県の測定によると、緒方一族の毛髪水銀含有量は驚くべきもので、父親も昭和四十六年、認定申請準備中、三十八歳で急死。父親の弟、緒方正人さんの請求（昭和六十年）で、二十六年前の毛髪水銀量の調査結果がわかった。県からはその間、何の報告も地域の調査もなされなかった。家族たちの毛髪水銀値は、正実二二六ＰＰｍ、茂実二二四・三ＰＰｍ、正人一八一ＰＰｍ、父七六・六ＰＰｍ。四十人近い緒方本家の網元一族は、ほとんどが認定相当の水銀値を抱えていた。イキのよさで知られた漁村共同体の中核には、このように毒がまわっていて、どんな歳月であったか、想像を絶する。子ども心に差別の辛さを覚えていて、申請をためらったとある。

そのような生い育ちをした人の思い凝らした一念というものが、圧倒的な本書になった。『孤闘』とはなんとも壮絶な書名である。

そのご著書をいただいた。包装が厳重だったので分厚い皿か何か、落としたら大変と思い（手の指が利かぬ病気なもので）ヘルパーさんに開けてもらった。まっさらの桐の箱が出てきて、はっとした。正実さんがとうとう本になさったのだ。

平成九年一月六日、熊本県の公害健康被害認定審査会に、二歳の時の毛髪水銀値二二六ｐｐｍとある表を添えて認定申請書を提出し、検診を受けてきたが、十年間に及ぶ〝棄却〟となった。なぜかと問い続け、潮谷義子知事になってようやく認定されたのだが、その道筋はこの人自身のエネルギーが灯火となって、水俣病審査会委員の心理や環境庁長官などの人柄を灯《とも》し出すこととなった。

それにしても、桐の箱入りの本とは。しびれてひきつる指でつくられたに違いない。私の見たことのない水俣病審査会の内部文書、冷酷な棄却通知。そのすべてを正実さんは保存していた。お礼の電話をした。

「桐の箱はお手製ですか」

「はい、手製です」

頁を繰る毎に目頭が熱くなった。圧倒的な几帳面さ、緻密さ、人柄の誠実さには今更ながら胸つかれる。患者たちを認定から棄却するために書かれた県の文書も次々に明らかにされる。職を失っている人々のことを「ブラブラ」などと記したり、正実さんの視野狭窄について、

「そもそも、視野は、検査方法や被験者の環境、人格等機能的要因によって影響を受けやすい」などとあり、患者たちを見下した表現を、正実さんは発見していく。本来、患者を救済するための審査会の文書が、人間侮蔑まる出しの表記であるのを見て、自分の全存在を否定されたように正実さんは感じた。

「この回答を読んで私がとっさに感じたのは、私が『うそ』を言っているとでもお前達は言うのかと思ったことである。そもそも、私の水俣病は毛髪水銀値二二六ｐｐｍが示した通りであり、被害そのものをごまかそうとしても出来ることではない。さらに、私の水俣病の訴えは『人間はその時どう生きなければならないのか』という課題に対して、水俣病と向かい合っている私が、自ら嘘をつく事は、自分自身を許せないことになる」「今回の問題は私に対して『にせ患者』と言っていることと同じであり、私に対する人権侵害である」「現行の認定制度は棄

却を前提にしていることを今回の問題が物語ってい
る。なぜ、医学の場で私の『人格』『人柄』に触れる
必要があるのか」

正実さんは孤立の中で、ひとりの人間であること
をうちあげた。本書は現代にとって一種の光明であ
る。対決する相手を追い詰めて息の根をとめること
はしない。相手にも「人間はその時どう生きなけれ
ばならないか」という問いをさし出しながら、自分
の方が歩み寄るのである。

仏性《ぶつしょう》、という言葉がある。正実さんは絶望のど
ん底をさ迷った末に、人間の哀れさを見てとったに
ちがいない。対決した相手の中にも、人との絆を求
めている心があることを。

視野をはかった結果に、「人格」が反映している
と書かれ、認定を棄却されるなど、どう考えても気
が滅入るが、相手が人間軽視をみとめ丁重に詫びる
と、正実さんは複雑な気持ちは持ちながら親愛感を
もち、許すことになる。人間を信じたい、という思
いが伝わってくる。この人の行動力は戦術というよ
りは、真理を求めて歩み続ける濁世《じょくせ》の僧のようにも
みえる。若い、力のある支援者が一緒にいたのも、
人柄の魅力だと思う。

私の三冊

1『風姿花伝』（世阿弥／野上豊一郎・西尾実校訂）

人は演劇的表現を求める存在だと思っていました。たとえば水俣のような悲劇の極点に追いつめられたとき、生身の言葉は、舞台の言葉になりました。『風姿花伝』はそれを言い当てています。

2『きけ　わだつみのこえ』（日本戦没学生記念会編）

この人たちが生きていたら、精神の荒廃した今の日本はありえなかったろうとも、考えます。私と同世代の青少年たちの、いちずな愛をうばった戦争とは何か。思えば涙がふきこぼれます。生の原点です。

3『梁塵秘抄』（後白河院／佐佐木信綱校訂）

どのような節であったかもわからない平安末期の歌謡集。歌いひろめたのは主に遊女たちのようだが、とり集め、口伝をつけて遺したのは後白河上皇である。仏教が哥《うた》に下降するさまがみえる。

永瀬清子『蝶のめいていい』オビ文

明日まで生きればもしかして、小さなよい事が訪れるかもしれぬ、そう思い思い、私たちは今夜を死なずにやり過ごす。三十年も五十年も。愚鈍なわたしは人よりよっぽど遅れて永瀬清子詩集とこの短章集にめぐり逢えた。そして、何に渇くともしれずさまよい生きるだけの人生の幼な子への、天のごほうびのうるわしさに涙ぐんだ。

『続・伊藤比呂美詩集』オビ文

前世に向かって流浪を続ける詩人伊藤比呂美。存在の始源に立ちながら印を結ぶ。その分身術が見ものです。どの姿が本態やらわからなくなるあたりが読みどころで、ひょっとすればこの舞台には、音をはずしたヒチリキあたりが、似合いはせぬか、などと思えるたのしみもあるのです。

彼女の『般若心経』を聴いた緑亜紀の、馬酔木の花《はな》鈴《すず》が、かの崖っぷちで、ふるえていますが、あれを手折って簪に贈りたい。

編集に当って

この本は先に出した『花びら供養』とおなじく、石牟礼道子の単行本未収録のエッセイその他を集めたものである。藤原書店版『全集』に収録されているものも多少含まれている。本書の刊行についてては生前、著者より了解を得ていた。逝去に間に合わなかったことが悔まれる。タイトルは著者なら苦もなくついたことだが、没後のことゆえ出版社と相談してつけた。

二〇一八年五月

渡辺京二

初出一覧

〈第一部〉

光の中の闇――わが原風景　『熊本日日新聞』一九七七年十二月二十四日

手形の木――見田宗介さんへ　『朝日新聞』一九九〇年七月五日・七月十九日

祖様でございますぞ　『思想』二〇〇〇年二月号

もうひとつのこの世とは　原題「もうひとつのこの世とは――仮称水俣病センター設立のはじめに」『道標』第五十二号、二〇一六年三月

＊この文章は水俣病センター相思社の設立（一九七四年）のため、訴訟結審時に書かれたものに違いないが、著作年譜に記載がなく、単行本に収録されてもいない。何かに発表されたものかどうかも不明。

魂の珠玉たち　新作能『不知火』水俣公演最終報告書、二〇〇四年

外車《そとぐるま》の船　『ラメール』二〇〇〇年十一月・十二月合併号

不思議なる仏法　『仏教新発見』16・17、二〇〇七年十月七日号・十月十四日号

憂悶のたゆたい　『墨』一九八八年十一月・十二月合併号

現代の恋のさまざま　『図書』二〇一三年五月号

「狂」　『白川静著作集』第十一巻「月報9」、平凡社、二〇〇〇年七月

「わが国の回復を」　『ユリイカ』二〇一〇年一月号

〈第二部〉

魂がおぞぶるう　『魂うつれ』二号、二〇〇〇年七月

いま、なぜ能『不知火』か　『魂うつれ』二十三号、二〇〇五年十月

水俣から生類の邑《むら》を考える　原題「水俣から生類の邑《むら》を考える——産廃最終処分場反対の立場から」『魂うつれ』二十四号、二〇〇六年一月

国の情はどこに　原題「石牟礼道子さんメッセージ『国の情はどこに 教えて』」『魂うつれ』三十八号、二〇〇九年七月

道づれの記——「鬼勇日記」を読む　『魂うつれ』四十八号、二〇一二年一月

「わが戦後」を語る　『道標』第四十一号、二〇一三年六月

＊これは一九七六年、千里市民講座主催で行われた講演の速記記録である。

近代の果て　原題「石牟礼道子さんに聞く　近代の果て——人との連帯感なく」『魂うつれ』四十一号、二〇一〇年四月

三・一一以降を生きる　原題「生類の命と、大調和の世界。——三・一一以降を生きる」『風の旅人』復刊第四号（四十八号）、二〇一四年六月刊

〈第三部〉

風流自在の世界——『梁塵秘抄』の世界　シンポジウム「歌謡の発生から現代短歌まで」記録集、一九九七年四月

「梁塵秘抄」後書について　『真宗寺講義だより』第三十五号、一九九四年四月五日
後白河院　『群像』一九九五年八月号
大倉正之助さん　『群像』一九九五年九月号
沢井一恵さんのこと　『群像』一九九五年七月号
地の絃――神謡集その一、沢井一恵さんの箏　『宴・四つの協奏曲』アート・フロント・プロデュース、一九八五年
言葉に宿り、繋いでいく精神　『現代詩手帖』二〇一二年八月号
書くという「荘厳」　『すばる』二〇一五年五月号
含羞の句　『サンデー毎日』一九八七年九月十三日号
私の好きな歌　『朝日新聞』一九九六年九月二十三日
[対談] 言葉にならない声×池澤夏樹　『Coyote』No. 31、二〇〇八年九月
[対談] 苦しみの淵に降り立つ音×坂口恭平　『ユリイカ』二〇一六年一月臨時増刊号

〈付録〉
秘曲を描く　『秋元松代全集』第二巻「解説」、筑摩書房、二〇〇二年五月
町田康『告白』について――「見てわからんか。笛吹いてんねん」　町田康『告白』「解説」、中公文庫、二〇〇八年二月
イノセントということ　『梅原猛著作集』第九巻「月報」、小学館、二〇〇二年六月

阿部謹也氏を悼む　『岩手日報』夕刊、二〇〇六年九月十四日

五官でとらえた歴史記述　原題「五官でとらえた歴史記述の秘密」（阿部謹也『自分のなかに歴史をよむ』書評）、『中央公論』一九九八年十一月号

川那部浩哉『曖昧の生態学』を読んで　『週刊金曜日』一九九六年九月二十日号

洞の底の含羞――『井上岩夫著作集』刊行に寄せて　『毎日新聞』一九九八年十月二日

映画「殯《もがり》の森」の安らぎと衝撃　『熊本日日新聞』二〇〇七年九月九日

時代の肉声を伝える――松谷みよ子『ラジオ・テレビ局の笑いと怪談』（現代民話考［第二期］Ⅲ）

書評　原題「時代の肉声によって血脈をうちだす戦後史」（松谷みよ子『ラジオ・テレビ局の笑いと怪談』現代民話考［第二期］Ⅲ書評）、『中央公論』一九九八年十二月号

川原一之『闇こそ砦――上野英信の軌跡』書評　『論座』二〇〇八年十月号

『野苺の咲く診療所』に寄せて　『毎日新聞』夕刊、一九九六年二月二日

緒方正実さんの『孤闘』を読んで　『熊本日日新聞』二〇〇九年五月十日

私の三冊　『図書』臨時増刊、二〇〇七年

永瀬清子『蝶のめいてい』オビ文　思潮社、一九七七年

『続・伊藤比呂美詩集』オビ文　思潮社、二〇一一年

石牟礼道子（いしむれ みちこ）

一九二七年、熊本県天草郡（現天草市）生まれ。六九年、『苦海浄土――わが水俣病』（講談社）の刊行により注目される。七三年、季刊誌『暗河』を渡辺京二、松浦豊敏らと創刊。九三年、『十六夜橋』（径書房）で紫式部賞受賞。九六年、第一回水俣・東京展で、緒方正人が回航した打瀬船日月丸を舞台とした「出魂儀」が話題を呼んだ。二〇〇二年、朝日賞受賞。〇三年、『はにかみの国――石牟礼道子全詩集』（石風社）で芸術選奨文部科学大臣賞受賞。一四年、『石牟礼道子全集』全十七巻・別巻一（藤原書店）が完結。二〇一八年二月十日逝去。

綾蝶《あやはびら》の記《き》

二〇一八年六月二十二日　初版第一刷発行

著者　石牟礼道子
発行者　下中美都
発行所　株式会社　平凡社
〒一〇一―〇〇五一
東京都千代田区神田神保町三―二九
電話　〇三―三二三〇―六五八一（編集）
〇三―三二三〇―六五七三（営業）
振替　〇〇一八〇―〇―二九六三九

ブックデザイン　小川順子
印刷　藤原印刷株式会社
製本　大口製本印刷株式会社

平凡社ホームページ　http://www.heibonsha.co.jp/

ISBN978-4-582-83778-0
NDC分類番号914.6　四六判（19.4cm）　総ページ328